新潮文庫

# 告　発　者

上　巻

ジョン・グリシャム

白　石　朗　訳



新　潮　社　版

*11988*

# 告発者

上巻

主要登場人物

レイシー・ストールツ…………司法審査会の調査官
ヒューゴー・ハッチ……………司法審査会の調査官
マイクル・ガイスマー…………司法審査会の委員長
サデル……………………………司法審査会の法律家補助職員
ヴァーナ・ハッチ………………ヒューゴーの妻
ガンサー・ストールツ…………レイシーの兄
グレッグ・マイヤーズ…………弁護士。情報提供者。
かつての名はラムジー・ミックス
カーリータ………………………マイヤーズの恋人
クローディア・マクドーヴァー…地区裁判所判事
フィリス・ターバン……………マクドーヴァーの顧問弁護士であり
パートナー
ヴォン・デュボーズ……………マフィアのボス
ジュニア・メイス………………死刑囚。タッパコーラ族のカジノ反対派
ウィルトン・メイス……………ジュニア・メイスの弟
〈モール〉…………………………マイヤーズの依頼人。内部告発者
クーリー…………………………元弁護士。仲介者
ライマン・グリット……………タッパコーラ族の治安官
フロッグ・フリーマン…………雑貨店店主
イライアス・カッペル…………タッパコーラ族の族長
ビリー・カッペル………………族長の息子。タッパコーラ族評議員

# 1

衛星ラジオが流すソフトジャズは妥協の産物だった。プリウスのオーナーで、カーオーディオの所有者でもあるレイシーは、同乗者のヒューゴーがコンテンポラリー・カントリーを憎む気持ちにも負けないほどラップを毛ぎらいしていた。スポーツテーマのトーク番組や公共ラジオ、定番オールディーズや成人むけコメディやBBCを流すことでも意見は一致せず、さらにブルーグラスやCNNやオペラなど百あまりのラジオ局には近づきもしなかった。レイシーはもっぱらもどかしさから、ヒューゴーのほうはもっぱら疲れていたという事情から、ふたりとも早々と降参してソフトジャズで手を打った。ソフトなら、ヒューゴーの長く深い眠りを妨げずにすむ。ソフトなら、そもそもジャズが好きではないレイシーにも文句はない。これもまた、ふたりが長年のチームワークでつちかってきた〝ギブ&テイク〟の一例だった。ヒューゴーが眠ってレイシーが運転する——その取決めでふたりに否《いな》やはなかった。

大不況以前には、司法審査会には州政府からホンダの公用車があてがわれていた——いずれもボディの白い四ドア車で、走行距離は少なかった。それが予算削減とともに消えた。レイシーとヒューゴーをはじめとする無数のフロリダ州政府職員の面々は、公用でも自家用車の使用を求められ、一キロの走行ごとに約三十セントの補助金をうけとっていた。四人の子持ちで住宅ローンの重荷を背負っているヒューゴーの車はかなり年代物のブロンコで、長距離の出張はいうまでもなく日々のオフィスへの出勤さえおぼつかなかった。そんなわけでヒューゴーは眠っていた。

レイシーは静けさを楽しんでいた。同僚たちの例に洩《も》れず、レイシーも大半の事例の調査をひとりでこなしていた。予算削減の大鉈《おおなた》がふるわれた結果、審査会の調査官はいま残っている六人にまで減らされた。人口二千万のフロリダ州には総数六百の法廷があり、その法壇には一千人もの判事がすわって、一年に五十万件の訴訟を処理していながら、審査会の職員は委員長を含めて七人。判事たちのほとんど全員が骨身をおしまずに正義と公平を追求してやまない誠実な面々であることに、レイシーは尽きせぬ感謝を感じていた。そうでなかったら、とっくにこの職を辞していただろう。腐った林檎《りんご》のようなごく少数の判事たちが、レイシーの週五十時間勤務を多忙にしていた。

　レイシーは静かにウィンカーを出して出口車線に移動し、スピードを落としはじめた。やがて車が完全にとまるなり、ヒューゴーはいましも一日の仕事をはじめるかのように一瞬で完全に目を覚ましていた。

「ここはどこかな？」ヒューゴーはたずねた。

「もうすぐ目的地。あと二十分ね。だから今度は顔を右にめぐらせ、窓ガラスにいびきをきかせる時間よ」

「ごめん。いびきをかいていたかい？」

「いびきはいつものこと——あなたの奥さんによれば」

「まあ、これは言いわけになるけど、きょうは朝の三時までいちばん下の赤ん坊を抱いて家のなかを歩きまわってたんだ。たしか女の子だったと思う。名前はなんといったかな？」

「奥さん？　それとも赤ちゃんの？」

「笑えるね」

　愛らしく、いつも妊娠しているようなヴァーナは、夫ヒューゴーのことはほとんど秘密にしていない。そうやってヒューゴーのエゴの暴走を抑えるのがヴァーナの仕事だが、エゴを抑えるのは容易ではなかった。ヒューゴーは前世のハイスクール時代にはフットボールのスター選手で、フロリダ州立大学では同期の最優秀選手、新入生で初めてスターティングメンバーに選ばれた。そしてテールバックとして獅子奮迅《しし》、目もくらむような活躍をくりひろげた……しかしそれも、三試合と半分にとどまった。試合途中で上部脊椎《せきつい》の椎骨損傷でストレッチャーに載せられ、運びだされたのだ。ヒューゴーはフットボールへのカムバックを誓った。母親は反対した。ヒューゴーは大学を優等で卒業後、ロースクールに進んだ。栄光の日々はたちまち薄れたが、いまでもオールアメリカン時代の威張った歩き方が残っていた。どうしてもふり払えずにいたのだ。

「あと二十分だって？」ヒューゴーはうめいた。

「ええ。でも延ばしてもいい。あなたさえよければ、車のエンジンをかけたままにしてひとりで出かけてくるから、あなたは一日ずっと寝てたっていい」

ヒューゴーは右側に顔をむけて目を閉じた。「新しいパートナーが欲しいもんだ」

「わるくない考えね。でも、だれもあなたを迎えたがらないという問題があって」

「それに、もっと大きな車をもっている相手がいい」

「この車ならリッターあたり二十キロ以上走るのに」

ヒューゴーはまたうめき声をあげて静かになったが、体がまず小さくぴくんと動き、次は大きくぎくりと動いた。ぶつぶつ小声でなにかいったかと思うと、まっすぐ体を起こす。ついで目もとをこすりながら、「なにをきいてるんだ?」とたずねる。

「その話はずいぶん前にしたでしょう? 車がタラハシーを出発して、あなたが冬眠しはじめたとき」

「記憶が確かなら、おれは運転手役を申しでたはずだぞ」

「ええ。片目しかあいてない状態でね。大層なお心づかい。ピピンは元気?」

「やたらに泣いてるよ。新生児がわんわん泣くときには、ふつうは——豊富な実体験をもとにいわせてもらえば——それなりに理由がある。食べ物、水、おむつ、ママ——まあ、そんなところ。でも、あの子はちがう。とにかく火がついたみたいに泣き叫びっぱなしだ。きみにもぜひ体験することをおすすめするよ」

「あなたの記憶が確かなら、わたしは二度にわたってピピンをだっこして、家のなかを歩きまわってあげたけど」

「そうだったな。感謝感激雨あられだ。今夜はうちに寄れるかい?」

「いつなりと。ピピンは四人め。あなたたちは避妊について考えたことはない?」

「ちょうどその手の会話がはじまったところさ。で、話のついでにきくが、きみの性生活はどんな調子かな?」

「ごめんなさい。わたしの話題ミスね」レイシーは当年三十六歳、独身で魅力的。その性生活は、職場まわりでは好奇心に満ちたひそひそ話のネタになっていた。

いまふたりは東の大西洋岸をめざしていた。目的地である州北東部のセントオーガスティンまではあと十三キロ。レイシーがようやくラジオを切ると、ヒューゴーがたずねた。「前にもこっちへ来たことがあるって？」

「ええ、数年前にね。友だちが海辺にリゾートマンションをもってて、当時の彼氏とそこで一週間過ごしたっけ」

「セックス三昧《ざんまい》か？」

「またその話。頭がいつも下ネタ中心にまわってるわけ？」

「ま、いわれて考えてみれば答えはイエスだな。ピピンが生後一カ月だってことを頭に入れておいてくれ。つまり、ヴァーナとはもう少なくとも三カ月もレスがつづいてる。いまでも妊娠中のヴァーナがおれを拒みだしたのが三週間早かったと――口には出さないが頭では――思ってるが、その点は議論の余地がある。いまさら過去にもどって埋めあわせるのはできない相談だ。そんなこんなで、こっちはいろいろ溜《た》まってる――あいつもおなじ気分かどうかは知らないよ。ちっこいガキが三人いて、おまけに新生児までいるのは、しっぽり仲よくする時間にとっては大打撃だからね」

「そんなこと一生知りたくない」

そのあと幹線道路を二、三キロ走るあいだこそヒューゴーは目を路面に貼《は》りつかせようとしていたが、やがて瞼《まぶた》が重くなって、うとうとしはじめた。レイシーはちらりとヒューゴーに目をむけて微笑《ほほえ》んだ。審査会で働くようになって九年。そのあいだレイシーとヒューゴーはいっしょに十あまりの案件の調査にたずさわった。ふたりは名コンビで、たがいに信頼しあっていたばかりか、ヒューゴーが不適切な挙に出た場合には（その前例は一度もない）すぐさまヴァーナの耳にはいることも両者が知っていた。レイシーはヒューゴーと仕事をともにしているが、ゴシップの交換や買い物の相手はヴァーナだった。

セントオーガスティンはアメリカ最古の街と喧伝《けんでん》されている——スペインの探険家、ポンセ・デ・レオンが一五一三年に上陸して探険をはじめた地だからだ。観光に力を入れている由緒《ゆいしょ》のある街で、歴史ある建物が多い美しい街なみとオークの古木から太く垂れているスパニッシュモスの景色も楽しめる。市の郊外へはいっていくと車の流れが遅くなり、観光バスがあちこちに停車していた。右手の遠いところでは古い大聖堂が街なみの上にそびえていた。レイシーにはすべてが馴染《なじ》み深い光景だった。昔の恋人と過ごした一週間は大災厄だったが、セントオーガスティンにはいい印象が残っていた。

数ある大災厄のなかのひとつ。

「で、おれたちが会う予定になっている正体不明の〝情報提供者《ディープスロート》〟はだれなんだ？」

ヒューゴーが今回も目をこすりながらたずねた。このまま起きると決めているらしい。

「正体はまだわからない。でも、コードネームはランディよ」

「了解。ひとつ教えてほしいんだが、われらが尊敬される判事どのを正式告発さえしていない人物、おまけに変名をつかっている人物と会うために、なんでおれたちふたりがこうして出張《でば》ってるんだ？」

「うまく説明できないな。この男とは三回にわたって電話で話をして……なんというか……口ぶりがとても熱心に思えたの」

「最高だね。告発する側の人間の口ぶりが……なんというか……とても熱心じゃなかった前例をひとつ教えてくれ」

「わたしにつきあって。いい？　マイクルが調査を進めろといった、それでわたしたちはここにいるのだから」マイクルというのは審査会のマイクル・ガイスマー委員長であり、ふたりの上司だ。

「もちろん。その中立人が主張する倫理に反する行動の中身について、なにか手がかりでも？」

「あるにはある。ランディは〝大きなヤマだ〟といってる」

「びっくりだ。そんな例はきいたこともない」

ふたりの車はキング・ストリートに折れ、ダウンタウンの混雑のなかを進んでいった。いまは七月中旬、フロリダ州北部ではまだ観光シーズンの盛りで、特に目的地もないようなショートパンツとサンダルの観光客たちが、歩道をそぞろ歩いていた。レイシーは横道に車をとめ、ふたりで観光客たちにまぎれこんだ。それから一軒のコーヒーショップにはいって、豪華なつくりの不動産パンフレットをめくって三十分をつぶした。正午になるとふたりは——かねて指示されたとおり——〈ルカズ・グリル〉にはいっていって三人がけのテーブル席をとり、アイスティーを注文して待った。三十分たってもランディがあらわれないので、ふたりはサンドイッチを追加注文した。ヒューゴーはサイドメニューにフライドポテトを、レイシーはフルーツを注文する。ふたりは店の入口に目を貼りつけたまま、できるかぎり時間をかけてサンドイッチを食べながら待った。

法律関係者としてのふたりは時間に重きを置いている。調査官としてのふたりは辛抱が大事と学んでいる。ふたつの役割が衝突することも珍しくない。

午後二時、あきらめたふたりはサウナなみに蒸し暑くなった車へ引き返した。レイシーがエンジンをスタートさせたそのとき、携帯電話の着信音が鳴った。発信者は不明。レイシーは携帯をつかみあげた。「はい?」

男の声がいった。「ひとりで来るようにといったはずだぞ」ランディの声だった。

「あなたにはそれをいう権利があります。でもわたしたちは、正午にランチの席で会うはずでした」

一拍の間があった。それから――「わたしはいま市営マリーナにいる。キング・ストリートの突きあたりで、そこからは三ブロックだ。連れの男に、どこかよそへ行くようにいっておけ。それからふたりで話そう」

「いいですか、ランディ。わたしは警官ではないし、スパイみたいな真似《まね》は得意じゃありません。あなたと会えばハローの挨拶《あいさつ》のひとつもします。でも、会ってから一分以内に本名を教えてもらえなければ帰りますよ」

「もっともだ」

レイシーは通話を切って小声でつぶやいた。「もっともだ……」

マリーナには何艘《そう》ものプレジャーボートや数艘の釣り船がせわしなく出入りしてい

た。長い浮橋をつかって、観光客の一群がやかましくおしゃべりしながら船を降りてくる。海に面したテラス席があるレストランは、ランチタイムを過ぎたいまも大にぎわいだった。チャーター船のクルーたちが甲板に水をかけて掃除したり、あちこち片づけたりと翌日のチャーター仕事の準備を進めていた。

レイシーは会ったことのない男の顔をさがしながら、中央桟橋に沿って歩いていった。前方にある燃料ポンプのそばに立っていた年配の〝海辺の遊び人《ビーチバム》〟がレイシーにむかっておずおずと小さく手をふり、ひとつうなずいた。レイシーはうなずきかえしただけで、足をとめずに歩きつづけた。年齢は六十歳前後か、パナマ帽の下から多すぎるほどの白髪まじりの髪がはみだしている。ショートパンツにサンダル、派手派手しい花柄のシャツ、そして太陽に照らされて長い時間をすごしすぎている者には典型的な、日焼けでなめし革のようになった赤銅色《しゃくどういろ》の肌。目もとは飛行士スタイルのサングラスで隠れている。男は笑顔で前に進みでてくると、こういった。

「きみがレイシー・ストールツだね」

レイシーは相手の手をとって答えた。「ええ。あなたは？」

「名前はラムジー・ミックス。お会いできて光栄だ」

「こちらこそ。最初のお話では正午に会うはずでしたね」

「それについては謝罪する。ボートでちょっとしたトラブルがあって」そういうとミックスという男は桟橋の先、ドックがおわるところに繋留《けいりゅう》してある大型のパワーボートをあごで示した。現時点でこのハーバー随一の長さを誇っているボートではなかったが、かなり近い線をいっている。「あのなかで話せないか？」

「ボートの船内で？」

「いかにも。あそこならプライバシーが守れるからね」

会ったばかりの赤の他人とふたりきりでボート船内にもぐりこむのは褒められた行動ではない。レイシーはためらった。答えを口にできずにいるあいだに、ミックスがたずねた。

「あの黒人男はだれなんだ？」

レイシーが顔をふり動かして、キング・ストリートを見ているミックスの視線を追うと、なにげない顔で観光客グループのあとに従い、マリーナに近づこうとしているヒューゴーの姿が見えた。

「同僚です」レイシーは答えた。

「ボディガードのような？」

「わたしにはボディガードは必要ありません、ミスター・ミックス。わたしもあの人も武器を帯びてはいません。でもあの男なら、たった二秒であなたをここの海に投げこむことができます」

「そんな真似が必要にならないことを祈る。わたしは平和的な話しあいのためにきたのでね」

「それをきいて安心しました。ボートに乗るのはかまいませんが、いまの場所に碇泊《ていはく》したままというのが条件です。エンジンが動きはじめたら、わたしたちの会合はその時点で終了です」

「もっともだ」

レイシーはミックスのあとから歩いて、ここ数カ月は大海原を見ていないような外観の、ずらりとならんだレジャーヨットの前を通りすぎ、ミックスのボートにたどりついた。ボートには〝陰謀者〟を意味する〈コンスピレイター〉という小賢《こざか》しい船名がついていた。ミックスが先に甲板にあがって、レイシーに助けの手を伸ばしてきた。

甲板に出ると帆布の日よけの下に小さな木のテーブルが置いてあり、四脚の折り畳み椅子《いす》がかこんでいた。ミックスはテーブルを手でさし示していった。

「この船へようこそ。さあ、すわってくれたまえ」

レイシーはすばやく周囲を目で確かめると、椅子には腰かけずにたずねた。「この船にはあなただけですか?」

「いや、ちがう。いっしょにセーリングを楽しむ友人が乗っている。名前はカーリータ。紹介しようか?」

「もしその女性があなたの話にとって重要なら」

「そうとはいえないな」ミックスはマリーナに目をむけていた——そちらではヒューゴーが手すりにもたれていた。ヒューゴーは、「おれが全部見ているよ」といいたげに手をふってよこした。ミックスは手をふりかえしてから、レイシーにいった。「ひとつ質問してもいいかね?」

「もちろん」レイシーは答えた。

「わたしがどんな話をしようと、その話は間をおかずにミスター・ハッチにも共有されると想定したほうが無難だね?」

「あの人は同僚です。ふたりでひとつの案件を調査することもよくありますし、この件もそうなるかもしれません。ところで、わが同僚の名前をどこで知ったのですか?」

「たまさかわたしもコンピューターを所有していてね。きみたちの公式サイトを見たよ。司法審査会はそろそろサイトをアップデートするべきだ」

「わかってます。でも予算が削減されてしまったので」

「ミスター・ハッチの名前はどこかできいたことがあるな」

「短期間ですが、フロリダ州立大学のフットボール選手として活躍していました」

「それが理由かもしれない。わたしはゲイターのファンでね」

レイシーはこれに反応しないことにした。人々が贔屓《ひいき》の大学フットボール・チームに熱狂的なまでに肩入れする南部ではありふれた発言だったが、前々からこれがレイシーには苛立《いらだ》ちのたねだった。

ミックスはいった。「では、あの男にも全部知られるということだね？」

「ええ」

「ミスター・ハッチもこちらへ呼びたまえ。飲み物を用意させるよ」

2

カーリータが木のトレイから飲み物を配った――レイシーとヒューゴーにはダイエットソーダ、ミックスには瓶ビール。カーリータはヒスパニック系の美人で、ミックスより少なくとも二十歳は年下だったが、客人を――とりわけおなじ女性の客人を――迎えることを喜んでいるようだった。

レイシーは法律用箋《ようせん》にメモを書きつけて、こういった。「まずは手短にひとつ質問させてください。あなたが十五分前につかった携帯は、先週つかっていた携帯とは番号がちがっていましたが……」

「それが質問かな?」ミックスが応じた。

「ええ、事実上は」

「オーケイ。わたしは何台もの携帯をつかいわけている。しじゅう、あちらこちらへ動き回っているのでね。わたしが知らされたきみの番号は、勤め先から支給された携帯の番号だね？」

「ええ、そのとおり。公用には私用携帯をつかわないので、わたしの番号はこの先も変わりそうにありません」

「それなら話は単純だ。わたしの携帯は毎月番号を変える。ときには週単位で」

初めて顔をあわせてから五分経過。これまでのところミックスの発言は、いずれもさらなる疑問への扉をひらいたにとどまっている。ランチの席で待ちぼうけを食らわされたことへのレイシーの怒りもおさまっていなかったし、ミックスの第一印象も決して愉快なものではなかった。

「オーケイ、ミスター・ミックス」レイシーはいった。「この時点からわたしとヒューゴーは黙ります。あなたは話をはじめてください。あなたが語るべき話をきかせてほしいのです。その話に大きな穴があって、わたしたちが穴をさぐったり暗闇《くらやみ》に足を踏み入れたりする羽目になるようなら、わたしたちはうんざりして帰らせてもらいます。あなたはわたしをここへおびき寄せようとして、電話ではわざと秘密めかして話していたのですから」

ミックスは笑顔でヒューゴーにたずねた。「こちらの女性はいつもこんなにぶしつけなのかな？」

ヒューゴーは笑みをのぞかせずにイエスの意味でうなずくと、テーブルに置いた両手を組んで待った。レイシーはペンを下に置いた。

ミックスはビールをひと口飲んでから話しはじめた。

「わたしはかれこれ三十年、ペンサコーラで弁護士として仕事をしていた身だ。小さな事務所だよ。たいていは五、六人の弁護士がいるだけだった。かつては業績は好調で、われわれの暮らしも上々だった。さて、わたしの初期の依頼人にひとりの不動産開発業者がいてね。高級マンションや分譲地、ホテル、ショッピングモールなど、それこそ一夜にしてそそり立つような典型的なフロリダの不動産物件を手広くあつかう業界の大物のひとりだった。信用できない男だと思ってはいたが、あまりにも金を稼いでいるので、わたしもしまいには餌《えさ》に食いついたわけだ。男はわたしを何件かの取引に関与させた――あちらこちらでわずかな分け前をよこしたんだよ。しばらくはそれで順調そのもの。やがてわたしは裕福になることを夢見はじめた……が、フロリダでは裕福になれば深刻なトラブルに引きこまれると決まっている。わが友人は帳簿を改竄《かいざん》し、多すぎるほどの借金を背負いこもうとしていたが、これはわたしのあずかり知らぬことだった。やがて不法融資が明らかになった――いや、じっさいにはなにからなにまで不法行為だらけだった。そしてＦＢＩが組織犯罪取り締まりの法律をつかって〝RICO法クラスター爆弾〟を落とし、わたしを含むペンサコーラの半分が起訴されることになった。多くの者が大損したよ——開発業者、銀行家、不動産仲介業者、弁護士、それ以外のいかさま師連中がね。とはいえ、きみたちはこの事件のことを知らないかもしれないね——そちらの調査対象は裁判所の判事たちで、弁護士ではない。ともあれわたしは寝返って一切合財を自白して、郵便詐欺《さぎ》一件にかぎって有罪を認める司法取引を検察とかわし、連邦刑務所で一年四カ月服役した。おかげで法曹資格をうしない、多くの敵もつくった。いまは目立たないように頭を低くしているよ。資格の復活も願い出て認められた。最近では依頼人もひとりできたが……いまから話したいのは、その依頼人のことだ。質問は？」

ミックスは題名もなにも書かれていない無地のファイルを無人の椅子からとりあげて、レイシーに手わたしした。

「わたしについての情報だ。新聞記事、有罪答弁取引の記録をはじめ、そちらが必要としそうなものをすべて入れてある。いまのわたしは合法的に活動している——というか、元受刑者としては精いっぱい合法的だ。わたしの言葉はすべて真実だよ」

「そちらの現住所は？」ヒューゴーがたずねた。

「マートルビーチに弟が住んでいて、法的目的のために弟の住所を借用している。カーリータはタンパに家があって、そちらでわたしが受けとる郵便物もある。とはいえ、基本的にわたしはこのボートで暮らしているよ。電話もファックスもＷｉ‐Ｆｉもあるし、小さなシャワーと冷えたビールがあるうえに、すばらしい女性もいる。幸せな男だ。フロリダやフロリダキーズ、さらにはバハマ諸島まで、気のむくままに旅してまわってる。アメリカ政府《アンクル・サム》のおかげで、わるくない引退生活だよ」

「どうして依頼を引き受けたんです？」レイシーはファイルに目をむけずにたずねた。

「旧友の友人だからだ——その旧友は、いわくつきのわが怪しげな過去についても知っていて、わたしなら高額な手数料目当てに危険な橋もわたるだろう、とにらんだ。図星だよ。旧友はわたしを見つめて、依頼を引き受けろと説得してきた。いや、依頼人の名前を質問しても無駄だ。わたしは知らない。旧友が仲介者になっているんだ」

「あなた自身の依頼人の名前を知らない？」レイシーはたずねた。

「ああ、知らないし、知りたくもない」

「こちらは理由をたずねるべきですか？　それとも話をそのまま受けいれるべきですか？」ヒューゴーがたずねた。

「話の穴その一ですね、ミスター・ミックス」レイシーはいった。「わたしたちは穴を調べたりはしない。すべてを正直に話してもらえなければ、わたしたちは手ぶらでここから帰ります」

「ともかく肩の力を抜きたまえ」ミックスはそういって、またビールを飲んだ。「これは長い話だし、すっかり語るにはいささか時間がかかる。莫大な金と驚きあきれるほどの腐敗がからんだ話だし、ここに関係している連中はとことん悪辣《あくらつ》でね、わたしやきみたち、あるいはわが依頼人であれだれであれ、口うるさく質問する者がいれば、一瞬もためらわず相手の眉間《みけん》に銃弾を撃ちこむような手あいぞろいだ」

レイシーとヒューゴーがこの発言をしっかり頭におさめるあいだ、長い沈黙の時間が流れた。やがてレイシーはたずねた。「それならどうしてあなたはこんな真似をしているんですか?」

「理由は金だ。わたしの依頼人は、フロリダ州の内部告発者保護法にのっとっての告発を考えている。あわよくば、それで数百万ドルの報奨金を稼ごうと狙《ねら》っているわけだ。わたしは、そこから気前のいい分け前を受けとる。それで万事うまく運んだら、わたしはもう二度と依頼人をとらなくてもいい身分になるかもしれない」

「となると、依頼人は州政府の職員となりますね」レイシーはいった。

「わたしだって法律は知っているよ、ミズ・ストールツ。きみたちには大変な労力を要する仕事がある。わたしにはそんなものはない。だから法典や判例法をじっくり研究する時間もある。そのとおり、依頼人はフロリダ州政府に雇われた身だ。いや、正体は明かせない――少なくともいまの時点では。この先、金がテーブルに載せられる段階にいたれば、担当判事を説得して記録を非公開のままにできるかもしれない。しかしまずもってわが依頼人はすこぶる怯《おび》えており、司法審査会に出す正式告発状に署名できる状態ではないのだよ」

「署名つきの正式告発状をもらわないことには、わたしたちは一歩も仕事を進められません」レイシーはいった。「あなたもご存じのように、その点は法で明確に定められています」

「もちろん知っているよ。告発状にはわたしが署名しよう」

「宣誓のもとで?」ヒューゴーがたずねる。

「もちろん、決められたとおりにね。依頼人が真実を述べることをわたしは信じているし、わたしは喜んで自分の名前を告発状に書きこむよ」

「それなのに怯えていない?」

「ずいぶん長いあいだ恐怖とともに暮らしている。それにも慣れたと思っていたが、事態はもう悪化するばかりだ」ミックスは別のファイルに手を伸ばして数枚の書類を抜きだし、テーブルに置いてから話をつづけた。「六カ月前にわたしはマートルビーチの裁判所に足を運んで、正式に改名した。いまのわたしはグレッグ・マイヤーズ。告発状にはこちらの名前をつかうつもりだよ」

レイシーはサウスカロライナ州マートルビーチの裁判所が出した裁定書に目を通しつつ、セントオーガスティンにまで足を運んでこの男に会ったのは賢明だったのかと、いま初めて疑問を感じはじめていた。恐怖のあまり名乗りでることもできない州政府の職員。改心した弁護士は、やはり恐れにとりつかれたせいで他州の裁判所へ行って改名してきた。本物の住所をもたない元受刑者。

裁判所の裁定書を読んだヒューゴーは、ここへきて初めて拳銃《けんじゅう》を携行してこなかったことを悔やんでいた。ヒューゴーはたずねた。「ではいまこの瞬間も、あなたはご自分が身を隠していると考えてるんですね？」

「さしあたりは、きわめて慎重に行動しているというにとどめよう、ミスター・ハッチ。わたしにはボートの船長として豊富な経験がある。水や海のこと、海流や珊瑚礁《さんごしょう》や砂州や小島のこと、人里離れたビーチや人目につかない隠れ場所などについては、わたしの行方をさがしている者たちの追随を許さない知識をそなえているんだよ——まあ、そういう者たちがいればの話だが」

レイシーはいった。「たしかに、あなたは身を隠して暮らしているみたいですね」

ラムジー・ミックスあらためグレッグ・マイヤーズは、そのとおりだといいたげにうなずいただけだった。三人が飲み物に口をつけた。ようやく吹いてきたそよ風が、あたりの湿気を多少払ってくれた。レイシーは薄いファイルの中身をめくってからいった。

「質問をひとつ。あなたがかかえている法律問題が、あなたが話しあおうとしている司法関係者の違法行為と関連しているということはありますか？」

マイヤーズがいまの質問の重みを推し量るあいだ、うなずきがとまった。「いいや」

ヒューゴーがいった。「では、その謎《なぞ》めいた依頼人に話をもどしましょう。あなたはその依頼人と直接コンタクトしていますか？」

「これまではいっさい接触してない。相手は電子メールも通常の郵便《スネールメール》もファックスも拒否し、いかなる種類の追跡可能な電話もつかおうとはしない。依頼人は仲介者に話し、仲介者がわたしを直接たずねてくるか、あるいはプリペイドのつかい捨て携帯で連絡してくる。手間も時間も食うことは食うが、きわめて安全でもある。痕跡《こんせき》も記録も、とにかくなにも残らないからね」

「では、もしいますぐ依頼人が必要になったら、どうやって居場所をつきとめるんです？」

「そういうことは起こらない。そういう場面になれば仲介者に電話をかけて、一時間ばかり待つだろうな」

「依頼人はどこに住んでますか？」

「わたしは知らない。フロリダ州北西部、俗に〝フライパンの柄《パンハンドル》〟と呼ばれている地域のどこかだな」

レイシーは深々と息を吸いこみ、ヒューゴーと視線をかわしてから口をひらいた。

「オーケイ。では、話をきかせてください」

マイヤーズはならんだボートの先、海をはさんだ遠くの地に視線をむけていた。ちょうど跳ねあげ橋があくところで、その光景に魅せられているような顔つきだった。しばらくしてから口をひらき、「この話には数多くの章があってね。なかには、いまも書かれている途中の章もある。今回のささやかな会合の目的は、ひとつにはきみたちの好奇心をかき立てるに足るだけの話をきかせることだが、同時にきみたちを怖がらせ、そう望むのなら、この件から手を引く機会を与えるためでもある。いまの肝心な問題はそれだ――きみたちはこの件に関与したいと考えているのかどうか、だよ」

「その話には司法関係者の不適切行為がかかわっていますか？」レイシーはたずねた。

「〝不適切行為〟というのは、桁《けた》はずれに控えめな表現だ。わたしが知りえた話には、前代未聞《みもん》のレベルといっていい腐敗行為が含まれている。いいかな、ミズ・ストールツとミスター・ハッチ、刑務所でわたしが過ごした一年四カ月は決して無駄ではなかった。刑務所では法律図書館の管理をまかされた。だからずっと本に埋もれていたよ。全米五十州でこれまでに裁判を起こされた司法関係者による不適切行為の事例を、ひとつ残らず研究した。調査結果やファイル類、ノートなど、なにもかも手もとにそろっている。知ったかぶりをしている者を見わける必要があるかもしれないのでいっておけば、わたしの頭にはかなりの情報がたくわえてある。そのわたしが教えることのできる話には、ほかの事例すべてをあわせた以上の〝汚れた金〟がからんでいる。それればかりかこの一件には、贈収賄《ぞうしゅうわい》、財物強要、脅迫、訴訟の不正操作、少なくとも二件の殺人事件と一件の誤審がかかわっている。冤罪《えんざい》の犠牲になった男がひとり、ここからわずか一時間の死刑囚舎房で生き腐れの目にあっている。事件の真犯人だった男は、おそらくいまこの瞬間、わたしのボートよりもずっと高級なボートの船内に腰をすえているだろうな」

マイヤーズは口をつぐんで瓶からビールを飲み、感に堪えた顔で瓶をとっくり眺めた——ふたりの注目を一身にあつめられたことで満足したようだ。

「さて、問題はきみたちが関与したがるかどうかだ。危険な目にあうかもしれないぞ」

「どうしてわれわれに連絡したんですか？」ヒューゴーがたずねた。「なぜＦＢＩに通報しなかったのです？」

「ＦＢＩとは交渉したよ、ミスター・ハッチ。ただし、情況は悪化した。あの連中は信用ならないし、それをいうならバッジをもった警官とその同族どもも信用していない——とりわけこのフロリダ州ではね」

　レイシーはいった。「くりかえしになるけど、わたしたちは武装しません。犯罪捜査官ではありませんから。話をきいた感じだと、あなたに必要なのは連邦政府のいくつかの部門のようですね」

「とはいえ、きみたちには罰則付文書提出令状《サピーナ》という武器がある」マイヤーズはいった。「きみたちにはその令状を取得する権利が法律で認められているんだ。州内のどの判事相手でも、それぞれが執務室にしまいこんでるどんな書類であれ、提出を迫る権限があるわけだ。きみたちにはかなりの力があるんだよ、ミズ・ストールツ。だから、犯罪行為を調査する手段もいろいろそなえているわけだ」

　ヒューゴーがいった。「それはそのとおり。しかし、ギャング連中とわたりあえるような装備はもちあわせていません。そちらの話が真実なら、どうやら敵はよく組織された悪党たちのようではありませんか」

「〈キャットフィッシュ・マフィア〉という言葉にきき覚えは？」マイヤーズはまたもやビールを瓶からたっぷり飲んでからいった。

「ありません」ヒューゴーが答え、レイシーは無言でかぶりをふった。

「まあ、こちらも長い話だ。そうだよ、ミスター・ハッチ、敵はよく組織されたギャングだ。彼らには犯罪行為の長い歴史があるが、そちらはきみたちの関知するところではない。どれひとつとっても司法関係者の関与は認められないからだ。しかし、連中がある事業を遂行するために判事を金で抱きこんだ例はある。その事例なら、きみたちの関知するところにもなろうか」

一艘の古いエビとり漁船が近くを通っていき、あとに残された波で〈コンスピレイター〉号が揺れた。三人ともしばし黙りこんでいた。レイシーが口をひらいた。「もしもわたしたちが関与を拒んだら？　その場合、あなたの話はどうなります？」

「わたしが正式告発状を提出すれば、きみたちには調査の義務が生じるのでは？」

「ええ、理屈の上では。そして、ご存じでしょうが、告発内容の真実相当性を判定するために四十五日間が与えられる。そのとおりとなったら調査対象の判事にその旨《むね》を通告して、一日を台なしにしてやる。でも一方でわたしたちは、告発状を無視するべにも通じています」

ヒューゴーは笑顔でいった。「そう、そのとおり。われわれは官僚ですからね。仕事をかわしたり遅らせたりするのは、だれよりも巧みです」

「この案件はかわせまい」マイヤーズはいった。「そのくらい規模が大きいんだ」

「もし本当にそれほど規模が大きいのなら、どうしてこれまでだれにも見つけられなかったのでしょう?」

「なぜなら、いまなお進行中だからだ。時機が適切ではなかったからだ。理由はたくさんあるんだよ、ミズ・ストールツ。なかでもいちばん大きな理由はね、これまでこの件を知っている人々がだれもみずから名乗りでようとしなかったことにある。そしていま、わたしが名乗りでたわけだ。そこで次なる疑問は単純なものになる――はたして州の司法審査会はアメリカ法曹界史上でも最悪の悪徳判事を調査する意向があるのかどうか、だ」

「わたしたちの州の判事のひとりですか?」レイシーはたずねた。

「いかにも」

「いつになればその男の名前を教えてもらえます?」ヒューゴーがたずねた。

「おや、相手を男と決めてかかってる?」

「いやいや、なにも決めてかかってはいません」

「そう、スタート地点としてはそれが上々だね」

もとからやる気のないそよ風はついに力つき、三人の頭上でがたごと音をたてて首振りをつづけている扇風機は、湿気でよどんだ空気をあちこちに押しやっているだけだった。三人ともシャツが汗で素肌に貼りついていたが、それに最後まで気づかなかったのはマイヤーズだった。それでもようやく気づいたマイヤーズは、このささやかな会合のホスト役として次なる行動の音頭をとった。

「向こうのレストランまでぶらぶら歩いていって、みんなで一杯やろう。店内にバーがあって、クーラーもよく利《き》いているんだ」

そういってマイヤーズは、オリーブグリーンの革のクーリエバッグを手にとった。つかいこまれたバッグは、この男の体の一部になっているかのようだった。なにがはいっているのだろう、とレイシーは思った。小型の拳銃？　現金や偽造パスポート？　それともまた別のファイルだろうか？

桟橋を歩きながら、レイシーはたずねた。「これから行くのは、あなたの行きつけのお店のひとつですか？」

「なんでわたしがその質問に答えると思った?」マイヤーズからそう返されて、レイシーは質問したことを悔やんだ。いま話をしている相手は、自分がいつ命を奪われてもおかしくないと思いながら暮らしている透明人間であり、港から港へと船で飛びまわる自由気ままな船乗りではないのだ。ヒューゴーはやれやれといいたげに頭をふっている。レイシーは内心で自分の尻《しり》を蹴《け》り飛ばした。

この時間レストランには客はおらず、三人はハーバーを見わたせる店内テーブル席についた。ここ一時間は蒸し暑い船内にいたせいもあり、クーラーで冷えた空気が三人には身も凍えるほどに感じられた。調査官たちはアイスティー、ミスター・マイヤーズはコーヒー。客はこの三人だけ。話を他人にきかれる心配はない。

「われわれが本件の調査にあまり気が乗らなかったら、どうしますか?」ヒューゴーがたずねた。

「その場合は、いずれプランBに移行する予定だが、気が進まない。というのも、プランBではマスコミを関与させる手はずでね——知りあいの記者ふたりばかりだが、心から信頼してはいないんだ。ひとりはアラバマ州モービル、もうひとりはこの州のマイアミにいる。率直にいえば、ふたりともあっけなく怖気《おじけ》づきそうでね」

「では、わたしたちならあっけなく怖気づいたりしないとどうして確信できるんですか？」レイシーがマイヤーズにたずねた。「前にもいったとおり、わたしたちはギャングを相手にすることに慣れてません。そもそも、ほかの案件で手いっぱいでもあるし」

「ああ、それはそうだろうね。世に悪徳判事の尽きることなしだ」

「まじめにいえば、数はそれほど多くありません。本当に腐った林檎《りんご》はごく少数ですが、不満をいだく訴訟当事者が多いので、わたしたちの仕事が絶えることはありません。苦情の申立ては数多く寄せられます。でも、実体がある告発はごくわずかです」

「なるほどね」マイヤーズは飛行士スタイルのサングラスをゆっくりとはずして、テーブルに置いた。腫《は》れぼったく充血した目は酒飲みのようだったし、目をかこむ肌は青白かった。その色のコントラストが、レイシーに毛皮の色が逆転したアライグマを思わせた。目のまわりが日焼けしていないのは、めったにサングラスをはずさないからだろう。マイヤーズはいま一度——自分を追う者がレストランにいないことを確かめるように——周囲をざっと見まわし、ようやくリラックスした顔になった。

ヒューゴーがいった。「さっき話に出た〈キャットフィッシュ・マフィア〉ですが……」

マイヤーズはにたりと笑って、うなり声を洩《も》らした——打ち明け話をするのが待ちきれないかのように。「じゃ、話をききたいんだな？」

「最初にそっちがもちだした話ですよ」

「そうだな」ウェイトレスが三人の飲み物をテーブルに置いてさがっていき、マイヤーズはコーヒーをひと口飲んで話しはじめた。「はじまりは五十年ばかり昔だ。不良の若者たちがきっちりした組織のないギャング団をつくり、アーカンソーやミシシッピやルイジアナのそこかしこで——郡警察の署長を賄賂《わいろ》で抱きこめる土地ならどこででも——いろんなわるさをしていた。いちばんの柱は密造酒の製造と売春、それにギャンブル——まあ、昔ながらの悪徳商売だ。ただしずいぶん手荒なまねもしていて、死体の数が不足することはなかった……といっておこう。連中はバプテストがいないような地域に近い非禁酒の郡、それもできれば州境の近くを選んで活動拠点をつくった。やがて地元住民がそんな状態に例外なくうんざりして選挙で新しい警察署長を選出すると、悪党どもは町から去っていった。そのうち連中はミシシッピの沿岸地帯、それもビロクシやガルフポートの周辺に腰を落ち着けた。撃ち殺されずにすんだ者たちは、裁判にかけられて刑務所送りになった。そんなこんなで一九八〇年代初頭には、ギャングの初期メンバーの大半がいなくなってはいたが、当初若かった者たちがごくわずかながら残ってもいた。そしてビロクシでギャンブルが合法化され、連中のビジネスに大きな打撃になった。残党連中はここフロリダに移動して土地取引詐欺のうまみを見つけ、さらにコカインの売買が驚くほど利益をあげることにも気づいた。連中は巨万の富を築いて組織を再編成し、それがやがて成長して、〈沿岸《コースト》マフィア〉と呼ばれる集団をつくったんだ」

ヒューゴーはかぶりをふっていた。「わたしはフロリダ州北部で生まれ育ち、おなじ北部の大学とロースクールに進み、そのあともずっと北部に住んでます。くわえて過去十年間は司法関係者の不正調査にたずさわってますが、〈コースト・マフィア〉なんてきいたこともありません」

「連中は宣伝をしないし、その名が新聞に出たことは一度もないからね。過去十年間は、ひとりのメンバーも逮捕されていないと思う。小規模のネットワークなんだよ——緊密につながりあっていて、規律も厳しい。メンバーの大半は血縁関係にあるのではないかな。そんな連中の組織も、あるいは潜入捜査を許したり手入れをされたりして、全員が刑務所送りになってもおかしくはなかったんだが、それを防いだのは頭角をあらわしてきたひとりの男でね。ここではとりあえずオマーと呼んでおこう。悪党は悪党だが、ずばぬけた切れ者だった。一九八〇年代なかば、オマーはギャング団を率いてフロリダ州南部に進んだ。当時の南部はドラッグ売買の中心地でね。それから数年はオマーたちもわが世の春を謳歌《おうか》していたが、コロンビア人と衝突するようになってから歯車が狂いはじめた。オマーが撃たれた。オマーの弟も撃たれたが、こちらは助からず、それればかりか死体も見つからずじまいだった。一同はマイアミから逃げたが、フロリダ州内にとどまった。オマーは犯罪については天才的な頭脳のもちぬしで、かれこれ二十年ばかり前、ひとつのアイデアに夢中になった——アメリカ先住民の土地にカジノをつくるというアイデアだよ」

「それをきいても意外に思えないのはなぜ？」レイシーはぼそりといった。

「わかってるな。きみも知っていると思うが、いま現在フロリダ州内には先住民経営のカジノが九軒あり、そのうち七軒はセミノール族の経営だ。セミノール族は先住民中で最大規模を誇る部族で、連邦政府が認定している州内のわずか三部族のひとつだ。そのセミノール族経営のカジノは合計で年間四十億ドルの金を稼いでいる。オマーとその一味にとっては、カジノが抵抗しがたい好機に見えたわけだ」

レイシーはいった。「つまりあなたの話には、犯罪組織とカジノを所有している先住民たちと汚職判事がかかわっていて、その全員がひとつベッドにいるということですね？」

「妥当な要約だ」

「しかし、先住民がらみの案件はFBIの管轄《かんかつ》でしょう?」ヒューゴーがたずねた。

「そのとおり。そしてFBIは、どんな不法行為でも先住民を追及することに熱意を見せたためしがない。それにね、ミスター・ハッチ、くりかえしになるが話をしっかりきいてほしい――わたしはFBIと手を組むのはまっぴらだ。あいつらは事実を把握していない。わたしは事実を把握し、きみたちに話をしているんだ」

「で、話の全貌《ぜんぼう》はいつきかせてもらえます?」レイシーはたずねた。

「きみたちの上司のミスター・ガイスマーが本件調査にゴーサインを出したらすぐにでも。まずきみたちから、ガイスマー委員長にわたしの話を伝えてくれ。そのときには、本件調査に危険がともなうことをしっかり理解させてほしい。そのうえで委員長がわたしに電話で、司法審査会がわが正式告発状を受領したうえで全面的な調査をすると確約してくれたら、できるかぎり話の空白部分を埋めさせてもらう」

ヒューゴーはテーブルを拳《こぶし》の関節でこつこつと叩《たた》きながら、家族のことを思っていた。レイシーは別のエビとり漁船がハーバーをゆっくり進んでいくのをながめながら、ガイスマーがこの話にどう反応するだろうかと考えていた。そしてマイヤーズは、ふたりの調査官を見つめながら、このふたりのことを哀れにすら思いはじめていた。

# 3

司法審査会の本部は、フロリダ州北部の州都タラハシーのダウンタウン、それも州議事堂から二ブロックのところにある四階建ての州政府機関ビルの三階にあり、フロアの半分を占めていた。審査会の〝部屋《スイート》〟では、そのあらゆる側面箇所——すり切れて糸のほつれたカーペットから、刑務所にあるような幅の狭い窓にくわえて、太陽の光をなぜかほとんど反射して部屋にとりこまない窓ガラス、いまだに数十年分のタバコのヤニ汚れがついたままの天井の四角い材木パネル、分厚い摘要書や存在すら忘れられた覚書類の重みにたわんだり歪《ゆが》んだりした安物の書棚がならぶ壁までのすべてから——ぎりぎりまで切り詰められてなお減りつづけている予算のにおいが立ち昇っていた。いうまでもなく、この審査会の仕事など州知事や議会にとって最優先ではないという周知の事実もあった。毎年一月になると審査会で長年委員長をつとめているマイクル・ガイスマーは帽子を片手に州議事堂まで足を運び、上下院の各委員会が歳入というパイを分けあうようすを見物することを余儀なくされていた。そのさいにはへこへこと卑屈になる必要があった。ガイスマーは毎年多少の増額を求め、それよりも少ない額しか認められずにおわった。これこそ、立法府の議員の大多数が存在すら知らない組織の管理職の暮らしだった。

審査会の中枢は、議会に任命された五人の審議員で構成されている——たいていは引退した判事や州知事の心おぼえめでたい弁護士だ。彼らは一年に六回会合をひらいて告発状を審理したり、裁判に似ていなくもない審問会をひらいたり、ガイスマーとそのスタッフたちから最新情報の報告を受けたりする。現場を仕切るガイスマーはスタッフ不足に苦しんでいるが、あいにく予算はもうなかった。部下の六人の調査官——四人はタラハシー勤務、ふたりは州南東部のフォートローダーデイル勤務だ——は平均して週五十時間勤務で、ほぼ全員がひそかに転職の機会をうかがっていた。

ガイスマーの角部屋オフィスの窓からは——もし窓外に目をむければの話だが、そんなことはめったにしなかった——ガイスマーがいる建物よりもさらに高層のコンクリートの掩蓋陣地《バンカー》めいた建物が見えていたほか、その先に雑然と立ちならぶ、さまざまな政府関係の建物も見えていた。ガイスマーのオフィスは広かった——というのも壁をいくつかぶち抜いて、会議用の長テーブルをしつらえたからだ。司法審査会が本部と呼ぶあなぐらや狭苦しい小部屋がつくる迷路のなかで、長テーブルがあるのはここだけだった。審査会が公務のために会合をひらく場合には、フロリダ州最高裁判所内の会議室を借りるのがつねだった。

きょうテーブルをかこんでいるのは四人だった。ガイスマー、レイシー、ヒューゴー、それに審査会の秘密兵器ともいえる、サデルという高齢の法律家補助職員《パラリーガル》だ。サデルはそろそろ七十歳に近づいているが、いまもなお大量の資料を調査で渉猟することはもちろん、中身をすっかり記憶することもできた。いまから三十年前、サデルはロースクールを卒業したものの、司法試験で三回つづけて不合格になった。そのため、永遠にパラリーガルの身分に甘んじることになった。かつてはヘビースモーカーだったが——ここの窓や天井にへばりついたヤニ汚れのかなりの部分はサデルの責《せめ》によるものだ——三年前から肺癌《はいがん》との闘病をつづけている。それでも休むことなく、一週間フルに出勤していた。

テーブルは一面書類に覆《おお》われていた。書類のほとんどはホチキスで留められておらず、黄色いマーカーでハイライトされたり、訂正の赤字が入れてあったりした。ヒューゴーが話していた。「この男のことは確認できました。ペンサコーラの協力者に取材したんです。この協力者が弁護士時代のマイヤーズを知っていました。まあ、起訴される前のことですが、評判のいい弁護士だったそうです。名前を変えてはいますが、当人が自称しているとおりの人物だったわけですな」

レイシーが補足した。「刑務所の記録も見ましたが、立派なものでした。テキサス州にある連邦刑務所に十六カ月と四日間の服役。その大半の期間は、法律図書館の管理の仕事をしていました。また本物の〝牢屋《ろうや》の弁護士〟として数名の受刑者仲間の上訴手続を手伝ったばかりか、ふたりの受刑者の釈放を前倒しにしてやってもいます――もともと、それぞれの弁護士が量刑手続でへまをしていたからですが」

「マイヤーズが受けた有罪判決は?」ガイスマーがたずねた。

ヒューゴーが答えた。「それなりに深掘りして調べた結果、本人の言葉どおりだと裏がとれました。ＦＢＩが追っていたのはキュビアックというやり手の不動産業者です。もともとはカリフォルニアで活動し、二十年にわたってデスティンやパナマシティで郊外住宅地を開発していました。で、ＦＢＩはこの男を逮捕した。いまキュビアックは、長い犯罪リストが理由で懲役三十年の服役中です――なかでも大きい罪が金融詐欺と税金詐欺と不正資金洗浄《マネーロンダリング》。キュビアックは転落すると同時に、大勢の人々を傷つけました。そのひとりがラムジー・ミックスです。この男はすぐ検察側に寝返って、司法取引に応じました。そして自分以外に起訴状に名前があがっていた連中の全員について——なかでもキュビアックについては重点的に——情報を提供して、犯罪者たちにかなりの打撃を与えた。となると、ミックスが名前を変えて海に浮かぶ船に身を隠しているのも賢明ですね。この男は十六カ月の実刑ですんだ。ほかの面々は最低でも五年を宣告されましたし、この面ではキュビアックが見事に一等賞を獲得しています」

「私生活は？」ガイスマーがたずねた。

レイシーが答えた。「結婚歴は二回でいずれも離婚、いまは独身。ふたりめの妻は、マイヤーズがまだ獄中にいるときに家を出てます。最初の結婚で生まれた息子がひとり。当人はいまカリフォルニア在住でレストランを所有しているとのこと。司法取引に応じたとき、マイヤーズは罰金として十万ドルを払っています。量刑手続の法廷でマイヤーズは、弁護士として受けとった報酬とほぼ同額だと証言しました。さらに、この罰金で自分はすかんぴんになったとも。そして刑務所に収監される一週間前に、個人破産を申し立てました」

ヒューゴーは引き延ばされた写真をあれこれながめていた。「そういう話をきくと、こっちのほうがいささか興味深く思えてきますね。マイヤーズに会ったときに、あいつのボートの写真を撮っておきました。全長約十五メートルのシーブリーズ型パワーボート。すこぶる高級な小型船舶です。連続航行距離は三百二十キロ、船内では四人が快適に寝泊まりできる。船舶登録先はバハマのダミー会社だったので、はっきりした数字はわかりませんが、価格は五十万ドル以上でしょう。マイヤーズが刑務所から釈放されたのは六年前で、フロリダ法曹協会によれば法曹資格の復活は三カ月前です。で、決まったオフィスはもたずにボートで暮らしていると話してます。おおかたボートはリースでしょう。それでもなお、かなり豪勢な暮らしぶりに見うけられる。となると、ここで明白な疑問がひとつ。マイヤーズはそれだけの金をどこから得ているのか？」

レイシーが話のつづきを引き受けた。「FBIの手が及んだときには、マイヤーズが儲《もう》けた金の一部をすでに海外のどこかに隠していた可能性はあると思います。RICO法がらみの大規模な事件だったし、多くの犠牲者が出ました。ある情報提供者——元検察官——と話したところ、元ミックスで現マイヤーズがそれなりの資金をどこかに隠したのではないかという疑惑はずっと前からくすぶっていたそうです。この人の話だと、現金を隠そうとした被告人はたくさんいたらしいです。でも、わたしたちには真相はわからないでしょうね。七年前にFBIが見つけられなかったものを、いまになってわたしたちが見つけられるなんて思わないほうが無難でしょう？」

ガイスマーがぼそりといった。「われわれが時間をとって調べるのを前提にしてるみたいだ」

「まさしく」

「では、このマイヤーズというのは悪党なのか？」ガイスマーがたずねた。

ヒューゴーが答えた。「たしかに重罪で有罪判決を受けた男ですが、刑期をつとめあげて罰金も納め、現在はわれらが法曹協会の立派なメンバーです――この場のわれわれ三人と変わるところはありません」ちらりとサデルを見て笑顔をむける。しかし、笑顔が返ってくることはなかった。

ガイスマーがいった。「まあ、悪党というのはいささか言いすぎかもしれないね。とりあえずは、怪しげな人物といっておこう。資産を隠したという仮説については、信じていいかどうかを決めかねている。金を海外に移して破産裁判官に虚偽の供述をしたのであれば、今でも詐欺罪が適用されることになる。はたしてそんなリスクを犯す人物だろうか？」

ヒューゴーが答えた。「その点はわかりません。ただ、きわめて用心深い人物のようです。釈放から六年が経過していることを頭に入れておく必要もありますね。剝奪《はくだつ》された法曹資格の再申請には、フロリダ州内で最低五年は暮らす必要があります。マイヤーズはその待機期間のあいだに、あちこちで金をつくったのかもしれません。いろんな伝手《つて》をそなえている人物のようなので」

レイシーが疑問を口にした。「でも、それが本当に問題でしょうか？　わたしたちが調べるのはマイヤーズ？　それとも悪徳判事？」

「いい指摘だ」ガイスマーがいった。「で、マイヤーズはその判事が女性だとほのめかした？」

「ほのめかしたようなものでした」レイシーは答えた。「ただし明言はしてません」

ガイスマーはサデルに目をむけた。「フロリダ州にはポリティカル・コレクトネスの観点からも問題ない人数の女性判事がいるんだろうね？」

サデルは苦しげに息を吸うと、いつもどおり、ニコチンの悪影響でしゃがれてしまった声で答えた。「どう見るかによりますね。交通裁判所やそのたぐいの裁判所には数十人の女性判事がいますけど、今回の悪役は話からして最低でも地区裁判所レベルに思えます。そうなると判事が約六百人、そのうち女性は三分の一です。合計九軒のカジノが州全域にちらばっている現状では、あれこれ臆測するのは時間の無駄でしょう」

「では、いわゆるマフィアについては？」

サデルは肺が許すかぎりの空気を吸いこんでから口をひらいた。「だれにもわかりませんね。たしかに往年の昔には、〈ディキシー・マフィア〉や〈レッドネック・マフィア〉、〈テキサス・マフィア〉といった、似たりよったりの悪党のグループが存在していました。いまではどのグループもとっくに伝説になり、犯罪を実行する力もなくなってる。残ってるのはウィスキーを売ったり高利貸しの取立て屋をやったりしてる南部白人のグループくらいです。〈キャットフィッシュ・マフィア〉とか〈コースト・マフィア〉という集団についていえば、彼らへの言及はどこにも見つかりませんでした。存在していないとまではいいません――でも、わたしにはなにも見つけられませんでした」そこまで話したところで声が屈し、サデルは息をあえがせた。

「決めつけるのはまだ早いんじゃないかな」レイシーはいった。「たまたま四十年近く昔にアーカンソー州リトルロックで発行された新聞で、ある記事を見つけました。そこには、ラリー・ウェイン・ファレルという男のかなり波瀾《はらん》万丈な人生について書いてありました。同州のデルタ地帯でなまず《キャットフィッシュ》料理を出すレストランを数軒所有していた男です。ただし、どうやらレストランは隠れ蓑《みの》で、裏で密造酒の売買を手がけていたらしい。そしてある時点からファレルとそのいとこたちは野心をたくましくし、ギャンブルと売春と盗難車の売買にまで手を広げた。そしてマイヤーズが話していたとおり、この連中は深南部《ディープサウス》の各地を転々としながら、賄賂で警察署長を抱きこめる地をずっとさがしていました——そういう地に腰を落ち着け、組織をつくりなおすためです。やがて彼らはミシシッピ州のビロクシ近郊に落ち着いた。かなり分量がある記事で、詳細は話すまでもありませんが、とにかく連中は行く先々で驚くほど多くの死体を残していったという話でした」

サデルが宣言した。「では、わたしは誤りを認めます。ご教示に感謝します」

「どういたしまして」

ヒューゴーがたずねた。「きくまでもないことをひとつ、質問してもいいですか？　マイヤーズが告発状を提出し、われわれがそれを判事に送達したのち調査を開始するとします。万一事態が危険になったら、あっさりＦＢＩを頼ってもいいんですよね？　その時点になれば、もうマイヤーズにわれわれをとめることはできませんね？」

「もちろん」ガイスマーがいった。「じっさい、そのような展開になるはずだよ。マイヤーズには調査の先行きを左右できず、われわれにはできる。また本当に助力が必要になれば、助けを調達することもできるんだ」

「では、この案件を手がけるんですね？」ヒューゴーがたずねた。

「ああ、手がけるに決まってるだろうが。現実問題として、われわれには選択の余地がない。マイヤーズがいったん正式告発状を提出して不適切行為なり汚職なりで判事を訴えたら、州法の規定によってわれわれには調査が義務づけられる。単純な話だ。不安を感じているのかね？」

「いいえ」

「レイシー、二の足を踏んでいるようなことは？」

「あるものですか」

「けっこう。ではミスター・マイヤーズに伝えてくれ。先方がわたしと話をしたがったら、当人を電話口に出してくれたまえ」

　マイヤーズを電話口に呼びだすには二日かかった。ようやく連絡がついても、マイヤーズはレイシーやガイスマーと話すことにはろくに関心を示さず、いまはビジネス関係で〝身動きがとれない〟ので折り返し電話をかける、といっただけだった。電波の状態がわるくて雑音が多く、陸地から遠く離れているかのようだった。翌日マイヤーズは別の携帯でレイシーに電話をかけてきて、ガイスマーと話をさせてくれといった。ガイスマーはマイヤーズに、告発状は優先的に処理されて調査がすぐにも開始されると保証した。一時間後、マイヤーズがふたたびレイシーに電話をかけ、会合を求めた。レイシーとヒューゴーのふたりと再度顔をあわせて、この案件について話しあいたいということだった。書面にはできないような背景情報や、調査の核心となるような不可欠な情報がまだごまんとある。そういってマイヤーズは、ふたりと直接顔をあわせるまでは、正式告発状にサインをするつもりはない、と話した。

ガイスマーはこの申し出を承諾し、レイシーたちはマイヤーズからの待ちあわせ場所の指定を待った。マイヤーズは一週間待ってほしいといった——いまはカーリータと〝バハマ北部のアバコ諸島をあちこち気ままにめぐっている〟ところであり、数日中にフロリダに帰る予定とのことだった。

土曜日の午後、気温が摂氏三十七度前後をうろうろしているなかで、レイシーは分譲団地に車を乗り入れた——ゲートこそあれ、閉ざされていたためしがないように思える住宅団地だった。レイシーの車は、ひとつらなりになっている人工池のあいだを縫って進んだ。どこの池でも、安っぽいつくりの噴水が生ぬるい水を宙に噴きあげていた。レイシーはさらに混んでいるゴルフコースの横を通り、いずれも車が二台おさまるガレージを見せるように設計されている、見た目では区別できない一軒家の列をいくつも通りすぎたあげく、ようやく広々とした公園の近くに車をとめた。公園にはいくつものプールがあって、それぞれがつながっていた。何百人もの子どもたちがプールで水しぶきをあげて遊び、一方で母親たちは大きなパラソルが落とす影に腰をおろして冷たい飲み物を楽しんでいた。

このメドウズ地区は大不況を生き延びたのち、多民族の子育てファミリーむけの住宅地としてあらためて売りに出された。ヒューゴーとヴァーナのハッチ夫妻がここに一軒家を買ったのは、ふたりめの子供が生まれたあとの五年前だ。いまでは子供は四人になり、約二百平方メートルのバンガロー式の家は手狭になっていた。とはいえ、住み替えを選択できる余裕はなかった。ヒューゴーの年俸はレイシーとおなじく六万ドル。それでもレイシーは独身だから多少の貯《たくわ》えをつくる余裕があるが、ハッチ家は収入がそのまま支出になる暮らしぶりだった。

ただし、ハッチ夫妻はパーティー好きだった。夏になると毎週土曜日の午後に、ヒューゴーはプールサイドのバーベキューグリルの横にビール片手で立ち、ハンバーガーをつくりながら、仲間たちとフットボールの話に興じた。そのあいだ子供たちはプールで遊び、女たちは日影に逃げこんだ。レイシーはまず女性たちのところにむかい、お決まりの挨拶《あいさつ》をかわしたのちにプールハウスのほうへ歩を進めた。涼しく過ごせるこの場所で、ヴァーナが赤ん坊を抱いていた。赤ん坊のピピンは生後一カ月、これまでのところ特段に気むずかしい赤ん坊だった。ハッチ夫妻がひと息入れられるように、レイシーはときどきハッチ家のベビーシッターを引き受けていた。ふだんならベビーシッターを見つけるのは造作もなかった。両方の祖母はどちらも五十キロも離れていないところに住んでいた。ヒューゴーもヴァーナもおばやおじやいとこが数えきれないような、血縁者のやたらに多い一族の出身で、それゆえ家族間のドラマや衝突が絶えなかった。大所帯の一族がもたらす安心感をレイシーがうらやむことは珍しくなかったが、一方では大勢の人々とその問題にわずらわされない自分の立場がありがたくもあった。ヴァーナとヒューゴーはおりおりに子供たちの世話役を必要としたが、一方ではできれば親戚《しんせき》を避けたがってもいた。

ヴァーナが飲み物をとりにいくので、レイシーはピピンをあずかって腕に抱いた。赤ん坊をゆっくり揺らしながら、パティオにあつまっている人々をざっと見わたす。黒人と白人、ヒスパニックとアジア系が入り交じっていた。いずれもが小さな子供をもつ若いカップルだった。またヒューゴーのロースクール時代の友人で州司法省勤務のふたりの法律家と、州上院で働いている法律家がいるにはいた。独身者はそれだけで、ほかに目ぼしい相手もいなかったが、レイシーもそれを期待していたわけではない。めったにデートをしないのは眼鏡にかなう男がいないも同然で、魅力を感じる男もほとんどいなかったからだ。過去には手痛い別れも経験した。修羅場のような別れだった。おかげで八年近くたったいまでも、そのことが重荷になっていた。

ヴァーナがビールを二本もって帰ってくると、レイシーの向かいに腰をおろして、小声でこういった。「まったく、なんであなたにだっこされてるときだけは、この子は静かにしてるんだろう？」

レイシーは微笑《ほほえ》み、肩をすくめた。いま三十六歳。子供をもつ日は来るのだろうかという疑問は毎日頭に浮かぶ。答えは出ていないが、時計がチクタクと進むたびに親になる可能性が低くなっていることは気がかりだ。ヒューゴーとおなじように、ヴァーナも疲れが顔に出ていた。ふたりは自分たちだけで大家族をつくろうとしているが、真面目《まじめ》な話、子供が四人いればもう充分ではないだろうか？　レイシーには自分からそんな会話をはじめるつもりこそなかったが、答えは最初から明らかに思えた。夫婦ふたりとも幸運なことに、それぞれの家族で初めてカレッジまで進んだ。そしてふたりは、子供たちにも同様のチャンスを与えたいという夢を見ている。しかし子供が四人もいたら、その全員に充分ゆきわたる学費をどうやって稼げばいいのか？

ヴァーナは声を殺していった。「ヒューゴーからきいたけど、ガイスマーからふたりにビッグな案件を割り振られたんですって？」

レイシーは驚いていた――ヒューゴーは仕事を家庭にもちこまないという主義を強く信奉している男だったからだ。さらに司法審査会では――理由はいうまでもないが――スタッフに秘密保持を強く求めてもいる。ときおり、夜も更《ふ》けてビールも進んだころ、三人が調査中の判事の言語道断なふるまいを笑いものにすることはあったが、その場合でも判事の実名を口にのぼらせることはぜったいになかった。

レイシーはいった。「ビッグな案件になるかもしれない。でも、なにも出てこない可能性もあるし」

「あの人はあまり話してくれなかったけど――まともに話してくれたことはないし――でも、ちょっと心配しているように見えた。おかしな話だけど、これまではあなたたちの仕事が危険になるかもしれないなんてこと、いっぺんだって考えたこともなかったし」

「それはわたしたちもおなじ」レイシーはいった。「わたしたちは銃で武装した警官じゃない。わたしたちは罰則付文書提出令状《サピーナ》を手にした法律家よ」

「でもあの人は、拳銃《けんじゅう》を携行できる身分ならよかったと話してた。それでわたしも心底不安になってしまって。お願いだから約束して――あなたたちは決して危険なことに巻きこまれたりしないって」

「ヴァーナ、わたしが約束する。拳銃の携行が必要に思えたら、そのときは辞職して転職先をさがすわ。銃を撃ったことは一度もないし」

「ええ……わたしの世界……わたしたちの世界には、それでなくても銃が多すぎるし、銃が原因で引き起こされる悲惨な事件がいやになるほど多いもの」

　十五分のあいだ静かに眠っていたピピンがここでいきなり目を覚まし、火がついたように泣きはじめた。ヴァーナがわが子に手を伸ばしながら、「ほらほら、いい子いい子」といった。レイシーはピピンをヴァーナにわたし、ハンバーガーの出来具合を確かめにいった。

# 4

ふたたびレイシーに連絡してきたマイヤーズは、またセントオーガスティンのおなじマリーナで待ちあわせようといった。なにもかも前回とおなじだった——うだるような暑さと湿気もおなじ、桟橋突端の海の上という場所もおなじ。そればかりかマイヤーズは前回とおなじ花柄のシャツまで着ていた。ボートの甲板で日陰に置かれたテーブルを囲むと、マイヤーズは前回とおなじブランドのビールを瓶から飲みながら、話をはじめた。

最初の話では〝オマー〟という仮名だった男は、現実にはヴォン・デュボーズという名前だった。もともとは、アーカンソー州フォレストシティ近郊のなまず料理専門店の奥の個室にあつまり、悪行に手を染めはじめたギャングのひとりの子孫だった。デュボーズの母方の祖父はレストランの所有者で、後年警察の手入れのさいに死亡した。父親は刑務所で首つり自殺をした——というか、公式報告書には首を吊《つ》っている姿で発見されたとある。そのほか数えきれないほどのさまざまなおじやいとこがおなじ運命をたどった結果、ギャングたちの人数はどんどん減り、やがてデュボーズはフロリダ州南部でのコカイン売買という誘惑を見いだした。その地で実入りのいい数年を過ごしたことで、小規模な犯罪組織の立てなおしに必要な資金を調達できた。そのデュボーズもいまでは七十歳に近づき、沿岸地帯のどこやらに住んでいる——正式な住所をもたず、銀行口座も運転免許証も社会保障番号もパスポートももたないままに。かつてデュボーズはカジノで金鉱を掘りあてた。そしてギャングたちを最小限のいとこたちにまで切りつめた——儲けた金に届く手を少しでも減らしたかったからだ。犯罪活動にあたってデュボーズは完全な匿名《とくめい》をつらぬき、海外企業の壁に身を隠していたうえ、行動はすべてビロクシにある某法律事務所に監修されていた。どこできいても——といっても、それほど話は多いわけではない——デュボーズはかなりの金持ちだが、地味な暮らしぶりだという話だった。

「本人に会ったことがあるんですか？」レイシーはたずねた。

　マイヤーズはその質問に鼻を鳴らした。「馬鹿《ばか》をいっちゃ困る。あの男に直接会った者はひとりもいないよ。いってみれば闇《やみ》の世界に暮らしている男だ——わたしのようにね。ペンサコーラ一帯をさがしても、デュボーズを知っていると認める人間を三人見つけることもできないだろうね。わたしにしてもすでに四十年もあそこに住んでいながら、あいつの名前をきいたのはほんの数年前だ。あいつはあらわれては消えていくんだ」

「しかしパスポートはもっていない?」ヒューゴーがいった。

「有効なパスポートはね。仮にあの男が逮捕されたら、偽造パスポートが五、六通は見つかるだろうな」

一九三六年、内務省の先住民事務局はフロリダ州北西部の〝フライパンの柄《パンハンドル》〟に暮らしている約四百人のタッパコーラ族を先住民部族として正式に認定した。部族の大半は、ブランズウィック郡の湿地だらけの辺鄙《へんぴ》な地で小さな家に暮らしていた。また部族は八十年前に連邦政府から割譲された百二十ヘクタールほどの土地に、居留地の役所といえる建物をつくってもいた。やがて一九九〇年までに、全国の先住民の例に洩れず、フロリダ州南部の強大なセミノール族がカジノ商売という華やかな光を見つけだした。そしてヴォン・デュボーズとそのギャング仲間が——なんという偶然か——タッパコーラ族の居留地に隣接する二束三文の土地を買いあさりはじめた。一九九〇年代の初頭のある時点で——交渉記録が埋められて久しいため、正確な時期はわからないが——デュボーズはタッパコーラ族に近づいて、とうてい断われないような好条件の取引をもちかけた。

「〈宝物の島《トレジャー・キー》〉か……」ヒューゴーが小声でつぶやいた。

「ご明察。フロリダ州北部では唯一《ゆいいつ》のカジノ。州間高速道路一〇号線からは南へ十五キロ、ビーチからは北へやはり十五キロという絶好の立地。なんでもござれのカジノが年中無休の二十四時間営業だ。ファミリー客むけにはディズニー・スタイルのアミューズメント施設があり、州内最大のウォーターパークがあり、分譲でも賃貸でもタイムシェアでもお好みのままの高級マンションまである。ギャンブルをしたい者やさんさんと照る日ざしのなかでレジャーに興じたい人々にとっては、文句なしの聖地だ。五百万人が住む地域から三百キロ強の圏内という文句なしの立地。正確な数字はだれも知らないが——カジノを運営する先住民たちがどこへも数字を報告しないからだが——〈トレジャー・キー〉は一年間でゆうに五億ドルは稼いでいると信じられているよ」

「去年の夏に行きましたよ」ヒューゴーは、悪事を打ち明けるような口調でいった。「滑りこみの週末旅行で、ひとり百五十ドルでした。いや、わるくなかったな」

「わるくない？　それどころか最高の場所だよ。だからこそ大入り盛況、タッパコーラ族は金を印刷しているようなものなんだ」

「で、その儲けを部族がヴォン・デュボーズとそのギャングどもと分けあっているんですね？」ヒューゴーがたずねた。

「ほかの面々ともどもね。しかし、話の先まわりはつつしもう」

レイシーはいった。「カジノがあるのはブランズウィック郡で、第二十四裁判区に属してます。二十四区の地区裁判所の判事は二名。男性と女性がひとりずつです。この推測はいい線でしょうか？」

マイヤーズはにっこり笑い、テーブル中央に閉じたまま置いてあるファイルを指先でとんとんと叩いた。「これが正式告発状だ。あとできみたちにわたす。問題の判事はクローディア・マクドーヴァー閣下。法壇にすわって十七年になる。この判事については、またあとで話そう。とりあえずいまは、背景について話すことを許してほしい。重要な話なのでね」

話はタッパコーラ族にもどる。部族はカジノのギャンブル問題をめぐってまっぷたつに分断された。反対派を率いていたのはサン・ラズコーというアジテイターだった。ラズコーはクリスチャンで、道徳観念からギャンブルに反対していた。ラズコーが組織した賛同者たちは、数において優勢に見えた。一方カジノ推進派は、だれもが富の恩恵を受けられると約束した——新居、終身年金、教育環境の改善、カレッジ学費の無償化、健康保険……そんな具合にリストはえんえんとつづいた。ヴォン・デュボーズはカジノの承認運動にひそかに資金を援助していたが、例によって例のごとく、この男の指紋はどこからも見つからなかった。一九九三年、この問題は住民投票で決められることになった。十八歳未満の住民を除外した有権者は約三百人。投票所にあらわれなかったのは、このうちわずか十四人だった。投票所では、万が一暴力沙汰《ざた》になった場合を想定して連邦執行官が監視に立った。そして、ラズコー率いるキリスト教伝統主義派が五十四パーセントの得票率で勝利した。投票への不正工作や投票妨害を主張する醜悪な裁判が起こされたが、地区裁判所の判事がこの訴訟をしりぞけた。かくして、カジノの息の根はとめられた。

それからほどなくして、サン・ラズコー本人も息の根をとめられた。ラズコーの死体は、ほかの男の寝室で男の妻の死体とともに見つかった——どちらも頭部を二発ずつ、銃で撃ち抜かれていた。ふたりとも裸で、いかにも行為のさなかに襲われたように見えた。殺された女の夫であるジュニア・メイスという男が逮捕され、両名の殺害容疑で起訴された。ギャンブル論争のあいだ、メイスはラズコーの親しい味方だった。公判では一貫して無実を訴えたが、死刑判決をくだされてもおかしくない立場におかれた。注目度の高い裁判になったこともあり、そのころ選挙で選ばれたばかりのクローディア・マクドーヴァー判事は裁判地をほかの郡へ移したが、みずからの司法管轄権は保持すると主張した。そして公判指揮をとり、ことあるごとに検察側に有利な裁定をくだした。

カジノの前に立ちふさがっていた大きな障害物は、次のふたつだった。ひとつはサン・ラズコーその人。もうひとつは立地。タッパコーラ族の土地の大部分は沼がちの低地と緩流河川《バイユー》の地で、おおむね居住に適さなかったが、周囲に必要なだけの広い空間を確保したうえで大型カジノを建設できるような高地もないことはなかった。ただし、問題はアクセスだった。先住民の居留地に通じている道路は古く、ろくに維持補修もなされなかったうえ、多くの車が通行したためしもなかった。税収の増加と高給の雇用創出、華やかな暮らしなどが現実になる見通しが出てきたため、ブランズウィック郡の為政者たちは州道二八八号線から居留地の境界線まで往復四車線の新しい道路を建設する案に賛成した——そして境界線は、たまたま石を投げればカジノ建設予定地に届く位置だった。道路を通すためには公用徴収権をもちいて私有地を収用することが必要だったが、公道建設予定地の地主たちの大多数はカジノ反対派だった。

郡当局は同時に、道路建設予定地にあたる十一カ所の土地の公用徴収を求める十一件の訴訟を起こした。訴訟指揮をとったマクドーヴァー判事は弁護士たちに高圧的に接し、十一件の訴訟をマクドーヴァーのいう〝迅速審理案件〟に載せて、数カ月以内にはその一件が最初の正式事実審理の準備がととのうまでにいたった。そのころには――少なくとも法律家の仲間うちでは――マクドーヴァーが全面的に郡に肩入れしていて、できるだけ早急に道路建設を実現したがっていることを疑う向きはほとんどなかった。最初の正式事実審理がいよいよ近づいてくると、マクドーヴァーは弁護士全員を自分の法廷に召集し、和解のための会議をひらいた。それにつづく長時間の会議の場でマクドーヴァーは、それぞれの土地所有者に時価の二倍の代金を支払うという合意書面を作成していった。フロリダ州法のもとでは、土地を取得できる権利が郡にあることに疑いはなかった。論点は補償額だった。および時間。かくしてマクドーヴァー判事は、カジノ建設が数年も延期されるような事態を防いだといえる。

公用徴収権訴訟が予定どおり進み、サン・ラズコーという邪魔者が排除されたことで、カジノ推進派は再度の住民投票を求めはじめた。この二度めの投票では、三十票差で推進派が勝利した。このときも不正投票を主張する訴訟が起こされ、マクドーヴァー判事によって却下された。こうして〈トレジャー・キー〉建設開始にいたる道筋がひらかれ、カジノは二〇〇〇年に営業を開始した。

ジュニア・メイスの上訴手続は司法制度内をのろのろと進んでいた。公判審理を指揮した判事とその裁定に疑義を呈する審査者もいるにはいたが、重大な誤謬《ごびゅう》を指摘した者はいなかった。有罪判決が維持されたまま何年もの歳月が流れた。

「ロースクールでその判例を学びましたよ」ヒューゴーがいった。

「殺人事件は十六年前だから、きみは……何歳だったか……そう、二十歳前後かな？」マイヤーズがいった。

「そんなところです。殺人事件のことも公判のことも覚えてはいませんでしたが、ロースクールでは言及されました。刑事訴訟法手続の講義だったと思います。たしか、極刑を科しうる謀殺事件の公判審理において、いわゆる〝獄中密告屋〟をもちいる手段についての講義でした」

「そちらはこの話をきいたことがなさそうだね？」マイヤーズがレイシーにたずねた。

「ええ」レイシーは答えた。「わたしはフロリダの生まれ育ちではないので」

マイヤーズはいった。「わたしの手もとにはその殺人事件についての分厚いファイルがある。上訴での人身保護令状がらみの要請記録類までそろっているよ。何年もかけてあつめたものだし、いまでは事件についてだれにも負けない知識をそなえてもいる——きみたちに情報が必要になっても対応できるようにね」

「つまりジュニア・メイスは自分の妻がサン・ラズコーと同衾《どうきん》している場面を目にして、かっとなったわけですね？」

「さて、どうだろうな。事件発生時にジュニアはほかの場所にいたと主張したが、アリバイ証人の証言はあやふやだった。法廷が選任した弁護人はろくな経験もない新人で、海千山千のしたたかな検事の敵ではなかった。くわえてマクドーヴァー判事は検察側がふたりの〝獄中密告屋〟を証人として法廷に呼ぶことを許可し、ふたりはメイスが殺人犯は自分だと拘置所で吹聴《ふいちょう》していた、と証言したんだ」

「われわれはジュニアから話をきくべきでは？」ヒューゴーはたずねた。

「わたしだったら、それを手はじめにするな」

「でも、その理由は？」レイシーはたずねた。

「ジュニア・メイスならなにかを知っているかもしれず、さらにはそれをきみたちに打ち明ける可能性もないではないからだ。タッパコーラ族は排他的で口の堅い部族だ。外部の者には強い疑いのまなざしをむける――当局関係者や制服を着た連中にはなおさらだ。くわえて、デュボーズとそのギャング一党のことを恐れてもいる。あっけなく脅迫に屈してしまうんだよ。それに、どうして自分たちから騒ぎ立てたりする？彼らにはさまざまな恩恵が降りそそいでもいる。家も学校もあり、健康保険があり、カレッジ進学に充分な学費もあたえられる。波風を立てる道理があるか？　カジノがどこかのギャング団と幾分いかがわしい商売をしたからといって、だれが気にする？　変に言挙げすれば撃ち殺されるかもしれないのに」

「判事のことを話してもらえますか？」レイシーはたずねた。

「いいとも。クローディア・マクドーヴァー。現在五十六歳。判事職に初当選したのは一九九四年で、それ以来六年ごとに再選されつづけている。だれにきいても、みずからの職務とみずからの法廷を真剣に考えている、骨身を惜しまない働き者だな。再選された選挙では毎回、地滑り的な勝利をおさめている。頭脳明晰《めいせき》で仕事には熱心に打ちこむ。別れた夫はペンサコーラでは有名な大物医師で、若い看護師に目がないたちだった。離婚をめぐる泥仕合で、マクドーヴァーはご亭主とその弁護団に徹底的に打ちのめされた。これに傷ついて怒りを燃やしたマクドーヴァーは復讐《ふくしゅう》を果したい一心でロースクールに進んだ……が、ある時点で、昔の男なんかどうでもいいと見切りをつけると、ブランズウィック郡の郡都であるスターリングに引っ越して小さな不動産専門の法律事務所に職を得た。生活は楽ではなかったうえ、まもなく小さな町での法律実務にも飽きてしまった。そしてどこかの時点で、ヴォン・デュボーズと道筋が交差したんだね。そのあたりのことは知らないよ。あくまでも噂《うわさ》で、ふたりがつかず離れずつきあっていたという話もあったが、裏づけはなかったし、調べてもわからないだろうな。一九九三年、タッパコーラ族の住民投票でカジノ反対派が勝つと、クローディア・マクドーヴァーはいきなり政治への関心に目覚め、地区裁判所の判事選挙に出馬した。当時はなにも知らなかった。わたしはペンサコーラで弁護士として忙しかったうえ、スターリングという町が地図でどこにあるのかも知らなかった。タッパコーラ族の名前は耳にしていたし、カジノをめぐる対立の記事も読んではいたが、関心がなかった。いろいろな話を勘案するに、クローディア・マクドーヴァー候補の選挙運動はきわめてふんだんな資金をそなえ、周到に組織化されていたらしい。当時の現職判事に千票もの差をつけて当選したのだからね。マクドーヴァーが判事室の主《あるじ》になった翌年、サン・ラズコーが殺害され、さっきも話したように、ジュニア・メイスを被告人とする裁判の指揮をマクドーヴァーがとった。これが一九九六年だ。そしてこの時期、ヴォン・デュボーズとその共謀者や少数のパートナーたちや海外企業などが、先住民居留地近くのブランズウィック郡の土地を大量に購入した。それ以外の投機筋もタッパコーラ族がカジノ建設を求めているという話をききこんで飛びついてきたものの、最初の住民投票がおわると不動産市場から退散していった。ヴォン・デュボーズは嬉々《きき》として、彼らの手から不動産を巻きあげた。その先になにが来るかを知っていたからであり、ほどなくデュボーズは先住民の土地の周囲を囲いこむにいたった。反対派の筆頭だったサン・ラズコーがいなくなったことで――それも劇的なまでの退場ぶりだったことで――二度めの住民投票では推進派が勝利した。そのあとのことは周知のとおりだね」

レイシーはノートパソコンのキーを打った。たちまちクローディア・マクドーヴァー判事の公式肖像写真が表示された――ご丁寧に黒い法服を着て、小槌《こづち》を手にした姿の写真だった。黒髪をかなりスタイリッシュなショートカットで整え、デザイナーズブランドの眼鏡をかけている。眼鏡が顔のかなりの部分を占拠しているせいで、目の表情が読みとりにくくなっていた。顔に笑みはないし、人としてのぬくもりやユーモアはかけらもなく、ビジネス一辺倒の印象だ。この女性が、誤審による有罪判決でひとりの男性が十五年も死刑囚舎房に幽閉されている件の責任者だということがありうるのか？　にわかには信じがたかった。

「それで不正があったのはどこです？」レイシーはたずねた。

「どこもかしこもだ。タッパコーラ族がカジノ建設に着手すると、デュボーズも動きはじめた。最初に建設をはじめた物件が〈ラビット・ラン〉というゴルフ・コミュニティでね。それも、カジノの敷地に隣接するところにつくった」

ヒューゴーがいった。「われわれはその横を車で通りました。てっきり〈トレジャー・キー〉の一部だと思いましたよ」

「ちがうんだよ。ただし、ゴルフコースからカジノまでは歩いて五分もかからない。タッパコーラ族相手の陰謀の一部は、彼らがゴルフとは無関係でいつづけているところにある。タッパコーラ族はあくまでもカジノとアミューズメント施設だけを運営している――そして、デュボーズがゴルフとそれ以外の一切合財を掌中におさめている。〈ラビット・ラン〉で最初につくった十八ホールのゴルフコースでは、フェアウェイすべてで両側に小ぎれいな高級マンションがずらりとならんでいてね」

マイヤーズはファイルをテーブルに滑らせた。

「さあ、これがグレッグ・マイヤーズが宣誓のうえで作成した正式告発状だ。そのなかでわたしは、本社を中米のベリーズにおいている正体不明のCFX社という企業の恩顧により、クローディア・マクドーヴァー判事が〈ラビット・ラン〉内に少なくとも四戸のマンションを所有している、と主張しているよ」

「その会社がデュボーズだというのですか?」

「そうにちがいないとにらんではいるが、立証はできていない。いまのところは」

「不動産の登記記録は?」ヒューゴーがたずねた。

マイヤーズはファイルを指で叩《たた》いた。「それもここにはいっている。そこからわかるのは、CFX社が少なくとも二十戸のマンションを海外企業に譲渡したということだ。そしてわたしは、マクドーヴァー判事が四戸すべての権利を所有しているにちがいないと確信している――表向きは四戸とも外国企業の所有になっているがね。つまりわれわれが相手にしているのは、きわめて腕のいい弁護士を味方につけている狡《こう》猾《かつ》きわまる詐《さ》欺《ぎ》師《し》連中というわけだ」

「そのマンション四戸の市場価格は？」レイシーがたずねた。

「現時点では一戸あたり百万ドル。〈ラビット・ラン〉の経営は順風満帆でね、例の大不況もなんとか乗り切った。カジノのおかげでデュボーズのもとにはふんだんなキャッシュがあるし、そもそもそっくりで見分けのつかない建売住宅や高級マンションがフェアウェイぞいにずらりとならんでいるような、門や塀で囲われたゲーテッド・コミュニティが大好物だ。最初は十八ホールのコースだったのが三十六ホールになり、さらには五十四ホールにもなったし、コースをもっと広げられるだけの土地ももっているよ」

「デュボーズはどうしてマクドーヴァー判事に四戸もマンションを譲渡したんでしょう？」

「それくらい親切な男だからか。いや、これも当初の取引条件のひとつだったんじゃないかな。クローディア・マクドーヴァーは選挙で当選したい一心で悪魔に魂を売り、それから一貫して金をもらいつづけている。カジノ建設とブランズウィック郡の土地開発では数えきれないほどの訴訟が起こされた。地域地区規制《ゾーニング》にかかわる紛争、環境保護の観点からの異議、公用徴収権の問題、土地所有者による訴訟など……そしてマクドーヴァーは巧《うま》く動いて、まんまと訴訟の嵐《あらし》の中心に身を置きつづけた。そういった訴訟では、どれもデュボーズ側が勝っているようだった。負けるのはいつもデュボーズの敵。マクドーヴァーは鬼のような切れ者で、どんな裁定でも理路整然とした分厚い書面で主張を裏づけることができた。上訴で判決を逆転されることもめったになかった。ところが二〇〇一年にマクドーヴァーとデュボーズが対立した——対立は激化したが、そもそもの原因はわたしにはわからない。ただ、判事がカジノの売上からのあがりを増額しろと求めていたというのが大方の見方だ。デュボーズのほうは、判事には従来の金額で充分な報酬だと考えた。そこでマクドーヴァー判事は、カジノの営業を停止させたんだ」

「でも、判事はどうやってそんなことを実行したんです？」レイシーはたずねた。

「それも語るにたる逸話だな。ひとたびカジノが営業を開始すると、オープニング初日から金を印刷しているも同然になり、郡はこれが税収の増加にあまりつながらないことに気がついた。アメリカでは、先住民がカジノから利益を得ても税金を免除される。タッパコーラ族は利益を他人と分かちあいたくなかった。郡は騙《だま》されたように感じた——なんといっても郡は、全長十一キロ以上のぴかぴか輝く新しい四車線の幹線道路をつくるため、さんざん苦労をしたのだから。そこで郡はカジノ側にさかねじを食らわせた——州議会を説得して、新しい幹線道路の通行料を徴収できるようにしたんだよ」

ヒューゴーは笑い声をあげた。「ああ、たしかに。カジノの一キロ半ばかり手前で車をとめて、五ドル払わないことには前へ進めなくしたんですね」

「意外にも、これがいい解決になった。先住民たちはいまでは幸せだし、郡にはいくばくかの収入がもたらされた。そこへデュボーズとマクドーヴァー判事のあいだにちょっとした対立が起こると、判事は弁護士の友人に依頼し、料金所は車が混みあって危険だという主張で差止命令の要請を出させた。フェンダーがへこむ程度の軽微な事故は二、三件あったが、重大な事故は一件もなかった。そういう意味では、中身のないでっちあげの命令要請だよ。しかし判事はすぐ、有料道路の閉鎖を命じる差止命令を出した。裏道をつかったりなんだりで来る客はぽつぽついたが、カジノは開店休業状態になった。かくしてどちらが先に降参するかを賭《か》けてデュボーズとマクドーヴァーがにらみあいをつづけているあいだ、六日が経過した。やがて両者はおおむね合意に達していんちきな差止命令は解除され、みんなが胸を撫《な》でおろした。これが、カジノの歴史とカジノが生みだした腐敗の重要な転回点になった。マクドーヴァー判事は関係者全員に、自分が主導権を握っていることを知らしめたんだ」

ヒューゴーはいった。「いまの話からすると、だれもがデュボーズのことを知っているように思えますが……」

「デュボーズを知る者はいないよ。その点ははっきりさせておいたつもりだったんだが。あの男は小さな組織を動かしている——組織の大物たちはみな血縁者で、だれもがたんまり金をもっている。いとこのひとりにバミューダで合同会社を設立させ、そこを通じて土地を購入している。また別のいとこはバルバドスに会社をつくり、高級マンションを売買している。デュボーズは海外のペーパーカンパニーに何重にも守られているんだ。徹底的に目立たぬよう心がけ、決して足跡を残さない」

「法律面での仕事はだれがこなしてます？」レイシーはたずねた。

「ビロクシの小さな法律事務所だ。汚れ仕事に長《た》けている税務専門弁護士が二、三人いる。もう長年、デュボーズ一味の代理人をつとめているな」

レイシーはいった。「お話からすると、マクドーヴァー判事はデュボーズを恐れてはいないようですね」

「デュボーズは目端がきくから、軽々しく判事を消したりしないよ——まあ、消そうと思ったことはあるにせよ。デュボーズには判事が必要で、判事はデュボーズを必要としている。考えてみるといい。きみは野心に満ち、不正手段をも辞さないフロリダ州の土地開発業者だとしよう。くわえてカジノを実質的に所有している——もちろん所有自体が違法なので、多くの自衛手段が必要になる。だとしたら、世間から大いに尊敬されている判事を抱きこんでおくこと以上に有益な手段があるだろうか？」

「どこもかしこも、RICO法違反のスタンプが捺《お》されているようなものですね」ヒューゴーがいった。

「いかにも。ただし、われわれが目指すのはRICO法での摘発ではない——そうだね、ミスター・ハッチ？　RICO法は連邦法、連邦レベルの話ならFBIの出番だ。わたしはデュボーズがどうなろうとかまわん。マクドーヴァー判事を引きずり倒したいだけだ——こうして通報という笛を吹いた報酬に、わが依頼人が多少の金を手に入れられるようにね」

「多少とは？」レイシーはたずねた。

マイヤーズがビールを飲みおえ、手の甲で口もとを拭《ぬぐ》った。「さあ、わたしは知らない。それを見つけるのがきみたちの仕事ではないか」

カーリータがキャビンからあがってきた。「ランチの用意ができたわ」

マイヤーズが立ちあがっていった。「おふたりとも、つきあってくれたまえ」

レイシーとヒューゴーはすばやく視線をかわした。ここへ来てからもう二時間。ふたりとも空腹だったが、どこで昼食をとるかも決めていなかった。それでもこのボートで食事をとってもいいものかどうか、唐突にわからなくなってきた。しかしマイヤーズは、早くも階段で甲板から降りはじめていた。

「さあ、こっちだこっちだ」マイヤーズはいい、ふたりはそのあとについてキャビンにむかった。狭苦しいギャレーにガラステーブルがあり、そこに三人分の食器類がセットしてあった。どこかでエアコンが大車輪で動いているらしく、室内は生き返るような涼しさだった。グリルした魚料理のにおいがこってりと立ちこめていた。カーリータがせわしなく立ち働いていた。客人を迎えて料理をつくれることを喜んでいるのは明らかだった。カーリータは魚のタコスの皿を出し、ボトルからスパークリングウォーターをグラスにそそぐと、ワインを飲みたい者はいるかとたずねた。だれもワインを欲しがらないと、カーリータはキャビンのさらに奥深くへ引っこんだ。

マイヤーズは料理に手をつけずに、先ほどの話を再開した。

「この告発状だが、わたしが本来出したかった内容ではない。この書面でわたしが告発しているのは、マクドーヴァー判事が〈ラビット・ラン〉内の高級マンションの物件を所有した裏にあったと見られる不正に限定されている。このささやかな陰謀に隠されている本物の金、それは毎月カジノから判事にもたらされている上納金だ。わたしの真の目当てはその金だよ——わが依頼人にとっては金鉱だ。金のありかが突きとめられたら、わたしは告発状を修正しよう。かりにそうはならずとも、すでに告発状にはあの女判事を失脚させ、ことによったら起訴するのに充分な情報を盛りこんである」

「告発状ではヴォン・デュボーズの名前を明かしていますか？」レイシーがたずねた。

「いや。あの男の会社については〝犯罪組織〟とだけ書いておいた」

「それはまた独創的なこと」レイシーはいった。

「では、もっといい考えでもあるのかな、ミズ・ストールツ？」マイヤーズがいいかえした。

「ミスターとかミズとか、その手の堅苦しい呼び方はやめません？」ヒューゴーがいった。「この女性はレイシー。あなたはグレッグ。おれはヒューゴーだ」

「もっともだね」

それから三人は食事にとりかかった。マイヤーズは口のなかの料理を急いで嚙《か》みつつも、ろくに口を閉じないでしゃべりつづけた。

「ひとつ質問させてくれ。法律によれば、きみたちはきょうから数えて四十五日以内に、告発状のコピーをマクドーヴァー判事に送達することになっている。つまり、きょうからその期限まで、きみたちは……ええと……監査を進めるわけだね？」

「調査です」

「ああ、そうだった。ただ、そのあたりがわたしには不安でね。いまのところあの連中は、自分たちの犯罪帝国やその取引を嗅《か》ぎまわっている動きがあることにまったく気づいていないと思われる。告発状のコピーを受けとれば、マクドーヴァー判事はショックをうけるだろうね。そして真っ先にデュボーズに電話をかける。そうなったら、てんやわんやの大騒ぎが起こってもおかしくはない。マクドーヴァーはすぐさま弁護士を立てて、すべてを強硬に否定するだろうし、その一方で資産を移動させはじめるかもしれない。デュボーズは大あわてになって全面的な防戦態勢をとるだろうし、脅しつける相手をさがしはじめることも考えられる」

「で、あなたの質問は？」

「そうだった。この告発状を判事に手わたすのを、どの程度遅らせることができる？　どこまで引き延ばせるんだ？　きみたちが調査していることを判事本人に知られるまでに、できるだけ多くのことを調べあげることが、なによりも肝心に思えるのでね」

レイシーとヒューゴーはたがいの顔を見つめあった。レイシーは肩をすくめてこう答えた。「わたしたちは役人ですから、引き延ばすのは得意です。ただし、判事があなたの予想どおりに反撃するとなれば、顧問弁護士たちがあらゆるあら捜しをしてくるでしょうね。わたしたちが法律を一字一句厳守しなければ、彼らはその一点を突いて告発状を却下させようとしてきます」

ヒューゴーがいいそえた。「ですからここは危ない橋を避け、法律の定めどおり四十五日間で調査することにします」

「それでは時間が足りないぞ」マイヤーズがいった。

「とはいえ、わたしたちに許されているのはそれだけですので」レイシーは答えた。

「あなたの謎《なぞ》の依頼人について話せることはありませんか？」ヒューゴーがたずねた。

「その男はいまのような知識を、どうやって得たのでしょう？」

マイヤーズは水のグラスに口をつけて微笑んだ。「ほら、またしてもきみは匿名の人物を男だと思いこんでいるね」

「けっこう。ではその男とも女とも知れない人物のことを、あなたはどう呼びたいと思ってます?」

「われらのささやかな鎖には三つの輪があるだけだ。わたし、わたしに依頼人を紹介した仲介者、そして男とも女とも知れない依頼人。仲介者とわたしは依頼人を——スパイの意味で——〈もぐら《モール》〉と呼んでいる。〈モール〉は男かもしれず女かもしれず、年寄りかもしれず若者かもしれず、肌は黒と白と褐色のどれでもおかしくはないが、さしあたりその手のことはどうでもいい」

レイシーはいった。「〈モール〉? あまり独創的とはいえない呼び名ですね」

「だからどうした? きみならもっとわかりやすい呼び名を思いつくのか?」

「〈モール〉で充分です。で、〈モール〉はどうやってそれだけ多くの情報をあつめたのですか?」

マイヤーズは柔らかいタコスを半分ほど口に詰めこみ、ゆっくりと嚙んでいた。もっと大きな船が近くを通ったらしく、残していった波にボートが揺れた。やがてマイヤーズが話しはじめた。「〈モール〉はマクドーヴァー判事に近い人物であり、判事から絶対の信頼を寄せられている。信頼しすぎとさえいえる。現時点で明かせるのはここまでだ」

話が途切れたのちにレイシーはいった。「質問がもうひとつ。あなたは問題の連中――つまりデュボーズとそのギャング仲間たち――がかなりの切れ者で、優秀な弁護士をつかっていると話していましたね。おなじようにマクドーヴァー判事も、手に入れた汚れた金の洗浄に優秀な弁護士が必要なのではないですか？　判事はだれを雇ってるんです？」

「フィリス・ターバン。信託と不動産権専門のアラバマ州モービルの弁護士だ」

「あらあら、この話では悪役の女たちがずいぶん登場しますね」レイシーはいった。

「ターバンとマクドーヴァーはロースクールの同期同士で、どちらも離婚経験者、おまけにどちらにも子供がいないこともあって、ずいぶん親しいんだよ。あまりにも親しいので、ただの友人以上の仲になっているのかもしれないね」

ふたりはごくりと唾《つば》を飲み、いまの話を頭のなかで咀嚼《そしゃく》した。レイシーは口をひらいた。「これまでの話の中身を要約すれば、わたしたちの調査対象であるクローディア・マクドーヴァー判事は悪党たちから賄賂《わいろ》を受けとり、先住民が経営するカジノの売上の一部をかすめとって上納金を受けとり、たまたま不動産権を専門とする弁護士でもある親友の助けで、手に入れた不正資金を洗浄している、ということになりますね」

マイヤーズは得たりとばかりに笑った。「きみの理解は正しいといわせてもらおう。さて、ビールを飲みたいね。ほかにビールを飲みたい者は？　おおい、カーリータ！」

ふたりは別れの手をふり、これからも連絡しあうことを約束してから、マイヤーズと桟橋で別れた。正式告発状の提出がおわって、すぐにも大騒動が起こりかねないいま、マイヤーズはさらに深く身を隠すつもりだとほのめかしていた。ヴォン・デュボーズとクローディア・マクドーヴァーは、ラムジー・ミックス改めグレッグ・マイヤーズや彼らが一度も会っていないとされる男を、どうすれば、なぜ疑うというのか。レイシーとヒューゴーにはそのあたりの事情がさっぱり察しとれなかった。この点もマイヤーズの話にあいている穴であり、いまはまだ穴があまりにも多すぎた。

## 5

その翌日、ふたりはオフィスでガイスマーをまじえてのブレーンストーミングで過ごし、その場で計画を組み立てた。正式告発状が提出されたことで、時計の針が動きはじめていた。もしすべてがスケジュールどおりに運べば、レイシーとヒューゴーは近いうちにスターリングという小さな町まで車を走らせ、クローディア・マクドーヴァー判事に告発状のコピーを送達することになる。しかしいま重要なのは、送達の前に情報をできるかぎり多くあつめておくことだ。

とはいえ、手はじめに死刑囚舎房を訪問する必要があった。ヒューゴーはかつてロースクール時代に実地学習で訪れたことがあった。レイシーはスタークにある州立刑務所の話を耳にしたことはあっても、実地を目にする理由にめぐまれていなかった。

ふたりはタラハシー周辺のラッシュアワーを避けるため、早めに出発した。州間高速道路一〇号線の交通量が減りはじめるころ、助手席のヒューゴーがうとうとしはじめた。刑務所までは二時間半の道のりだった。夜泣きする赤ん坊を抱いてひと晩じゅう家のなかを歩いていたわけではないが、レイシーとて充分な睡眠をとったわけではない。レイシーもヒューゴーも、そしてガイスマー委員長も、自分たちはひょっとしたらほかの者が片づけるべき厄介なトラブルに手を出してしまったのかもしれないと感じていた。グレッグ・マイヤーズの言葉を信じるなら、ブランズウィック郡では長年にわたって重大な犯罪行為が野放しにされていたことになる。この案件は、機動力と経験を兼ねそなえた専門の捜査官が手がけるべきだ。自分たちは警官ではなく法律家にすぎない。拳銃《けんじゅう》を携行するのはまっぴらごめんだ。悪徳判事を追及するための訓練こそ受けているが、犯罪組織を追及するような訓練は受けていない。

そんな考えが頭をぐるぐるまわっていたせいで、レイシーは夜もほとんど眠れなかった。自分があくびをしていることに気づいたレイシーは、急いでドライブスルー方式のファストフード店に車を入れてコーヒーを注文した。

「起きてよ」レイシーはパートナーに文句をいった。「あと一時間半も走らなくちゃいけないのに、このままじゃ起きていられそうもないの」

「ごめん」ヒューゴーは目をこすりながら謝った。

ふたりはコーヒーを飲み、そのあとレイシーが運転するあいだ、ヒューゴーがサデルのつくった覚書の中身を口頭で要約した。「われらが同僚の調べによれば、二〇〇〇年から二〇〇九年までのあいだにブランズウィック郡では、ナイラン・タイトル社という会社に関係する訴訟が十件起こされていた。この会社の本社はバハマで、登記を担当した代理人はビロクシの弁護士だった。どの訴訟でも原告はナイラン・タイトル社の本当の所有者の氏名を開示することを求めたが、そのたびに裁判長は――われらが友のクローディア・マクドーヴァー判事は――その要請を却下した。開示は不可能。本社所在地がバハマにある会社は当地の法律のもとにあり、バハマにはバハマの会社を守る手だてがある。いわば騙しのテクニックだが、合法的な手段でもある。とにかくナイラン・タイトル社はよほど優秀な弁護団をかかえているらしく、訴訟でも負け知らずだ――少なくともマクドーヴァー判事の法廷ではね。十件で訴えられて敗訴はゼロだよ」

「どういった裁判だったの？」レイシーはたずねた。

「地域地区規制《ゾーニング》、契約不履行、不動産価値の減少、さらにはマンションの区分所有者たちが欠陥建築工事を主張して起こした集団訴訟もあったが、これは却下されてる。また郡が不動産価値査定と税金にからんで、ナイラン・タイトル社を訴えた事例もあった」

「ナイラン・タイトル社の代理として出廷したのは？」

「ビロクシのおなじ弁護士だ。会社の代弁者であるこの男は、社内事情に通じていたらしい。ナイラン・タイトル社が本当にヴォン・デュボーズの会社だとすると、マイヤーズが話していたように、デュボーズは巧みに姿を隠していたといえるね。〝何重もの弁護士防衛網《レイヤーズ・オブ・ロイヤーズ》〟とは、巧いことをいったもんだ」

「忘れがたいフレーズね」

ヒューゴーはコーヒーをひと口飲んで、覚書を下におろした。「それでな、レイシー。おれにはどうも、あのグレッグ・マイヤーズという男が信用できないんだ」

「ええ、信頼の気持ちを起こさせる男じゃないのは事実ね」

「しかし、あの男の話は、全部裏がとれたことだけは認めるしかないだろう？　マイヤーズがおれたち審査会を利用しているとすれば、その目的はなんだろう？」

「わたしもまさにおなじ疑問を、きょうの朝三時半に考えていたところ。わたしたちはマクドーヴァー判事と山積みにされた現金をいっしょに押さえなくてはならない。以上。それだけの金を押収できれば、男か女かもわからない〈もぐら《モール》〉はその一部を報奨金として受けとれるし、マイヤーズも分け前にあずかれる。ヴォン・デュボーズとその一味が逮捕されたら、それはそれでいいことだけれど、それがどうマイヤーズの利益につながるんだろう？」

「つながらないよ。いや、もちろん、マクドーヴァー判事がデュボーズとともに燃やされて消えれば話は別だ」

「マイヤーズはわたしたちを利用してるのよ、ヒューゴー。あの男は判事の不正行為を——もっとはっきりいえばまぎれもない汚職を——告発状で訴えた。それに基づいて調査をするのがわたしたちの仕事。だれであれ、州内の判事を告発状で訴えようとする人たちは、わたしたちをつかって真実を見つけようとする。それが、わたしたちの仕事の本質ね」

「それはそうだ。でもマイヤーズの場合には、どうにもしっくり来ないところがあるよ」

「わたしの直感もおなじことをいってる。ガイスマーの戦略がいいと思うの。少しばかり探りを入れ、端っこをかじり、多少の調査の実績をつくって、四戸のマンションの所有者について調べ、自分たちの責務を果たすけれども、あくまでも慎重にね。悪事の存在を示す本物の証拠が出てきたら、ＦＢＩに報告を入れる。マイヤーズには、わたしたちをとめる権利はないことだし」

「そのとおり。ただそうなればマイヤーズは姿をくらまし、二度とおれたちに話をしてくれなくなるな。マイヤーズの手もとにカジノの不正の証拠があるにしても、FBIが踏みこんできた場合、こちらはその証拠を入手できなくなる」

「で、スタークの刑務所までの楽しいドライブのために、サデルはほかにどんなことを調べてきたの？」

ヒューゴーは別の覚書を手にとった。「マクドーヴァー判事についてのちょっとした背景情報だね。選挙、選挙運動、対立候補とか、そのたぐいだ。選挙は、政党が候補者に支持も援助もしない無党派選挙だったので、マクドーヴァーの政治姿勢についてはよくわからない。またほかの選挙において、特定の候補者を支援した記録はいっさい見つからなかった。司法審査会にマクドーヴァーを訴える告発状が提出された前例はなし。州法曹協会への苦情申立てもゼロ。軽罪と重罪の前歴はともになし。一九八年以来、州法曹協会からはずっと最高ランクの評価をうけている。執筆活動も旺《おう》盛《せい》で、法律専門誌などに発表した論文のリストはかなりの長さだ。各地のセミナーやロースクールで好んで講演しているよ。三年前にはフロリダ州立大学で、裁判実務についての講義を受けもっているくらいだ。文句のつけようのない履歴だよ。わが州の平均的な地区裁判所判事のレベル以上だな。資産面はそれほど目ざましくないね。スターリングのダウンタウンの持ち家は築七十年で、推定市場価値は二十三万ドル。これを十一万ドルの住宅ローンで購入している。不動産登記はマクドーヴァー名義だが、これは結婚前の苗字《みょうじ》だ。離婚後すぐに夫の苗字からこの苗字にもどし、それ以来ずっとつかってる。一九八八年以来独身のまま、子供なし、ほかに結婚歴なし。教会、市民団体、同窓会、政党など、いかなる団体への加入歴もない。ロースクールはステットスン大学で、そこでの学業成績はトップクラスだった。その前の大学はジャクスンヴィルにあるノース・フロリダ大学。医者の夫との離婚にあたっての情報もあるにはあるが、わざわざ時間をとるにはあたらないね」

レイシーは真剣にききいり、コーヒーにまた口をつけた。「マイヤーズの話が事実どおりなら、マクドーヴァーは先住民経営のカジノから現金で上納金を受けとっていることになる。こっちはちょっと信じがたい話じゃない？　だって、ほら、住民の投票によって選ばれた、人々の尊敬をあつめているわれらが州の地区裁判所判事のひとりなのに？」

「たしかに信じがたいね。これまでにも汚職判事を何人も見てきたが、ここまで大胆な悪事は初めてだ」

「どう考えれば納得できる？　マクドーヴァーの動機は？」

「きみも専門職についている独身女性なんだから、自分でいまの質問に答えればいい」

「無理ね。ほかの覚書にはなにが書いてあるの？」

ヒューゴーはブリーフケースをかきまわして、また書類を抜きだした。


ブラッドフォード郡の田園地帯にはいると、この先に刑務所や矯正施設があるという標識がぽつぽつと目につくようになった。ふたりはスタークという小さな町――人口五千人――の近くでそれまでの道路をはずれ、フロリダ州立刑務所を示す標識にしたがって車を進めていった。この刑務所は収監者が千五百人、そのうち四百人が死刑囚だ。


フロリダ州以上に死刑囚が多いのは、全米でもカリフォルニア州だけだ。テキサス州が僅差《きんさ》で三位だが、この州は執行によって積極的に死刑囚を減らしているため、おおむね三百三十人前後にとどまる。死刑執行にあまり熱心ではないカリフォルニア州は六百五十人。フロリダは執行数を増やして第二のテキサスになりたがっているが、上訴裁判所がその邪魔をしつづけている。そのため、昨二〇一〇年にスタークの州刑務所で致死薬注射によって殺された死刑囚はひとりだけだ。

ふたりは混みあった駐車場に車を入れ、歩いて管理棟を目指した。ふたりが州政府のもとで働く弁護士だったので、訪問手続は簡略化されていた。そのため保安チェックはいずれも通過できたし、どこのドアでもあけられる権限をそなえた刑務官にエスコートしてもらうこともできた。フロリダ州の悪名高い死刑囚舎房であるQ翼棟にたどりついたふたりは、ここでも保安チェックを免除されたのち、細長い部屋に通された。部屋のドアに《弁護士接見室》という掲示が出ていた。刑務官が次のドアをあけると、その先は一枚の強化ガラスによって二等分された狭い個室になっていた。

「死刑囚舎房は初めてですか?」刑務官がたずねた。

レイシーが「ええ」と答え、ヒューゴーは「以前に一度、ロースクール時代に来たきりです」と答えた。

「それはそれは。で、同意書はおもちですか?」

「ああ、ここに」ヒューゴーは答えながらブリーフケースをテーブルに置いて、ファスナーを引きあけた。ジュニア・メイスの代理は、ワシントンDCの大規模法律事務所が公益弁護《プロ・ボノ》活動の一環として引き受けている。そのためレイシーとヒューゴーは、ジュニアとの面会に、現在もつづいている人身保護令状関連の係争の話題を出さないことを大規模法律事務所に約束する必要があった。ヒューゴーが書類をとりだすと、刑務官は時間をかけて中身に目を通した。内容に満足すると、刑務官は書類を返した。

「メイスは変人のたぐいです。ええ、それだけはいえますね」

レイシーは顔をそむけた。いまの答えに反応したくなかった。前夜なかなか寝つけず、頭のなかで騒がしく転がりまわっている考えのあれこれに気を揉《も》んでいるさなか、インターネットでフロリダ州の死刑囚舎房についての記事を二、三読んだのだった。それによれば死刑囚は一日二十三時間、独居房に閉じこめられているという。残る一時間は〝レクリエーション〟の時間だ——そのあいだ死刑囚は雑草の生えた狭い場所を歩いて、太陽を見あげることができる。独居房は二メートル×三メートル以下の狭さで、天井は三メートル弱の高さ。ベッドはツインサイズよりもさらに小さく、ステンレススチールの便器とはわずか十センチ程度しか離れていない。エアコンはないし、同房者もいない。人とのふれあいといえば、食事時間に刑務官とかわすいつものちょっとしたおしゃべりだけだ。

十五年前にここに収監された当時のジュニア・メイスは〝変人のたぐい〟ではなかったかもしれないが、いまでは多少変わり者になったとしても当然といえるのではないか。完全に他人から隔離された環境では、心理学でいう感覚遮断をはじめ、あらゆる精神疾患が引き起こされかねない。矯正の専門家はこのことを認識しはじめており、独居房への監禁を是正しようという運動はもっか苦労しつつ広がりを得ようとしているところだ。ただし、その運動もフロリダにはたどりついていないらしい。

面会室の奥のドアがあいて、ひとりの刑務官がやってきた。そのあとからジュニア・メイスが入室してきた。手錠をかけられ、標準的な青い受刑者用のスラックスと死刑囚専用のオレンジ色のTシャツという姿だ。そのあとから別の刑務官がやってきた。ふたりは手錠をはずすと部屋をあとにした。

ジュニア・メイスは二歩前に進んで、テーブルの自分の側の椅子に腰をおろした。強化ガラスが彼らをへだてていた。ヒューゴーとレイシーもそれぞれの席についたが、最初はしばらくぎこちない空気が流れていた。

ジュニア・メイスは当年五十二歳。白髪まじりのたっぷりした髪を長く伸ばし、うしろへ流してポニーテールにまとめている。肌は浅黒く、独居房暮らしでも色が抜けているようなことはなかった。大きな茶褐色の瞳《ひとみ》をもつ目は悲しみをたたえている。上背のある引き締まった体格で、上腕二頭筋が逞《たくま》しい。ずいぶん腕立て伏せにはげんでいるのだろう、とヒューゴーは思った。資料によれば、妻のアイリーンは死亡当時三十二歳だった。夫婦には子供が三人いたが、ジュニアが逮捕されて刑務所に送られたことで、三人とも親戚《しんせき》に育てられていた。

レイシーは強化ガラスの仕切りの自分側にある受話器をとりあげて、こう話しはじめた。「面会に応じてくれたことに、まずお礼をいわせてください」

ジュニアは自分の受話器を手にして肩をすくめたが、無言のままだった。

「あなたがわたしたちの手紙を受けとったかどうかは知りませんが、わたしたちは州の司法審査会の職員で、いまはクローディア・マクドーヴァー判事について調査を進めています」

「手紙は受けとった」ジュニアはいった。「それでここにいる。面会に同意したからだ」一語一語を口に出す前に考え抜いているような、ゆっくりとした話しぶりだった。

ヒューゴーがいった。「つまり、われわれはあなたの裁判や上訴について話しあいにきたわけではありません。その方面ではお力になれないんです。とはいえ、あなたにはワシントンDCの優秀な弁護士たちがついていますね」

「おれはまだ殺されてない。だから、あの連中はいい仕事をしてくれてるんだろうな。で、おれにどんな用があるんだ?」

レイシーはいった。「情報をください。まず話をきかせてくれる人たちの名前が必要です。タッパコーラ族の人たち、それも善人の側に立つ人たち、あなたの味方の人たちです。わたしたちにとっては別世界です――いきなり姿を見せて、手あたり次第に質問してまわるわけにはいきません」

ジュニアはすっと目を細め、左右の口角を――逆転させた笑みのように――ぐいっと下げた。それからふたりを見つめながら、しきりにうなずき、おもむろにこう話しはじめた。「いいか、女房とサン・ラズコーがいっしょに殺されたのは一九九五年だ。おれは一九九六年に有罪判決をくだされて引き立てられ、ヴァンの後部座席で足枷《あしかせ》をはめられた。カジノができる前の話だ。だから、あんたたちの力になれるかどうかはわからん。連中はカジノをつくるために、おれを――おれとサンを――排除しなくてはならなかった。そこでサンをおれの女房もろとも殺し、その罪をおれになすりつけて有罪に仕立てたわけだ」

「だれのしわざだったかはわかりますか？」ヒューゴーはたずねた。

意外なことに、ジュニアはにっこり微笑《ほほえ》み――ただし目だけは笑っていない――ついでゆっくりと話しはじめた。「いいかな、ミスター・ハッチ、おれは十六年ものあいだ、だれが女房とサン・ラズコーを殺したのかは知らないと何度も何度も話してきたんだ。舞台裏にはそれなりの者たちがいたよ。いつのまにか現場にはいりこんでいた部外者とかね。当時のタッパコーラ族の族長はいい男だったが、腐ってしまった。その部外者たちにとりこまれたんだ。どうしてそうなったかはわからないが、まあ、金がらみだろうな。それで、カジノこそ解決策だと信じこまされた。サンとおれは戦ったよ。一九九三年の最初の住民投票では、おれたち反対派が勝った。推進派は自分たちが勝つと思いこみ、大金を稼ぐことを目当てにカジノとその周辺の土地でいろいろ下準備にかかっていた。で、最初の住民投票でカジノが否決されたもんだから、連中はサンを葬《ほうむ》ろうと企《たくら》んだ。たぶん、おれのこともね。で、あいつらはそのための策を編みだした。サンはいなくなり、おれはここにいる。そして、カジノは金を印刷するも同然になって早くも十年だ」

レイシーはたずねた。「ヴォン・デュボーズという名前をきいたことは？」

ジュニアは口をつぐみ、わずかに顔をしかめたように見えた。質問への答えは明らかにイエスだったが、口からノーという言葉が出てきて、ふたりはメモをとった。これは帰りの車内の会話の興味深いネタになりそうだ。「いいか、おれがここに来てから長い年月が流れた。たったひとりで閉じこめられて十五年も過ごしてみろ――魂や精神も、それこそ脳味噌《のうみそ》もじわじわ食われちまう。おれは多くをうしなった。そのせいで覚えていて当然のことさえ、いつも思い出せるとはかぎらないのさ」

「しかし当時ヴォン・デュボーズを知っていたなら、忘れるはずはないのでは？」レイシーは食い下がった。

ジュニアは歯を食いしばって頭を左右にふった。答えはノー。「そんなやつは知らないね」

ヒューゴーがいった。「あなたはマクドーヴァー判事のことをあまり評価してはいないんでしょうね？」

「そいつは控えめすぎる表現だな。あの女は公判と名のついた茶番劇を仕切って、無実の人間を確実に有罪にするよう仕組んだ当人だよ。あの女も隠蔽《いんぺい》の片棒かつぎだ。ずっと前から、あの判事は知らなくてもいいことまで知ってるんじゃないかとにらんでた。なにもかも悪夢だったよ、ミスター・ハッチ。それこそ女房がサンといっしょに殺されたと知らされたあの瞬間からね。そのあと犯人だと名指しされ、逮捕され、牢屋《ろうや》に叩きこまれるショックがつづいた。そのころには制度っていう巨大な機械の歯車が動きだしていて、まわりはひとり残らず悪人ぞろい。警官たち、検察官たち、判事、証人たち、陪審員たち——おれはずらりとならんだシリンダーをがんがん打っている制度という機械に嚙みつぶされた。で、あっという間に濡《ぬ》れ衣《ぎぬ》を着せられ、有罪判決をくだされ、死刑判決も食らって、いまこうしてここにいるというわけだ」

「あの判事がなにを隠蔽していたんですか？」レイシーはたずねた。

「真実を。判事はおれがサンとアイリーンを殺した犯人じゃないことを知っていたとにらんでる」

「その真実を知っている人間は何人いるんでしょう?」ヒューゴーがたずねた。

ジュニアは受話器をテーブルにおろし、もう何日もまともに寝ていない人のように目もとをごしごしこすった。ついで右手をもちあげ、ふさふさした髪をポニーテールの部分まで梳《す》きあげてから、ゆっくりした動作で受話器をとりあげて話しはじめる。

「それほど多くはないな。ほとんどの連中はおれが殺人犯だと思ってる。みんな、あの物語を信じてるんだ。当たり前じゃないか?　おれは裁判所の法廷で有罪だと宣告され、いまはここでじわじわ腐っていきながら、ただ注射針を待ってるだけなんだから。そのうち本当に針を刺されるのさ。そうなれば、あとはおれの死体をブランズウィック郡まで運んでいって、どこかに埋めるわけだ。そして物語はのちのちまで生きつづける。ジュニア・メイスは自分の女房がほかの男とベッドにいる現場を見つけ、激情に駆られるまま、ふたりをまとめて殺した。なかなかよく出来た物語じゃないか?」

しばらく、だれも言葉を口にしなかった。レイシーもヒューゴーも忙しく手を動かしてメモをとりつつ、次の質問を考えていた。その沈黙を、ジュニアがこんな発言で破った。

「知ってるとは思うが、これは弁護士による接見だから時間制限はない。そちらさんがもし急いでなければ、奇遇だが、おれにも急ぎの用はない。それにいまおれの独居房は気温が三十八度ばかりになってる。換気設備もないんで、扇風機はうだるような熱気をあっちこっちへ動かしてるだけだ。だからここにいるのは、おれにとって最高の気分転換なんだよ。それに、また近くにお運びの節はおふたりのお立ち寄り大歓迎だよ」

「ありがとうございます」ヒューゴーは答えた。「面会者は多いんですか？」

「いるにはいるが、もっと大勢来てほしいね。たまに子供たちが顔を見せるが、胸が痛む面会になる。おれはもう長いあいだ、子供たちがここへ面会に来るのを許してなかった。で、子供たちはみんなたちまち成長した。いまはみんな結婚してる。それどころか、おれはもうお祖父《じい》ちゃんだ。なのに孫たちのだれにも会ったことがない。ただ写真はもらってるんで、壁を埋めつくすくらい貼《は》ってるよ。あんたたちはどう思う？　四人の孫に恵まれていながら、指一本ふれたことすらいっぺんもないんだぞ」

「お子さんたちはだれが育てたんですか？」レイシーはたずねた。

「母が手を貸してくれたが、やがてその母も死んだ。そのあとは、ほぼ弟のウィルトンとその奥さんが育てた。ふたりとも精いっぱいのことをしてくれたよ。ただでさえ八方ふさがりみたいな状態だった。自分が子供だと想像してみるといい。そのうえで母親が殺されたとね。おまけにまわりのだれもが犯人はおまえの父親だと話し、その父親が死刑囚になって牢屋に送られるのがどんなものか」

「お子さんたちは父親のあなたを有罪だと思っているとか？」

「いや。子供たちはウィルトンやおれの母から真実をきかされていたからね」

「ウィルトンはわたしたちに話をきかせてくれるでしょうか？」ヒューゴーがたずねた。

「さあ、わからない。問い合わせればいい。ま、かかわりあいになりたがるかどうかは、なんともいえないが。わかってほしいのは、おれたち一族にとっちゃ、このごろはずっと暮らしやすくなってて、前とは比べものにならないくらいだってことだ。いまふりかえって考えると、あのころサンとおれがカジノに反対していたのが正しいことだったのかどうかも疑問だな。カジノのおかげで働き口が増えて、学校や道路や病院もできて、おれたち一族が夢にも思わなかった豊かな生活をみんなが送れてる。タッパコーラ族の者は男女にかかわらず、十八歳になったときから一カ月あたり五千ドルの終身年金を支給されるんだ——しかも増額されるかもしれない。配当金と呼ばれてる。こんなふうに死刑囚舎房にいるおれでも、月々の配当金をもらってる。最初は子供らのために貯金しようと思ったが、考えれば子供たちも金をもらえるんだから必要ない。そこで、ワシントンのわが顧問弁護士たちに送ってる——せめてそのくらいさせてもらいたくてね。最初におれの弁護を引き受けたときには配当金制度なんかなかったから、あいつらも金がもらえるとは思ってもいなかっただろうよ。タッパコーラ族の者は全員、無料の健康保険に加入できるし、教育費も無料、大学進学を望んだ場合にも学費は全額負担してもらえる。一族のための銀行があって、そこで低金利の住宅ローンや自動車ローンを利用できる。さっきもいったように、人々の暮らしぶりはよくなった——前よりも段ちがいにね。それが明るい側面だ。ただし暗い側面もあってね、人々の意欲の低下という深刻な問題が起こった——なかでも若い世代に。一生涯の収入が保障されているのに、わざわざ大学に進んでキャリアを追い求める理由があるか？　どうして、しゃかりきに仕事をさがす？　カジノは一族の成人のほぼ半分を雇っていて、これが絶えない不和の種になってる。だれが楽な仕事にありつけて、だれが楽じゃない仕事にしかつけないか。内輪もめは珍しくないし、そこに政治もからむ。しかしすべてひっくるめて考えれば、一族の連中はこうなってよかったと考えてる。どうしてわざわざ波風を立てる？　おれのことを心配する理由がどこにある？　あんたたちは悪徳判事を引きずりおろそうとしてて、その過程でだれもがとばっちりで痛手をこうむりそうなのに、弟のウィルトンがあんたたちに力を貸す道理があるか？」

「では、あなたはカジノでの不正行為のことを知ってるんですか？」レイシーはたずねた。

ジュニア・メイスは受話器を下へおろし、また髪の毛をかきむしりはじめた——いまの質問に必死で考えをめぐらせているかのように。答えを躊躇《ちゅうちょ》していることそのものが、いまジュニアが真実を話すべきか否《いな》かで悩んでいるのではなく、どのバージョンを話すべきかで悩んでいることを物語っていた。やがてジュニアは受話器を手にとっていった。

「さっきも話したが、カジノはおれがここに来てから数年後に営業を開始した。おれは現物をいっぺんも見ていない」

ヒューゴーはいった。「お願いです、ミスター・メイス。あなたご自身がタッパコーラ族は少人数の部族だと話していましたね。少人数のグループと規模の大きなカジノ。となれば、秘密を守るのは不可能のはずです。あなたも噂《うわさ》のひとつやふたつは耳にしたでしょうね」

「どういう噂かを教えてくれ」

「現金の一部が売上から抜かれて、裏口から運びだされているという噂です。おおよその概算によれば、〈トレジャー・キー〉はいまや年間五億ドルを稼ぐカジノですよ。しかも、あがりの九十パーセントまでは現金です。われわれの情報源の話によると、先住民の大物たちと犯罪組織のギャングたちが裏で手を結び、やっきになって現金をかすめとっているとのことです。そういう話をきいたことがありませんか？」

「噂は耳にしたかもしれないが、だからといってなにか知ってるわけじゃない」

「だったらだれが知ってます？　わたしたちが話をきける人はいますか？」レイシーはたずねた。

「あんたたちには優秀な情報源があるにちがいないね。でなきゃ、ここに来るわけがない。その情報源にもどるといい」

レイシーとヒューゴーはちらりと顔を見あわせた。どちらの頭にも、自分のボートに乗って冷えたビールを手にもち、ステレオから流れるジミー・バフェットの歌声をBGMにバハマの海をあちこちめぐっているグレッグ・マイヤーズの姿が浮かんでいた。

「またあとで話をききにいくかもしれません」ヒューゴーは答えた。「しかしいまは、現場に身をおいている人、カジノのことを知っている人が必要なんです」

ジュニア・メイスはかぶりをふりつづけていた。「おれの情報源はウィルトンだけだし、やつはそんなには知らない。やつがどの程度知ってるのかはわからないが、遠路はるばるここスタークまで流れ落ちてくる情報のしずくはほとんどない、といっていいな」

レイシーはたずねた。「ウィルトンに電話で、わたしたちなら話に応じても大丈夫だと伝えてもらえますか？」

「で、それをして、おれになんの得がある？　あんたたちのことをおれは知らない。あんたたちが信頼できるかどうかもわからない。善意でやってるのはわかる。だけどあんたたちは、収拾がつかなくなりかねない場所に足を踏み入れるかもしれないぞ。おれにはなんともいえない。まず考える必要がある」

「ウィルトンはどちらにお住まいですか？」ヒューゴーがたずねた。

「居留地だ。カジノからも遠くない。ウィルトンはカジノで働こうとしたんだが、向こうから断わられた。うちの一家の人間は、ひとりもカジノで働いてない。カジノ側が雇わないんだ。政治的理由ってやつだ」

「つまり怨恨《えんこん》が溜《た》まっている？」

「そのとおり。どっさりたっぷり。カジノに反対した連中は基本的にはブラックリストに載せられてて、あそこの職は得られない。月々の配当金の小切手はもらえるが、あそこじゃ働かせてもらえないのさ」

「まわりの人たちはあなたのことをどう思ってますか?」レイシーはたずねた。

「さっきも話したように、大半の連中はおれがサンを——カジノ反対派のリーダーを——殺したと思ってる。だから、おれにはあまり同情してない。カジノ推進派ははなからおれを憎んでる。いうまでもないが、部族にはおれのファンはあまりいない。それで割りを食ってるのがおれの家族さ」

ヒューゴーがたずねた。「マクドーヴァー判事の罪があばかれて、悪徳ぶりが証明されたら、あなたの上訴になにかいい影響があるでしょうか?」

ジュニア・メイスはゆっくりと椅子《いす》から立ちあがり、痛みに苦しんでいるかのように伸びをすると、ドアまで数歩あるいてからテーブルへ引き返した。それから何度か伸びをくりかえし、拳《こぶし》の関節をぽきぽき鳴らしてから椅子に腰をおろして受話器をまた手にとる。「おれにはわからん。おれの公判審理はとうの昔におわってる。上訴ではマクドーヴァーの裁定が徹底的に分析された——きわめて優秀な弁護士たちによってね。われわれはマクドーヴァー判事が数回の誤謬《ごびゅう》をおかしていたと考えます……われわれは十年前に再審が認められてしかるべきだったと考えます……うんぬん。しかし上訴裁判所は、マクドーヴァーに全面的に同意した。いや、全員一致じゃなかったよ。それどころか、おれの上訴の裁定では大半が賛否両論だった。おれの肩をもつ意見もかなり強かった。しかし多数派が勝って、その結果おれはここにいる。それに、当初おれの有罪判決を決定的にした〝獄中密告屋〟のふたりは何年も前に姿を消した。そのことは知ってたかい？」

　レイシーはいった。「ええ、資料で読みました」

「ふたりともほぼ同時に行方知れずになったんだ」

「なにか心当たりは？」

「仮説がふたつ。まずひとつ、有力なほうの仮説だが、おれの有罪判決が確定してからほどなく、ふたりとも消されたというものだ。ふたりとも職業犯罪者……筋金いりのトカゲ野郎だった。それが公判の席ではきれいにおめかしさせてもらって、おれが人殺しをしたと拘置所内で吹聴《ふいちょう》していた、なんて話を陪審に信じこませた。それに、密告者につきまとう問題がある。あの手の連中がいつ供述を撤回してもおかしくないってことだ。つまり第一の仮説は、殺人の真犯人がふたりの密告者を――証言を撤回することがないように――先まわりして殺した、というものだ。おれはそうじゃないかとにらんでる」

「第二の仮説は？」ヒューゴーがたずねた。

「おれの身内のだれかが密告屋たちを復讐《ふくしゅう》で殺した、というものだ。おれには怪しく思えるが、それほど途方もない話でもない。感情がかなり高まっていたから、なにがあってもおかしくなかったとは思う。原因はともあれ密告屋はどっちも消えて、何年ものあいだ姿を見られていない。くたばっていればいいな。おれをここに入れたやつらなんだから」

レイシーはいった。「本当はわたしたち、あなたの裁判のことを話題にしてはいけないんです」

「そういわれても、おれに話せるのは自分のことだけだし、そもそもだれが気にする？　裁判のことは、いまではすべてが公記録になっているしね」

「ということは、少なくとも四体の死体があるわけだ」ヒューゴーがいった。

「最低でも」

「じゃ、死体がもっとある？」レイシーはたずねた。

ジュニアはうなずきつづけていたが、レイシーたちにはそれが神経の緊張による痙攣《チック》なのか、ふたりの言葉を肯定しているしぐさなのかはわからなかった。やがてジュニアはこういった。「そいつは、あんたたちがどこまで本気で深掘りするかによるね」

# 6

納税者によってブランズウィック郡に建てられた最初の裁判所は火事で全焼した。二軒めの裁判所は風に吹き飛ばされた。その一九七〇年のハリケーンののち、郡の為政者たちは煉瓦《れんが》とコンクリートとスチールをつかった設計案を採用した。その結果できあがったのは、ソビエト・スタイルの飛行機格納庫を思わせる醜悪きわまる建築物だった――三階建てで窓はきわめて少なく、建物全体を覆《おお》う広い金属の屋根は竣工《しゅんこう》一日めから雨漏りした。当時、ペンサコーラとタラハシーの中間にあるこの郡は人口もきわめて少なく、沿岸地帯には郊外住宅地もごみごみした市街地もなかった。一九七〇年の国勢調査では、郡内の白人が八千百人、黒人が千五百七十人、アメリカ先住民は四百十一人だった。〝新しい裁判所〟という通称で知られるようになった建物がつかわれだしてから数年後、不動産開発業者たちが先を争うようにマンションやホテルを建てはじめ、〝フライパンの柄《パンハンドル》〟と呼ばれるこのフロリダ州北西部一帯はにわかに活気を帯びはじめた。何キロもつづく幅の広い、しかも開発の手がはいっていないビーチは〝エメラルド・コースト〟と名づけられ、さらなる人気の観光スポットになった。人口も増加の一途をたどり、一九八四年にはブランズウィック郡は裁判所の増築に迫られた。郡がポストモダン様式にこだわったせいで、人を当惑させるような男根形の別館が完成した。多くの人はこの別館に、増殖した癌《がん》細胞を連想した。そればかりか地元民はこの建物を——公式には〝別館〟と名づけられていたが——〝腫瘍《できもの》〟と呼ぶようになった。その十二年後、人口がますます増加しつつあったことを受けて、郡は〝新しい裁判所〟と道路をはさんで反対側に同様の〝腫瘍《できもの》〟をつくり、これであらゆる仕事をこなせるようになったと宣言した。

　ブランズウィック郡の郡都はスターリング。近隣のふたつの郡とあわせて、フロリダ州の第二十四裁判区を形成している。地区裁判所の判事ふたりのうち、スターリングを本拠地にしているのはクローディア・マクドーヴァー判事だ。そのためマクドーヴァー判事は、実質的にこの裁判所を支配しているようなものだった。判事には地位も権力もあるため、州政府の職員はだれもが足音をしのばせて判事のまわりを歩いた。判事の広々としたオフィスは裁判所の三階にあり、建物全体でも数少ない窓のひとつから美しい景色と多少の日ざしが楽しめた。判事はこの裁判所の建物を毛ぎらいしており、いまの裁判所をばらばらに打ち砕いて新しい建物をつくれるだけの権力をいつか手にする夢想にふけることも珍しくなかった。しかし、夢はしょせん夢だ。

デスクで穏やかな一日を過ごしたのち、マクドーヴァーはきょうはいつもよりも早い四時に仕事を切りあげる、と秘書に伝えた。内気でよく飼い慣らされている秘書はこの情報を受けとめて、なんの質問も口にしなかった。どんな行動であれ、クローディア・マクドーヴァーにいちいち理由をたずねる者はいない。

マクドーヴァーは愛車であるレクサスの最新モデルでスターリングをあとにすると、郡道を南へむかった。二十分後、車は〈トレジャー・キー〉の堂々たる正面ゲート方面へむかった——ここのことを判事は内心で〝自分のカジノ〟と考えている。自分の尽力がなければ完成しなかったはずだと確信しているからだ。自分には、その気になればカジノをあしたにでも営業停止にできる権力がある。ただし、それが現実になることはない。

マクドーヴァーはカジノの敷地の周囲に沿っている道路に車を進め、混雑した駐車場やホテルからカジノへとギャンブラーたちを忙しく運ぶシャトルバス、甘ったるい声でカントリーを歌う落ち目の歌手や安っぽいサーカスの曲芸を宣伝している派手なネオン看板をながめながら、いつものように口もとをほころばせた。こういった光景のすべてがマクドーヴァーの笑みを誘った——いずれも先住民たちの商売が繁盛《はんじょう》していることを意味しているからだ。住民たちには仕事ができた。住民たちは楽しく暮らしている。家族は休暇旅行に出かける。〈トレジャー・キー〉はすばらしいところだし、その収入のごくわずかな一部だけを自分のふところに吸いあげてはいても、それで気がとがめることはなかった。

昨今では、クローディア・マクドーヴァーはおよそどんなことにも気がとがめることはなかった。判事席について十七年、名声は確固たるものになり仕事は安泰、法律家としても高評価。さらにカジノの利益の〝分け前〟にあずかるようになって十一年、世界各地に資産を隠したが、いまなお着々と金が流れこむこともあり、信じられないほど裕福になっていた。たしかに取引の相手は気にくわない連中だが、金をかすめとるこの策謀が外部に知られる気づかいはない。痕跡《こんせき》はひとつもないし、どこにも証拠はない。なんといってもカジノが営業を開始した当日から十一年、このからくりは問題なく動きつづけているのだ。

マクドーヴァーの車はゲートを抜け、高級めかしたゴルフコースと分譲マンションから構成される〈ラビット・ラン〉の敷地にはいっていった。マクドーヴァーはここのマンションに四戸を所有していた——正確にいうなら、四戸を所有しているのは某海外企業であり、その企業をマクドーヴァーが所有しているのだ。そのうち一戸はマクドーヴァーが自分でつかっていた。残りの三戸は弁護士を通じて賃貸にしていた。四番フェアウェイぞいにあるマクドーヴァー自身の住まいは、ドアや窓が補強された二フロアの要塞《ようさい》だった。何年も前にマクドーヴァーがこの補強工事をしたときには、〝ハリケーン対策〟を表むきの理由にした。そのおりに小さな寝室内にコンクリートの壁をもつ三メートル四方の金庫室をつくり、盗難と火災の防止策をほどこした。ここには携行可能な資産を隠してあった──現金、純金、宝飾品などだ。そう簡単には動かせない品も二、三ある。ピカソのリトグラフが二点、四千年前につくられたエジプトの壺《つぼ》、また別の王朝期につくられた陶器の茶碗《ちゃわん》一式、十九世紀文学の初版本ばかりの稀覯書《きこうしょ》コレクション。この寝室へのドアは蝶番《ちょうつがい》で動くようになっている書棚で隠してあり、マンションの部屋を歩いてまわる人物がいたとしても、寝室とそこにある金庫室の存在に気づくことはない──いや、そもそも室内を歩きまわる人物は存在しなかった。おりおりにたずねてくる客はパティオで飲み物を楽しむことをすすめられるが、このマンションは酒を楽しむところではないし、それをいうなら人が訪問したり住んだりする場所ではなかった。

カーテンをひらいてゴルフコースを見おろす。八月の炎暑であたりが蒸し暑いせいで、コースに出ている人はいなかった。マクドーヴァーはティーケトルに水を入れて火にかけた。湯が沸くのを待つあいだに電話を二本すませる。二本とも、法廷で係争中の訴訟にまつわる弁護士への電話だった。

予定どおり、客人は五時ちょうどにやってきた。ふたりは毎月第一水曜日の午後五時に、マンションのこの部屋で会うことになっていた。まれにマクドーヴァーが海外に出ているときには日程が変更されたが、その機会は稀《まれ》だった。ふたりの話しあいは決まって、この部屋で顔をあわせておこなわれた。盗聴装置やカメラといったスパイ機器が隠されている心配が皆無だからだ。ふたりが電話をつかうのは年にわずか一、二回にかぎられていた。ふたりはことをややこしくせず、足跡をいっさい残さなかった。そもそもの最初から、ふたりにはなんの心配もなかったが、それでもいまだに用心を欠かすことはなかった。

クローディア・マクドーヴァーは紅茶のカップに口をつけ、ヴォン・デュボーズはウォッカのオンザロックを楽しんでいた。デュボーズはいつもどおり褐色のショルダーバッグを持参していて、いつもどおりソファに置いていた。バッグの中身は、輪ゴムできっちり束ねた百枚の百ドル紙幣が二十五束——二十五万ドルだ。カジノの売上から抜きとる現金は月々五十万ドル。マクドーヴァーが知るかぎり、ふたりはそれを等分にしていた。ただしマクドーヴァーはもう何年も前から、デュボーズが先住民たちから本当はどのくらいの金を受けとっているのだろうかと考えていた。汚れ仕事はデュボーズが一手にこなしているので、マクドーヴァーが正確な数字を知るすべはなかった。それでも長年のあいだには、マクドーヴァーはみずからの取り分に充分満足するようになってもいた。それも当然ではないだろうか。

マクドーヴァーは具体的な部分をなにひとつ知らなかった。売上の現金から、どのように一部が抜かれているのか？ 抜いた現金をどうやって帳簿から隠し、警備や監視をすり抜けさせているのか？ この所得隠しが露見しないように帳簿を改竄《かいざん》しているのはだれか？ 売上からかすめとった現金をカジノの奥深くで受けとって、デュボーズのために保管しているのはだれなのか？ デュボーズはどこでその金を受けとっているのか？ デュボーズに現金を運んでいるのはだれなのか？ 買収されている者は内部に何人いるのか？ マクドーヴァーはその手のことをなにひとつ知らなかった。カジノから運びだされた金のうち自分の取り分をふところにいれたデュボーズが、その金をなににつかっているのかも知らなかった。ふたりがそういったことを話題にしたためしはなかった。

デュボーズの手下のギャングたちのこともなにも知らず、知りたいとも思わなかった。マクドーヴァーがやりとりをする相手はデュボーズにかぎられ、それ以外はたまにデュボーズの忠実な右腕役のハンクと話すだけだった。デュボーズがマクドーヴァーを見つけだしたのは、いまから十八年前。当時マクドーヴァーは人なみの暮らしをするのに四苦八苦し、別れた夫への復讐策をまだ練っている、小さな町の退屈した弁護士だった。一方デュボーズには、大規模な土地開発事業を柱にした壮大な計画があった——その計画には、先住民の土地につくられるカジノの資金が燃料となるはずだった。ただし、ひとりの老判事がその計画に立ちふさがっていた。この判事を始末し、さらに一、二の障害を排除しさえすれば、思いのままにブルドーザーを進められる。そこでデュボーズはマクドーヴァーに選挙運動の資金を提供し、マクドーヴァー当選のために必要なことならなんでもやった。

ヴォン・デュボーズは七十歳前後だが、見た目だけなら六十歳でも通用しそうだった。一年を通じて日焼けした肌にくわえてカラフルなゴルフシャツを愛用しているので、フロリダのふんだんな日ざしを浴びながら悠々自適の生活を楽しんでいる裕福な退職者のひとりにも見えるだろう。これまでに二度の離婚を経験し、いまはもうだいぶ前から独身のままだ。判事になったあとデュボーズが口説いてきたことがあったが、マクドーヴァーはいっさい関心を示さなかった。デュボーズのほうが十五歳ほども年上だったが、これはさしたる年齢差ではない。ふたりのあいだに火花が散らなかっただけだ。当時三十九歳のクローディア・マクドーヴァーは、ひとつの現実にようやく目覚めた――自分は男よりも女のほうを好んでいるという現実に。それにデュボーズは、率直にいって退屈な男だった。教育程度も低く、興味があるのは釣りとゴルフと、次に建てる予定のショッピングモールかゴルフコースのことだけ。くわえてデュボーズの暗黒面が、マクドーヴァーにはあいかわらず恐ろしかった。

何年もたつあいだに噂がひとり歩きし、詳細な情報が明らかになり、上訴裁判所で疑義が呈されもするなかで、マクドーヴァー判事はジュニア・メイスが妻とサン・ラズコーを殺した犯人だということに疑いをいだくようになっていた。公判審理の前や審理中はジュニアの有罪を確信していたし、自分を選挙で当選させてくれた有権者に満足してもらえる評決を出したいと考えていた。しかし月日が流れて経験をそれなりに重ねると、ジュニアの有罪を本気で疑うようになってきた。しかし公判審理の担当判事としての仕事はとうにおわっていて、いまさら過《あやま》ちを正そうにも、できることはないも同然だった。第一、なぜそんなことをしなくてはならない？　サン・ラズコーは殺され、ジュニアは刑務所だ。カジノは完成した。そして自分は、なに不自由なく楽しい暮らしを送っている。

しかし現実を直視すれば、仮にジュニアが犯人ではなかったとしたら、ヴォン・デュボーズのギャングのだれかがサン・ラズコーとアイリーン・メイスの頭に弾丸を撃ちこんだのだろうし、ジュニアの有罪を決定づけた証言をした〝獄中密告屋〟ふたりが姿を消したのも何者かの工作ということだ。マクドーヴァーは精いっぱい虚勢を張ってはいたが、内心ではデュボーズとその手下たちを死ぬほど恐れていた。いまとなっては十年ほど前、あとにも先にも一回だけ、ふたりが声を荒らげて口論をしたことがあった——その席でマクドーヴァーは、もし自分の身になにかがあれば、デュボーズの悪事がただちに暴《あば》かれることになっている、といって、本人にそれを信じこませたのだった。

歳月が流れるうちに、ふたりの関係は双方が明確に定義されたそれぞれの役割を演じる、〝相互不信ゆえのお行儀のいい関係〟とでもいうべきものに落ち着いた。マクドーヴァーのほうは、たとえ根拠があいまいでも差止命令ひとつ発するだけでカジノの営業を停止させられる権限をもち、ためらわずに実行できることを実証してもいた。デュボーズは汚れ仕事を一手に引き受け、タッパコーラ族に分をわきまえさせていた。ふたりはともに巨富を築き、ひと月ごとにさらに裕福になっていた。トラックに積みこむほどの現金があると、人がどれほど寛容になって、どれほどの疑いが見すごされてしまうかは驚くほどだった。

　きょうふたりはひんやりと空気が冷えている室内にすわり、それぞれの飲み物をちびちびと飲みつつ、人けのないフェアウェイを見おろし、自分たちの策謀と途方もない富に満ち足りた気分を味わっていた。

「〈北の砂丘《ノース・デューン》〉の進捗《しんちょく》具合はどう？」マクドーヴァーはたずねた。

「順調だよ」デュボーズは答えた。「地域地区《ゾーニング》規制委員会が来週にもひらかれて、そこで開発計画にゴーサインが出る見込みだ。二カ月以内には土砂を運びだせるようになっているはずだよ」

　〈ノース・デューン〉は、デュボーズのゴルフ帝国に追加される最新の領土だった。三十六ホールのコース、複数の湖や池、高級マンションとそれ以上に高級な豪邸。中心にはよく考えられたビジネスセンターを配し、町の広場と屋外音楽堂も併設され、そのすべてがビーチから五、六百メートル以内にできる予定だった。

「委員会のメンバーは問題にならない？」マクドーヴァーはたずねた。愚問だった。デュボーズがこの郡にばらまいている賄賂《わいろ》は、マクドーヴァーに運んでくる現金だけではない。

「賛成四人に反対ひとり」デュボーズは答えた。「例によってポーリーだけは強硬に反対してる」

「どうせならあの男をお払い箱にすればいい」

「いやいや、あの男は委員会に必要だよ。すんなりことが進みすぎては逆に困る。その意味で四対一は絶好の割合だね」

現実的には、この地方では賄賂はかならずしも必要ではない。門や塀で囲われた高級志向のゲーテッド・コミュニティから大衆志向のショッピングセンターにいたるまで、どのような形の新規開発計画でも、予防線として真実を半分だけ入れた美辞麗句が満載のきれいなパンフレットをつくり、税収の増加と雇用促進が約束された〝経済発展〟のラベルを貼れば、選挙で選ばれる役人たちは承認のスタンプに手を伸ばすものだ。もし環境問題や道路の混雑の問題、あるいは学校の定員超過への懸念《けねん》などをいいたてる声があがったとしても、そういう声の主は〝リベラルども〟とか〝環境大好き活動家〟、あるいは——もっとひどい悪口だが——〝北部《ほくぶ》者《もん》〟だとして一蹴《いっしゅう》された。

ヴォン・デュボーズはこのゲームの手口を何年も前に身につけていた。

「ＥＣはつくれるの？」マクドーヴァーはたずねた。ＥＣとは〝特別追加室《エクストラ・コンドミニアム》〟の意だ。

「もちろんだよ、判事閣下。ゴルフコース側と高層フロアのどちらをお望みかな？」

「高層フロアというのは何階？」

「そちらのご希望は？」

「海が見える部屋がいい。そういう部屋はつくれる？」

「お安いご用だ。現時点では十階建ての予定だが、六階よりも上なら晴れた日にはメキシコ湾が見えるだろうね」

「気にいった。オーシャンビューね。ペントハウスでなくてもいいけど、それに近い部屋にしてちょうだい」

〝特別追加室《エクストラ・コンドミニアム》〟のコンセプトを完成させたのは、フロリダ不動産開発業界のレジェンドである、〈コンド・コンロイ〉のニックネームで知られる人物だった。オーシャンビューが売りのタワーマンションを大突貫で建設している最中には、建築プランが現場で変更になることもあり、壁の位置があちこち移動されることもある。そしてその結果、地域地区《ゾーニング》規制委員会が存在さえ知らない〝特別追加室《エクストラ・コンドミニアム》〟がひとつ出来あがりもする。そういった部屋には十あまりもの用途がある――そのどれひとつとして厳密には合法的ではない。デュボーズはこのトリックを身につけ、そのデュボーズお気に入りの判事の資産一覧には、長年のあいだにこうしたECが目をみはるほど多く溜まっていた。ただしマクドーヴァーの貸借対照表《バランスシート》には、若干だが合法的な事業も掲載されていた——ショッピングモール、ウォーターパーク、レストラン二軒、数軒の小さなホテル、それにブルドーザーを待つ未開発の土地が多数。

「もう一杯飲む？」マクドーヴァーはたずねた。「話しあっておきたいことがふたつあってね」

「自分でつくってくる」デュボーズは立ちあがり、マクドーヴァーが自分では手を触れたこともない強い酒類を置いているキッチンカウンターに歩みよった。デュボーズはグラスにワンショット注いで角氷を二個落とすと、席に引き返してきた。「話をきかせてくれ」

マクドーヴァーはまず深々と息を吸った。なぜなら話しにくい話題だったからだ。

「ウィルスン・ヴァンゴ」

「あいつがどうした？」デュボーズが嚙《か》みつくようにいった。

「とにかく話をきいて。刑務所に収監されて十四年、ヴァンゴの健康状態は悪化するばかりよ。肺気腫《はいきしゅ》に肝炎、精神的な問題もかかえてる。殴打《おうだ》をはじめとする暴行を何度もうけてきたし、それが原因で脳に損傷をこうむっていると見ていい」

「そりゃよかった」

「ヴァンゴは三年後に仮釈放審査の対象になる。奥さんはいま卵巣癌《らんそうがん》で死にかけていて、家族は困窮……。とにかく悲惨な状態よ。で、だれかが州知事に訴えたらしく、知事はヴァンゴの刑期を短くしたがっている――ただし、わたしの同意が必要なの」

ヴォン・デュボーズは瞳《ひとみ》を熱く燃やしながら飲み物のグラスを下へ置くと、怒りもあらわに人差し指をマクドーヴァーに突きつけた。「わたしの会社から四万ドルも盗んだクソ男だ。刑務所でくたばればいい――できれば、あと一回くらい暴行されたあとでね。わかったか、クローディア？」

「考えなおして、ヴォン。あなたにいわれたから、ヴァンゴには最長の刑を宣告した。でも、もう充分長く服役してる。かわいそうに、死にかけてもいるの。奥さんともども。だから情けをかけてあげて」

「断わる。情けなどかけるものか。頭に穴をあけられずに刑務所行きになっただけでも、あいつにはめっけものだった。ああ、ぜったいにだめだ、クローディア。ヴァンゴを出すことはまかりならん」

「わかった、わかった。もう一杯つくってきたら？　落ち着いてよ。そういきりたたないで」

「わたしなら冷静だ。で、ほかになにを考えてる？」

マクドーヴァーは紅茶をひと口飲み、たっぷり一分が過ぎるにまかせた。雰囲気がいくぶん軽くなるのを待ってから話しはじめる。「あのね、ヴォン。わたしはいま五十六歳。判事として法服を着るようになってから十七年、そろそろ仕事にも飽きてきたの。いまは三期めで、来年の選挙にも対立候補は出ないから、このままだと任期二十四年が保証されている。でも、もうたくさん。フィリスも引退の意向をかためてて、わたしたちはふたりで世界じゅうを旅してまわりたい。わたしはフロリダ州スターリングに飽き飽き、フィリスはアラバマ州モービルにうんざりしてる。わたしたちには子どもがいないから、ひとつの土地に縛りつけられる心配はない。だったら、自由気ままに飛びまわってなにがわるいの？　先住民たちのお金を少しばかりつかってもいいでしょう？」

マクドーヴァーはいったん言葉を切って、デュボーズをうかがった。

「で、ご感想は？」

「わかっているとは思うが、わたしは現状が気にいっているんだよ。クローディア、きみのなにがすばらしいかといえばね、まずあっという間に堕落してしまったことだし、ひとたび堕落したあとは、どうしようもないほど金に首ったけになったことだ。わたしも同様だよ。ちがいがあるとすれば、わたしが最初から堕落のなかに生まれおちたことだね――わがＤＮＡに不正が組みこまれていたんだ。ひたいに汗して金を稼ぐらいなら、盗んだほうがましだ。ところがきみは純粋だったにもかかわらず、たちまち暗黒面に鞍替《くらが》えした——驚くほどすんなりとね」

「わたしなら純粋なんかじゃなかった。あのころのわたしは、憎しみと別れた夫を辱《はずかし》めたいという燃えるような願望に突き動かされてただけ。復讐をしたい一心だったの——純粋さのかけらもなかった」

「まあ、わたしがいいたいのは、きみみたいな買収されたがりの判事の替えがあっさり見つかるはずはない、ということだがね」

「いまの時点でも、まだ判事が必要？　わたしがいなくなれば、カジノから巻きあげたお金をひとり占めできるのに——ちょっとした安全ネットとしてはわるくない。あなたなら政治家も思いのまま。郡の土地の半分をブルドーザーで開発してて、建設中の物件もまだまだたくさんある。だから——少なくともわたしの目には——判事に月々お金を払わなくても、あなたひとりで充分やっていけるように見えてるの。わたしは仕事にうんざりしただけ。それにね——あなたとの会話でつかうには不適切な単語かもしれないけど——しばらくは〝ストレート〟な体になりたくて」

「金の面で〝公明正大《ストレート》〟？　それともセックス面で〝異性愛《ストレート》〟になる？」

「お金に決まってるでしょ、馬鹿《ばか》」マクドーヴァーは含み笑いを洩《も》らした。

頭のなかで車輪をまわしながら、ヴォン・デュボーズは微笑《ほほえ》みとともにウォッカを口に運んだ。口には出さなかったが、内心いまの話に昂奮《こうふん》していた。月々の支払いがひとり減る。それも大口の支出先が。

「われわれは生き延びるさ」デュボーズはいった。

「ええ、もちろんよ。まだこうすると決めたわけじゃない。でもあなたには、わたしの考えを知っておいてほしかった。離婚の調停にも、若者たちを終身刑で刑務所に送りこむことにも、わたしは本気でうんざりしてる。それにまだこの話はフィリスにしかきかせてない」

「わたしなら、きみのもっとも暗い秘密でも信頼して打ち明けても大丈夫だぞ」

「離れがたき運命共同体ってこと」

デュボーズは立ちあがった。「そろそろ行かなくては。また来月、いつもどおりの日程でいいかな?」

「ええ」

帰りぎわにデュボーズは、中身が空《から》のショルダーバッグを手にとった。部屋に持参してきたバッグと外見は同一だったが、こちらのほうが軽かった。

# 7

仲介者はクーリーといい、やはりもともと弁護士だった。といっても弁護士を辞めたいきさつは、友人のグレッグ・マイヤーズの派手なひと幕とは比べものにならなかった。クーリーはいち早く司法取引に応じて法曹資格をみずから返上することで、新聞の見出しに名前が出るのを巧みにかわしたのだ。さらには、資格をとりもどして法律の世界に返り咲く意向もなかった。

ふたりはサウスビーチにある〈ペリカン・ホテル〉の静かな中庭で待ちあわせて、小さなパティオで酒を楽しみながら最新の書類に目を通した。

最初の数枚の書面は、過去七年間のクローディア・マクドーヴァー判事の旅行記録だった。日付と目的地、滞在日数など諸データがきっちりとそろっていた。この女性判事は旅行が大好きで、おまけに金のかかる移動手段も大好きだった。いつもはプライベートジェットを愛用しているが、チャーター便の予約にはマクドーヴァーの名前はつかわれていなかった。手配いっさいを仕切っていたのは顧問弁護士のフィリス・ターバンで、通常はアラバマ州モービルに本社がある二社のチャーター便運航会社のいずれかをつかっていた。マクドーヴァー判事はひと月に最低でも一回は車でペンサコーラかパナマシティへ行き、機内にターバン弁護士が待っている小型ジェット機に乗りこむと、週末をニューヨークかニューオーリンズで過ごすために出発していた。ふたりが旅先でなにをしているのかは把握できていなかったが、判事の近くにいるという〈もぐら《モール》〉なら、おおよその見当がついたにちがいない。さらにマクドーヴァーは、毎年夏にシンガポールで二週間過ごしていた。現地にも住居を所有していると思われた。こうした長めの旅には、アメリカン航空のファーストクラスを利用していた。また年に最低三回はカリブ海東端のバルバドスへ行っているが、これにはプライベートジェットを利用していた。シンガポールやバルバドスへの旅行にフィリス・ターバン弁護士が同行しているかどうかは確認がとれなかったが、〈モール〉は足がつかないプリペイド携帯でモービルにあるターバンの法律事務所にくりかえし電話をかけた。その結果、マクドーヴァーが旅行中はこの弁護士も同様に不在であることを突きとめていた。判事が職場に帰ると、この弁護士も仕事に復帰していた。

覚書で〈モール〉はクローディア・マクドーヴァーをＣＭと頭文字で表記して、こんなことを書いていた。

毎月第一水曜日にCMはいつもよりも若干早めに仕事場をあとにし、〈ラビット・ラン〉内の高級マンションへむかう。しばらくはそのあとの行先を特定できなかったが、やがてCMの車のリアバンパーにGPS追跡装置《トラッカー》をとりつけられたので、動向を正確に把握できるようになった。行先のマンションの住所は、フェアウェイ・ドライブ一六一四D。ブランズウィック郡の土地登記記録を調べたところ、このマンションはこれまで所有者を二度変えており、現在の所有者はベリーズに本社をおく企業である。ここから、マクドーヴァーが車でマンションへ行ってカジノからもたらされるかなりの金額の現金を受けとったのち、今度はその現金の一部あるいは全部をもって飛行機で旅に出る、とたやすく推測できよう。以下はさらなる推測だが、現金は金や銀、ダイヤモンド、あるいはコレクターズアイテムなどに交換可能だ。ニューヨークやニューオーリンズには現金取引をすることで名の知れている業者もいないではない——ただし手数料は法外だ。ダイヤモンドをはじめとする宝飾品は、たやすく国外へともちだせる。現金も通常の国際宅配便で世界のどこにでも送ることができる——とりわけカリブ海の島々に。

マイヤーズはいった。「推測ばかりなのは気にくわないな。〈モール〉は本当はどこまで知っているんだね？」

クーリーが答えた。「本気でいってるのか？　旅行についての詳細な報告を見たまえ。七年間の正確な動向記録だぞ。くわえて、この御仁《ごじん》は不正資金洗浄《マネーロンダリング》についてもそれなりに知っているみたいだ」

「御仁？　男という意味か？」

「意味のない表現だよ。きみに関係する範囲では、〈モール〉は男でもないし女でもない」

「しかし、その男とも女とも知れない人物はわたしの依頼人だ」

「どうだっていい。この話はもう解決ずみじゃなかったのか」

「これだけいろいろ知っているからには、判事と毎日のように接触している人物にちがいない。もしかして秘書か？」

「男でも女でもいいが、かつて〈モール〉はマクドーヴァーは秘書づかいが大変荒く、一年か二年ごとに秘書を馘《くび》にしていると話していた。とにかく臆測《おくそく》をめぐらせるのはやめてくれ。〈モール〉は怯《おび》えながら暮らしているんだ。で、正式告発状はもう提出したのか?」

「出した。いまは司法審査会が調査中だ。そのあと順調にいけば、あの老いぼれ女を調査結果でひっぱたいてやれる。扇風機にクソが命中したような騒ぎになるぞ。自分のパーティーはもうおわりだとマクドーヴァーが気づいたときの恐怖の場面を想像するといい」

「といっても、パニックは起こさないだろうね——あれくらい冷血で、あれくらい悪知恵がまわるとね」クーリーがいった。「そうなればなったで、あの女判事は顧問弁護士に連絡し、弁護チームが仕事にかかるだけだ。デュボーズにも連絡を入れるだろうし、デュボーズはまた悪さをはじめる。きみはどうなんだ、グレッグ。告発状にはきみの名前が出てる。いまはきみが主張当事者になっているわけだ」

「わたしの名前は手がかりにもならないさ。いいか、わたしはマクドーヴァー判事にもデュボーズにも会ったことがない。ふたりにとって、わたしはアダムとイブのアダム同然の人物だ。この国には少なくとも千八百人のグレッグ・マイヤーズが住んでいて、その全員に住所と電話番号があり、家族があり、職業がある。デュボーズとて、どこから調べればいいのかもわかるまい。万が一怪しげな気配を感じたら、ただちにささやかなあの船に飛び乗って、大海原に浮かぶちっぽけな粒のひとつになってやる。

あいつには見つけられっこない。それに〈モール〉はなぜ怯えながら暮らしてる？　実名が出ることはぜったいにないのに」

「まいったな、グレッグ。わたしにはわからないよ。暴力を辞さないような犯罪組織には不慣れなのかもしれないぞ。あるいは、その男とも女とも知れぬ人物は、マクドーヴァーがらみの裏情報を明かしすぎれば、めぐりめぐって自分に跳ね返るんじゃないかと不安を感じているのかもしれないし」

「どっちにしても手おくれだ」マイヤーズはいった。「告発状は正式に提出され、車輪が動きはじめているんだから」

「この情報は、近々さっそくつかうつもりかな？」クーリーは数枚の書類をふりたてていった。

「まだわからない。考える時間が必要だ。とりあえず、その書類で判事がパートナーとのプライベートジェットでの旅行を好んでいることが証明できるとしよう。それがどうした。マクドーヴァーの弁護チームは、顧問弁護士のフィリス・ターバンが料金を支払っているかぎり不正でもなんでもないというだけだな。フィリスはマクドーヴァー判事の法廷で審理中の案件をひとつも担当していないから、まずいことはひとつもない」

「フィリス・ターバンはモービルで小さな法律事務所を経営している。専門は、ぶあつい遺言書の作成だ。年間の純益は最大でも十五万といったところだ。彼らがつかっているジェット機は一時間三千ドルで、年平均で八十時間利用している。計算してみるといい。飛行機代だけで二十四万ドルだ――しかも、これはわれわれが把握している分にすぎない。地区裁判所判事としてのマクドーヴァーの今年の給与は十四万六千ドル。ふたりが金を出しあっているにしてもジェット機の燃料代にも届かないぞ」

「フィリス・ターバンは調査対象じゃない」マイヤーズはいった。「対象にするべきなのかもしれないが、まあ、どうでもいいな。もしこの件からそれなりの金を手に入れたければ、とにかく現職判事の首根っこを押さえる必要があるんだよ」

「了解」

「〈モール〉とはどの程度の間隔で会っているんだね？」マイヤーズがたずねた。

「それほど頻繁に会っちゃいないよ。男とも女とも知れない〈モール〉はこのところずいぶん臆病になっているばかりか、死ぬほど怯えてもいてね」

「だったら、なんでこんなことをしてる？」

「マクドーヴァー憎しの一心だ。金を欲しがってもいる。わたしはこの件に協力すれば金持ちになれるぞといって、〈モール〉を説得したんだ。あとは、ひとりも死人が出ないことを祈るだけだな」

レイシーが住んでいるのはオフィスから車で五分、フロリダ州立大学にほど近いところの倉庫をリノベーションしたアパートメントにある二DKの部屋だった。倉庫のリノベーションにあたって設計を担当した建築家はすばらしい仕事ぶりで、全二十戸がたちまち売れた。父親が多額の生命保険に加入しつづけていたことにくわえて母親からの気前のいい援助もあり、レイシーは物件の購入時にかなりの頭金を支払うことができた。内心では、両親からのありがたい贈り物はこれだけなのではないかと思ってもいた。父親は五年前にすでに他界し、母親のアン・ストールツはいまでは年齢をかさねるたびにけちになっているようだからだ。七十歳近くなった母親だが、決してレイシーが好ましく思う年のとりかたをしてはいなかった。おまけに、いまはもう自宅から八キロ以上は車を走らせようとしていないので、いきおいふたりが顔をあわせる機会も減っていた。

レイシーのルームメイトはフランキーだけだ――愛犬のフレンチブルドッグである。十八歳で大学進学のために実家を出て以来、レイシーが男と同居したことはない。それどころか、男に本気で心を惹《ひ》かれたことは一度もないといえる。十年ばかり前、生まれてからただ一度だけの本気の恋が同棲《どうせい》の二文字をほのめかしはじめた。しかし――すぐにわかったことだが――当時の交際相手の男は、そのときすでに既婚者の女と駆け落ちする計画を立てていた。しかも、男はそれを実行した――スキャンダラスな手だてで。打ち明けてしまえば、当年三十六歳のレイシーはひとりで暮らし、ベッドではまんなかに寝て、自分ひとりのために身ぎれいにし、自分で稼いだ金を自分でつかい、自由気ままにあちこち出かけ、男のことを思いわずらうことなく自身のキャリアを追い求め、夜の過ごし方を決めるのに自分以外の声には耳を貸さず、料理をつくるもつくらないも自由であり、テレビのリモコンを独占していられるいまの暮らしに満足しきっていた。女友だちの三分の一は若くして離婚している――そのだれもが深く傷つき、少なくとも当面は新しい男など不要だと思っている。別の三分の一は悲惨な結婚生活に縛られ、逃げだせる見込みもない。さらに女友だちの残り三分の一はそれぞれの関係に満足していて、ある者はキャリアを追求し、ある者は子育てにいそしんでいた。

レイシーはそんな計算の理屈がきらいだった。同時に、格好の伴侶《はんりょ》となる男性を見つけていないことで、社会から不幸な女だと見られる風潮も気にくわなかった。自分の人生なのに、どうしていつどんな相手と結婚するかによって評価されなくてはならないのか。寂しい女だと思われるのが腹立たしかった。だいたい、これまで男と同居したことがないのだから、男の存在を恋しく思う道理があるだろうか？　家族から根掘り葉掘り穿鑿《せんさく》されることにもうんざりしていた。なかでも口やかましいのは母親と母親の妹のトルーディ叔母だった——ふたりはある程度の長さの会話になると、〝真剣な〟交際をしている相手はいるかという質問抜きには会話をおわらせられなかった。「いつわたしが〝真剣な〟交際相手をさがしてるって話したの？」というのが、レイシーの定番の反応だった。認めるのは気が進まなかったが、こういった会話になるのがいやで母親とトルーディ叔母をできれば避けたいのが本音だった。ふたりとも、レイシーが独身で幸せに暮らし、〝運命の男〟を血眼でさがしてはいないことを理由にレイシーを不適応者あつかいし、ひとりきりで根なし草のような暮らしをしているレイシーを、それゆえに憐《あわ》れむべき存在と考えている。母親は際限なく夫の死を悲しみつづけ、トルーディ叔母はとことんろくでなしと結婚しているくせに、なぜか自分たちのほうがレイシーよりもいい暮らしをしていると思いこんでいた。

まあ、仕方ない。そういった他人の誤解を適当にさばくのも独身生活の一部だ。

レイシーはカフェインレスの緑茶のお代わりを用意し、昔の映画でも見ようかと考えた。しかし、そろそろ十時になる。平日の夜だ。それにいまは睡眠が必要だった。

サデルからは、最新の調査報告書がメールで二通届いていた。パジャマに着替える前に、片方だけでもざっと目を通しておこう。レイシーはもう何年も前から、サデルの報告書には睡眠薬以上に眠りを誘う効果があると学んでいた。

短いほうの報告書は『タッパコーラ族——事実、数字、ゴシップ』と題されていた。

人口：アメリカ先住民タッパコーラ族の正確な人数については判明していない（ちなみにこの〝アメリカ先住民〟という用語は、これを使用すればいい気分になれるような無知な白人がポリティカル・コレクトネスに沿って考案したものだが、現実のアメリカ先住民たちは自分たちをインディアンと呼称し、そう呼ばない者たちをせせら笑っている。閑話休題）。先住民事務局の統計によれば、二〇一〇年の人口は——二〇〇〇年の四百二人から増えて——四百四十一人である。しかしながらカジノがもたらした大繁栄が、一族の人口に新たなプレッシャーを与えた。タッパコーラ族になりたい人々が史上かつてなかったほど激増したのだ。そうなった理由は、通称〝配当金〟と呼ばれる富の再配分方式である。ジュニア・メイスの証言によると、十八歳以上のタッパコーラ族の者は毎月五千ドルの小切手を受けとっているとのこと。裏づけるのは不可能だ。ほかのあらゆる側面とおなじく、タッパコーラ族はその種の情報を外部のだれにも報告していないからである。そして女性は結婚すると――理由は謎《なぞ》ながら――月々の配当金を半額に減らされる。

配当金の金額は部族によって、あるいは州によって大きな差がある。数年前のこと、ミネソタ州内のある部族が途方もない収益をあげて名を轟《とど》ろかせたことがある。というのも年間で十億ドル近い収益をあげるカジノがあり、それがわずか八十五人のメンバーに所有されていたからだ。メンバーそれぞれへの配当金は一年で百万ドルを越えた。この記録はいまだに破られていないと信じられている。

現在アメリカ合衆国内には五百六十二の認定部族が暮らしているが、そのうちカジノを経営しているのは約二百の部族にとどまる。さらに約百五十の部族が正式認定を求めているが、連邦政府が以前よりも疑いを深めているため、新しい部族は正式認定を得るのに困難な戦いに直面している。こういった部族の面々がいきなり先祖からの遺産にプライドをいだくようになったのは、カジノビジネスに新規参入したいからにほかならない――多くの評論家がそう指摘している。大多数の先住民はカジノの富の分け前にあずかってはいないし、それどころか貧乏暮らしを強いられている。

いずれにしてもタッパコーラ族もほかの大多数の部族と同様、血縁を主張する人々の洪水に見舞われてきた。配当金という夢がその傾向のあと押しをした。タッパコーラ族には、血縁関係を調べて確定させるための委員会があった。タッパコーラ族の血が八分の一に満たない申請者は却下された。これが多くの軋轢《あつれき》を生んだ。

この部族では、軋轢は決して珍しいものではないらしい。七年前のペンサコーラ・ニュースジャーナル紙の記事によれば、一族は四年に一度選挙をおこなって、新しい族長と評議員を選出する。評議員は十人。族長はどうやら一族のあらゆる問題にかなりの権力を握っているらしい——とりわけカジノの問題に。族長は重要な地位でもある。なぜなら、当時の年俸は三十五万ドルだったからだ。また族長は雇用関係にも大きな裁量権を有し、居留地の行政官庁に親類縁者をずらりと当てて、その全員が気前のいい給与を稼ぐ。そのため選挙は激烈な、そして禍根を残しかねない競争の機会になり、得票水増しや選挙妨害を訴える非難の声が大量にあがりもする（われわれ非先住民から学んだ手口にちがいない）。部族の選挙は〝勝者が総取り〟のシナリオなのだ。

現族長はイライアス・カッペル（余談になるが、現代の先住民には先祖がつかっていたような生彩に富む姓名をつかっている者はほとんどいない——彼らは過去のいずれかの時点で、西欧式の姓名に改名している)。カッペル族長は二〇〇五年の選挙でいまの地位に選ばれ、四年後にもあっさり再選を果たした。息子のビリーは評議員のひとりである。

タッパコーラ族は金を賢明につかってきた。最新設備のととのった学校を建設し、無料診療をかかげる医療施設——外見は総合病院よりもむしろ診療所のようだ——をつくり、レクリエーション施設や託児所や道路をはじめ、まっとうな政府が供給するほぼすべての事業をおこなった。ハイスクールの卒業生がカレッジ進学を望めば、州内の学校の学費にくわえて食事つきのアパート代もカバーする基金の準備があった。また部族ではそれ以上の予算を、アルコールとドラッグの濫用《らんよう》防止とその依存症治療に注ぎこんでいた。

タッパコーラ族は独立国家として、外部からの干渉をいっさい考慮せずに独自の法律をつくって施行している。部族には、郡警察署長と同等の職権を有する治安官がおり、その下には不足ない人数の巡査がそろっている。その全員が充分に訓練され、装備も行き届いていることは明白だ。強化されたドラッグ関係の特別捜査チームもある(部族の者は口が堅いが、族長と数名の評議員は自分たちに有利な情報なら洩らすことに頓着《とんちゃく》しない――強大な警察力の話題はそんな彼らのお気に入りである)。また部族には独自の裁判所もあり、三人の判事が係争や刑事犯罪を処理している。判事たちは族長によって指名され、評議会に承認される。もちろん拘置所があり、また長期にわたって服役する囚人のために矯正施設も用意されている。

タッパコーラ族は内部の係争や紛争を仲間内にとどめおくことに長《た》けた手腕をそなえている。もう何年にもわたってペンサコーラ・ニューズジャーナル紙や、前者よりも規模の小さいタラハシー・デモクラット紙は、ともにスキャンダラスな情報を求めてさぐりまわっていた――というのも、部族がどれだけの金を稼ぎだしているのか、どの派閥が最大勢力なのかを突きとめようとしていたのだ。しかし、どちらの新聞の調査でも成果はゼロ同然だった。タッパコーラ族がきわめて口の堅い人々の集団であることは明らかだ。

多少は興味をかきたてられたが、この報告書は魔法の力を発揮して、レイシーはあくびをしはじめていた。パジャマに着替えると、バスルームで就眠前の儀式をひととおりこなしていく――それもドアをあけはなしたままで。これも、だれにも邪魔されず気ままにひとりで暮らしていることの恩恵だ。レイシーがほとんど眠りかけていた午後十一時前、電話の呼出音が鳴った。かけてきたのはヒューゴー。いつもと変わらず疲れはてた声だった。

「いい知らせのわけがない」レイシーはいった。

「そのとおり。それで、今夜はどうしても助けが必要なんだ。ヴァーナは疲れはてて歩くのもやっとのありさま。おれも似たようなものさ。ピピンはエンジン全開で夜泣きをつづけて、おかげで家じゅうがぴりぴりしてる。とにかく、おれたちは少しでも寝ておきたい。でもヴァーナはおれの母が家に来るのをいやがり、おれはヴァーナの母親に来てほしくない。無理を承知でお願いできないかな?」

「わかった。すぐそっちへ行く」

新生児がヒューゴーの家へやってきてから、レイシーのところに夜中のヘルプコールがかかってきたのは三度めだ。ヒューゴーとヴァーナの夫婦が静かに落ち着いて夕食を楽しめるように、四人の子どもたちの子守を引き受けたことは何度もあるが、先方宅で朝まで過ごしたことはこれまで二回しかない。レイシーは手早くジーンズとTシャツに着替えると、困惑もあらわなフランキーを玄関に残して部屋をあとにした。人けのない通りをメドウズ地区へ急ぎ、電話の二十分後にはハッチ家に到着していた。

ヴァーナが玄関で出迎えた——その腕に抱かれたピピンは、このときばかりは静かにしていた。

「原因は腹痛だと思うの」ヴァーナはささやき声でいった。「今週だけでも医者に三回も診てもらったのよ。とにかく眠れないみたい」

「哺乳瓶《ほにゅうびん》はどこ?」レイシーはたずねながら、慎重な手つきで赤ん坊を母親から受けとった。

「コーヒーテーブル。家のなかはしっちゃかめっちゃか。ごめんなさい」ヴァーナの唇は震え、目はうるんでいた。

「謝らなくていい。わたしなんだもの。さ、ベッドへ行って少しでも寝ること。朝になれば心配ごともなくなってるから」

ヴァーナはレイシーの頬に軽くキスをして、「ありがとう」というと廊下の奥へ姿を消した。静かにドアが閉まる音がきこえてきた。レイシーはピピンを抱き寄せると、やさしくハミングしながら背中をとんとん叩《たた》きつつ、散らかった居間を行きつもどりつ歩きはじめた。しばらくあたりは静まりかえっていたが、小康状態も長くはつづかなかった。ピピンがふたたび噴火しはじめると、レイシーはすかさずその口に哺乳瓶をあてがって、揺り椅子《いす》に腰を落ち着けた。そのあとノンストップでやさしい言葉を静かにかけつづけているうちに、ピピンはようやく寝入りかけた。さらに三十分後には、ピピンは熟睡していた。レイシーはその体を移動式の電動ゆりかごにそっと横たえ、静かな子守歌のスイッチを入れた。ピピンは顔をしかめてわずかに体をもぞつかせた——ひとときは、ふたたび大騒ぎをはじめる気がまえにも見えたが、すぐに体から力が抜けて、また眠りこんでいった。

しばらくようすを見ていたのち、レイシーは赤ん坊をその場に残し、抜き足さし足でキッチンへはいっていった。天井の明かりのスイッチを入れたレイシーは、キッチンの混沌《こんとん》ぶりに思わず息を飲んだ。シンクには汚れたままの食器が山積み。カウンターは鍋《なべ》やフライパン、それに片づけるべき食品などで隙間《すきま》なく覆《おお》われている。テーブルはスナックの空き箱やバックパック、さらには洗濯ずみで畳んでいない衣類などで覆われていた。キッチンは掃除が必要だったが、まともにやろうとすれば騒がしい音をたててしまう。そこで、掃除は夜明けになって家族が活動をはじめるときまで待とうと決めた。レイシーはキッチンの明かりを消し、だれとも分かちあう必要のない喜ばしいひとときのなか、口もとをほころばせ、こうやってひとり身でいること、そしてありがたくも重荷をひとつも背負わされていないことの幸運を噛みしめた。

レイシーは赤ん坊のすぐ横のソファにねぐらをしつらえ、やがて眠りに落ちた。午前三時十五分、ピピンが空腹と怒りで目を覚ましたが、口にしっかりと哺乳瓶をくわえさせるとおなじ効き目が発揮された。レイシーがおむつを交換し、やさしい声であやしてやるうちにピピンはまた眠りこみ、朝の六時近くまで眠りつづけていた。

# 8

ジュニア・メイス死刑囚の弟のウィルトンは、カジノから三キロ強離れたところの砂利道に面したスキップフロアのある赤煉瓦《あかれんが》づくりの家に住んでいた。電話で打診したときには話をすることに消極的で、兄ジュニアの意向も確かめておきたいともいっていた。そしてその翌日、ヒューゴーのもとに折り返し電話をかけてきて会合に同意した。ウィルトンはカーポートの隣の木陰にあるローンチェアに腰かけ、手で蠅《はえ》を追い払いながらアイスティーを飲んで待っていた。雲が垂れこめていたせいで、それほど暑くはなかった。ウィルトンから甘いアイスティーをすすめられたが、レイシーとヒューゴーはともに辞退した。ウィルトンは折り畳み椅子を指さして、ふたりにすわるようにうながした。おむつをつけた幼児が裏庭に出してあるビニール製の浅いプールで遊んでいた。そのようすを祖母が注意深い目で見まもっていた。

ウィルトンはジュニアの三歳年下で、一卵性双生児といっても通りそうだった。浅黒い肌とさらに黒っぽい瞳、肩に届くほど長い白髪まじりの髪。話すときには低い声で、ジュニアとおなじく音節ごとの重さを確かめているような口ぶりだった。

「お孫さんですか？」レイシーは沈黙を破ろうとして、そう質問した——ウィルトンには話をはじめるそぶりがまったくなかったからだ。

「孫娘、初めてさずかった孫だ。向こうにいるのは妻のネルだよ」

「先週、スタークの刑務所をたずねて、ふたりでお兄さんと会ってきました」ヒューゴーがいった。

「兄貴に面会してもらってうれしいよ。おれは月に二回は面会に行っているが、まあ、最上の一日の過ごし方じゃないね。ジュニアは周囲の人たちからすっかり忘れ去られてる。男にはそれがこたえるんだ——とりわけジュニアのように誇り高い男には」

「お兄さんは、タッパコーラ族のほとんどの人から奥さんとサン・ラズコーを殺した犯人だと思われている、と話していました」レイシーはいった。

ウィルトンはゆっくり時間をかけてうなずいた。「そのとおり。よく出来た筋書きだ——思わず人に伝えたくなるし、すぐに信じがちだ。兄はふたりがベッドにいるところを見つけ、ふたりを撃ち殺した、とね」

「ではあなたは、わたしたちの面会のあとで、お兄さんとお話しになったのですね？」ヒューゴーがたずねた。

「ああ、きのう電話で話した。兄貴はいま一日に二十分までなら電話をつかえる。その電話で、あんたたちの目的がなにかを教えてくれたよ」

「お兄さんからは、あなたがカジノでの仕事を希望したのに就職できなかったとうかがいました。そのあたりを説明してもらえますか？」レイシーはたずねた。

「単純な話だよ。両陣営がそれぞれの立場に固執していることで、タッパコーラ族はまっぷたつに分断されてる。ギャンブルの是非をめぐる選挙にまでさかのぼる話だ。選挙の勝者はカジノをつくり、賛成派の族長がすべてを仕切っている——だれを採用して、だれを馘にするのかも含めて。おれは選挙で負けた側の人間だから、カジノの仕事には就けない。カジノの運営には二千人ばかりの人間が必要だが、大半は外部の人間だ。タッパコーラ族の者があそこで働きたけりゃ、まず政治信条をあわせなくちゃならないんだよ」

「つまり、まだ対立感情が生々しく残っている？」ヒューゴーがたずねた。

ウィルトンがひと声うなって微笑んだ。「おれたちはふたつの別々の部族みたいなもんだ。血で血を洗う戦いも辞さぬ敵同士だな。どっちも和解なんか考えてもいない。和解を望んでないのが本音だ」

レイシーはいった。「お兄さんは、かつて自分とサン・ラズコーがカジノ反対をかかげて戦ったのはまちがいだった、なぜならカジノは部族に利益をもたらしたからだ、と話していました。あなたもおなじ考えですか？」

ウィルトンが考えをまとめるあいだ、またしても沈黙が長くつづいた。孫娘が泣きはじめ、屋内に連れていかれた。ウィルトンはアイスティーのグラスに口をつけ、ようやくしゃべりはじめた。「自分の過《あやま》ちを認めるのはいつだって容易じゃない。それでもやっぱり、おれたちはまちがっていたんだろうな。カジノのおかげでおれたちは貧乏暮らしから脱出できたし、しゃれた品物も手にはいるようになった。だから、カジノは好ましい存在なんだろうよ——大いにね。おれたちは前よりも健康で幸せになり、暮らしも安定した。よそ者たちが群れをなしてやってきては、現金を落としていくのを見ていると、それなりに満足も味わえる。ようやくなにかを取り返した気分だよ——復讐《ふくしゅう》してやった感じも少しあるかな。ただおれたちのなかには、ほど、こ、しの金にこれほど頼りきりで生活することに不安を感じてる向きもある。のらくら怠けているとトラブルが寄ってくるものだ。昔よりもアルコールが目につくようになった。部族の若者たちは前よりもドラッグをつかうようになってるし」

ヒューゴーがたずねた。「以前よりも生活がぐっと豊かになったにもかかわらず、子どもの数があまり増えていないのはどうしてです？」

「馬鹿馬鹿しい話だよ。愚か者ぞろいの評議会がクソくだらないルールをつくったせいだ。女は十八歳になれば、配当金の小切手を毎月受けとれるようになる。小切手はそれから何年ものあいだ、ずっと毎月五千ドルだ。ところが結婚したとたん、女への支給額は半減されるんだ。だからおれは月々五千ドルもらってるが、妻は二千五百ドルだ。これが原因で、若い女たちはだんだん結婚に渋い顔をするようになった。男たちは酒を飲んではトラブルを起こしてばかり。くわえて結婚しなければ収入が減らないとなったら、わざわざ結婚する道理があるか？　さらに頭数が減れば、生き残った者の取り分がそれだけ増えるという見通しもある。これもくだらない計画のせいだ。健全な社会をつくりたいなら、子どもたちに投資するべきなのに」

レイシーはちらりとヒューゴーを見てからいった。「マクドーヴァー判事のことを話したいのですが」

「あの判事のことは知らないも同然だ」ウィルトンはいった。「公判審理はずっと傍聴していたよ。当時はまだ若すぎて、あまりにも経験不足に思えた。兄貴の権利を守るような手はひとつも打たなかった。上訴ではマクドーヴァーがいろいろ非難されたが、裁定はどれも支持された——おおむねは僅差《きんさ》だったがね」

「控訴審《こうそしん》の記録もお読みになった?」

「おれはすべての書類に目を通してるんだよ、ミスター・ハッチ。何度もくりかえして、だ。おれの兄貴は、やってもいない犯罪で死刑にされようとしてる。おれにできるのは、鵜《う》の目鷹《たか》の目でこまごました部分までほじくりかえして、兄貴を支えることくらいだ。おまけに見てのとおり、時間だけはたっぷりあることだし」

「サン・ラズコーは本当にジュニアの奥さまと関係したのですか?」ヒューゴーがたずねた。

「そりゃ男と女のあいだには、なにがあっても不思議はない……ただし、およそありそうもない話だ。サン・ラズコーは信念と徳の男で、結婚生活も幸せだった。そんなサンが兄貴の嫁さんとデキてたなんて、おれは少しも信じてなかった」

「では、だれがふたりを殺したのでしょう?」

「おれは知らない。カジノが営業をはじめてからほどなく、おれたちも金額こそわずかながら、パイの分け前を受けとるようになった。当時のおれはトラック運転手で——もちろん非組合員さ——その給料と、妻のコックとしての給料、それからふたりが受けとった配当金もあったから、そこからなんとか二万五千ドルを貯《た》めることができた。で、その金でペンサコーラの私立探偵に調査を依頼した。いちばん腕のいい探偵のひとりだという触れこみだった。探偵はそれから一年ばかりあれこれ調べまわっていたが、なにも掘り当てられずにおわったよ。公判審理で兄貴についた弁護士はお話にならなかった——とんだ世間知らずの若造で、法廷でのふるまい方も知らないうつけだった。だが上訴では、優秀な弁護士たちがついてくれた。その弁護士チームも何年もかけて調べてくれたが、やはりなにも判明しなかった。だから、容疑者らしき人物の名前はひとつも挙げられないよ、ミスター・ハッチ。名前のひとつも挙げられればよかったのにな。兄貴は完璧《かんぺき》な罠《わな》にかけられて濡《ぬ》れ衣《ぎぬ》を着せられた。このぶんだと、いずれ兄貴はフロリダ州に殺されることになりそうだ」

「ヴォン・デュボーズという名前の男に心当たりは？」レイシーはたずねた。

「名前を耳にしたことはあるが、会ったことはない」

「評判は？」

ウィルトンはグラスを揺らして氷の音をたてた。ここへ来て、ふいに老《ふ》けこんだように見えた。レイシーはこの男に同情をおぼえ、血をわけた兄が死刑囚舎房に収監されていることのプレッシャーを想像した——しかもこの男は、兄の無実を信じているのだ。「その昔この地域一帯で、みんなが信じていた伝説がある。デュボーズという名前の大物の犯罪者がすべての仕組みを考案した、という伝説だ。カジノ、カジノ周辺の不動産開発、ここから海岸までの一帯にたちまちできあがった郊外住宅地。伝説には、サン・ラズコーとアイリーン・メイスの殺害事件もふくまれていたっけ。しかし、いまでは伝説のすべてが色褪《いろあ》せてる——いろんな福祉制度の充実はもちろん、娯楽とゲームと現金、大当たり《ジャックポット》とウォータースライドとハッピーアワーがつくる洪水に押し流されたんだ。そんなことはもうどうでもいい、人生が順風満帆なんだから。伝説の男が実在して、いろいろな悪事にかかわっていたとしても、だれも気にかけないし、だれも男に手出ししたくない。問題の男その人が正面玄関からカジノにあらわれて真実を明かしたら、英雄のように崇《あが》めたてまつられるだろうよ。伝説の男がいたからこそ、すべてが現実になったんだから」

「あなたはなにを信じてるんですか？」

「おれがなにを信じようと無関係だよ、ミスター・ハッチ」

「オーケイ。たしかに関係ないかもしれませんが、興味をおぼえたので」

「なるほど。たしかにカジノの建設には犯罪組織という要素がかかわっていたし、名前も顔もないその手の男たちは、いまもまだ利益の分け前をふところに入れている。あの男たちは拳銃《けんじゅう》をつかう。そして、われらが族長とその仲間をとことん震えあがらせたんだね」

レイシーはいった。「カジノ内部の関係者で、わたしたちに話をしてくれそうな人を見つけられる確率はどのくらいでしょう？」

ウィルトンはいきなり声をあげて笑った。やがて笑いがおさまると、「きみたちはなんにもわかってないな」と小声でつぶやく。それからまたグラスの氷をかたかた鳴らし、道路の反対側のなにかに視線を据えているような顔つきになった。レイシーとヒューゴーはたがいに顔を見あわせて待った。長い間を置いてから、ウィルトンは口をひらいた。「部族として、あるいは人間の集団や人種の集団として、おれたちはよそ者を信頼しちゃいない。話もしない。たしかに、いまはこうしてあんたたちと話をしてる。でもそれは、一般的な話題だからだ。おれたちは秘密を明かさない——どんな場合でも、どこのだれにも打ち明けない。おれたちの血がそうさせるだけじゃないぞ。たとえばおれは対立する立場の連中を軽蔑《けいべつ》してはいるが、連中のことをあんたたに話すつもりはないね」

レイシーはいった。「たとえば不満をかかえた従業員で、あなたほど口が堅くない者はいませんか？　これだけ意見の対立や相互不信があふれているのだから、族長とその仲間たちをおもしろく思わない人も少しはいるのでは？」

「族長を憎んでいる者もいるさ——ただ前回の選挙で族長は七十パーセントの得票率

だ。だからそういった人たちは、内心を外へは出さないようにしてる。族長の最側近たちの結束は堅い。みんな悪事のうまい汁を吸ってて、みんなハッピーだ。だから、内部から密告者を見つけるのは事実上不可能なんじゃないかな」

ウィルトンは言葉を切って、しばらく黙りこんだ。会話が途切れることも意に介していないようだ。ふたりは今回の長い沈黙もじっと耐えた。しばらくして、ウィルトンがふたたび話しはじめた。

「おれなら、この件には近づくなとアドバイスしたいね。マクドーヴァー判事が悪党連中と手を組んでいるのなら、実力行使や脅迫をも辞さない連中が判事を守っていると見ておいたほうがいい。いいか、ここは先住民の土地なんだよ、ミズ・ストールツ——社会秩序を守るための規則をはじめ、あんたが信奉しているあれこれすべてがここでも通用するとはかぎらない、という単純な話だ。おれたちは自治をもって旨《むね》としてる。おれたちは法律をつくる。フロリダ州政府だろうと連邦政府だろうと、おれたちのやることにはほとんど口出しできない——カジノ運営にまつわる話はなおさらだよ」

一時間後、ふたりは警告の言葉以外には役立ちそうな情報を得られないまま、タッパコーラ有料道路へ引き返した——数ドルの通行料を徴収するためにつくられた四車線道路である。ふたりは先住民居留地の近くの料金所で車をとめて五ドル払い、さらに先へ進む権利を得た。

ヒューゴーがいった。「マクドーヴァー判事が禁止命令を出して車の通行をとめたというのは、この料金所じゃないかな」

「訴訟記録に目を通したの？」レイシーはたずねながら車を加速させた。

「サデルがまとめた要約を読んだよ。判事はこの道路を自動車が通行すれば公衆衛生に被害が及ぶと主張し、郡警察の警官をつかって六日のあいだ通行を禁止した。二〇〇一年、いまから十年前だ」

「そのときのデュボーズとマクドーヴァーの会話が想像できる？」

「弾丸をぶちこまれなかっただけでも判事には幸運だったな」

「ええ、判事はそんな目にあうほどの馬鹿《ばか》じゃなかった。デュボーズもね。ふたりは歩み寄って妥協点を見いだし、禁止命令が解除されることになったわけ」

料金所を通過するなり、ふたりはいまタッパコーラ族の土地にいることを教える派手な看板に出迎えられた。〈ラビット・ラン〉への道案内をしている標識も立っていたし、遠くに目をむければフェアウェイを縁どるように建てられている高級マンションや豪邸がつくる波が見えていた。敷地境界線は先住民居留地に接しており、グレッグ・マイヤーズがいったとおり、ゴルフコースからカジノまでは歩いて五分だ。自陣営に有利なように考え抜かれて策定された選挙区の境界線には多くのカーブや曲がり角がつきものだが、地図上のタッパコーラ族の領地のほうがさらにカーブや曲がり角が多かった。デュボーズとその会社は、居留地をとりかこむ土地の大部分を貪欲《どんよく》にむさぼっていた。そしてだれかが——おそらくデュボーズ本人が——カジノの建設地を自分が所有する土地になるべく近いところに決めさせた。冴《さ》えた戦略だ。

ゆるやかなカーブを大きくまわりこむと、目の前に巨大なカジノがあらわれた。中央には天にも届きそうな壮麗なエントランスが、ネオンやぐるぐる動きつづけるスポットライトを浴びていた。その中央部分をはさんで、同一デザインの高層ホテルが左右にそびえていた。ふたりは混みあった駐車場に車をとめ、シャトルバスをつかまえてフロントへ行った。ふたりはそこで別れ、一時間カジノフロアを見てまわった。そのあと午後四時に待ちあわせて、クラップスやブラックジャックのテーブルを見わたせるバーでコーヒーを飲みつつ、進行中のギャンブルを見物した。ＢＧＭが流れるなか、スロットマシンから勝者のもとにコインが流れ落ちるにぎやかな金属音がひっきりなしにあがり、クラップスが白熱しているテーブルから大きなどよめきが沸きおこって、飲みすぎた人々の馬鹿騒ぎの声があがる——そのようすから、ここでは軽視できない巨額の金が動いていることが明らかだった。

# 9

フロリダ州賭博《とばく》規制委員会の現委員長はエディ・ネイラー。もともと州上院議員だったが、一九九〇年代初期にカジノ産業が到来して、州が規制に本腰を入れざるをえなくなったおりにこの新たな組織から気前のいいサラリーを提示され、議員の椅子をあっさり手放した男だ。オフィスはレイシーの事務所から三ブロックのところにあり、会合の段取りをととのえるのは簡単だった。続き部屋《スイート》になったネイラーのオフィスはモダンなビルのなかにあり、司法審査会のむさ苦しいあなぐらとは大ちがいだった。りっぱな家具調度がそろい、忙しそうに立ち働くスタッフたちがいて、どう見ても予算の縛りはなさそうだ。してみるとフロリダ州はカジノ・ビジネスに大満足で、臨機応変な対応のできる州作成の税金徴収システムもとどこおりなく動いているようだ。

　ネイラーはレイシーをひと目見るなり、巨大なデスクを離れてコーヒーテーブルでの気楽な会話をするべきだと感じたようだった。コーヒーが運ばれるまでに少なくとも二回、レイシーはネイラーがちらりと自分の足を盗み見ている視線に気がついた――レイシーの足はやや短すぎるスカートのせいで、ごらんくださいといわんばかりにあらわになっていた。前置きの言葉を多少かわしたのちに、レイシーはこう切りだした。

「ご存じかと思いますが、わたしたちの組織は連邦裁判所以外の裁判所に所属する判事についての正式告発状を受けた場合、その内容の調査を進めます。告発状の数は多く、それゆえわたしたちは常時多忙です。調査は秘密裡《ひみつり》に進めますので、その点でのご協力をお願いするしだいです」

「もちろんだとも」ネイラーはいったが、この男のどこを見ても信頼とは無縁としか思えなかった――盗み見をしている目、下卑た笑み、体に合わないスーツ、ボタンまわりで生地が引っ張られているドレスシャツ。おそらく、ふんだんな経費枠を認められているのだろう。州都タラハシーの街路で活動中のロビイストといわれても通用しそうだ。

レイシーを感心させようとしたのか、ネイラーは〝わたしの委員会〟の責務について、中身のない自慢話をひととおり披露した。州内のあらゆるギャンブル活動は唯一《ゆいいつ》の規制機関によってしっかりと監視されなくてはならず、その組織の責任者が自分だ。

競馬、ドッグレース、宝くじ、スロットマシン、カジノ、クルーズ船、おまけに昨今はハンドボールに似たハイアライまでが自分の監視対象になっている。マンモス級の仕事量に思えるだろうが、自分はそれをこなせるだけの男だ。

「先住民たちのカジノには、こちらの組織はどの程度の規制権限をおもちなんですか？」レイシーはたずねた。

「フロリダ州内のカジノはひとつ残らず先住民たちによって運営されてるな。最大の部族はセミノール族で、カジノの運営規模も最大だ。ただし、率直に隠しだてせずにいうなら、われわれには先住民たちのカジノへの監督権や規制権がほとんどないのが事実だよ。連邦政府から承認された部族は独自の国家をつくり、独自の法律をつくる。フロリダ州においては、州政府がカジノのすべての運営者と協定を結んでいるおかげで、連中の利益からわずかばかりの税金を徴収できている。とるにたらない額だが、塵《ちり》も積もればなんとやら。いまでは州内のカジノも九軒になり、どこも繁盛《はんじょう》しているよ」

「あなたがカジノへ足を運んで、運営状態を監査することはできますか？」

ネイラーは重々しく頭を左右にふり動かして、こう認めた。「それは無理だし、そもそも帳簿を調べることすら不可能だ。カジノからは四半期ごとに総収益と営業利益を記載した報告書が提出されている。で、われわれはそれをもとに課税する。しかし率直にいえば、こちらは向こうの数字をそのまま受けとるしかなくてね」

「つまりカジノは、自分たちの好きに申告できるんですか？」

「いかにも。それが法律の現状だし、変わる見通しもないね」

「また、カジノは種類にかかわらず連邦税はいっさい納めていない？」

「そのとおり。さっき話した協定を結ぶことで、われわれはカジノをなだめすかし、些少《さしょう》な税金を州に納めさせるようにした。そこまで漕《こ》ぎつけるために、あちこちに道路を通し、救急医療や教育面での多少の支援といったサービスを提供した。この先もカジノ側は、あれこれの点で州に助力を求めてくるだろうよ。しかし正直なところを話すと、どれもカジノ側の任意なんだよ。部族の者があらゆる税金の納付を拒んだとしても、われわれには打つ手がない。運のいいことに、そんな立場をとろうとした者はひとりもいないがね」

「カジノはどの程度の税金を納めてますか？」

「営業利益の一パーセントの半分。昨年はそれが総額で四千万ドルだった。この金は当委員会の運営費にあてられ、残額は想定外の事態にそなえるためのフロリダ州の基金に組みこまれる。話の行き先をきかせてもらってもいいかな？」

「ええ、もちろん。わたしどもの審査会に、地区裁判所のある判事が不正な行為をおこなっていると主張する内容の正式告発状が寄せられました。そこには不動産開発業者の名前もありまして、訴えによればその業者はある部族とそのカジノ、およびカジノの利益の一端で私腹を肥やしている前述の判事とひそかに手を組んでいる、とのことでした」

ネイラーはコーヒーカップをテーブルにおくと頭を左右にふった。「これは嘘《うそ》でもなんでもないが、そういう話にもわたしは驚かないね。カジノがもし会計をごまかして、現金の上澄みをすくいとるとか、沈んだ金を底から抜くとかしようとしても――いや、そのどちらでもかまわないが――その行為をとめる手だてはないも同然だ。やりたい放題の不正行為の嵐《あらし》そのものだよ、カジノは。先住民連中はそもそも世慣れているとはいいがたかった――そこへいきなり、想像もできなかったような大金が流れこんできた。つづいて、ありとあらゆる種類の悪党や詐欺師《さぎし》が、お助けしましょうなどと群れあつまってくる。さらにカジノでは大半の取引が追跡不可能な現金でおこなわれているという事実を追加すれば、悪徳のカクテルの出来あがりだ。われわれ委員会の面々が自分たちの監督権不足に地団駄を踏みたくなることも珍しくないよ」

「つまり現実に腐敗が発生している？」

「発生しているとはいってない。その可能性があるというだけだ」

「しかし、だれもカジノを監視していないのでは?」

ネイラーは太い足を組みなおし、この質問に考えこんだ。「そうだね、FBIなら先住民の土地内でおこなわれる犯罪行為——いかなる種類の不正であろうと——を捜査する権限をもっている。これがかなりの犯罪抑止力になっているんじゃないかな。さっきもいったように、連中はそれほど洗練されているわけじゃないから、FBIがあちこち嗅《か》ぎまわっているかもしれないというだけでも、お行儀よくする動機になっているんだろうね。さらには州内のカジノのほぼすべてが、カジノの運営方法を心得ている高評価の企業と契約しているという事実を添えておこうか」

「FBIなら令状をとってカジノに乗りこみ、帳簿を押収することもできますか?」

「その点はよくわからない。わたしが知るかぎり、その前例はないようだ。そもそも過去二十年、FBIは先住民の問題にはほとんど関心を示していないんだぞ」

「どうしてですか?」

「ちゃんと知っているわけじゃない。しかし、もっぱら人手の問題だろうな。FBIはテロやサイバー犯罪に力を集中させている。先住民経営のカジノで多少の金のちょろまかしがおこなわれていても、彼らはほとんど関心をむけない。なぜわざわざ目をむける必要がある？　いまほど先住民が金銭面で潤《うるお》って、いい目を見ていた時代はないんだ――少なくとも過去二百年ではね」ネイラーはコーヒーに角砂糖を追加し、指でかきまわした。「その話、タッパコーラ族のことじゃないのかね？」

「そうです」

「意外には思わんな」

「それはなぜです？」

「長年のあいだには、いろいろ噂《うわさ》が囁《ささや》かれていたからだ」ネイラーはコーヒーをひと口飲み、つづきの質問を待った」

「オーケイ。どのような噂ですか？」

「外部からの影響。そもそもの最初からうさんくさい連中が関係していて、カジノ周辺の不動産開発でしこたま大儲《おおもう》けしているという噂だよ。まあ、そういう疑いがあるというだけだね。犯罪捜査はわれわれの職務範囲にはないので、そっちに近づいてはいないよ。もし犯罪行為を知ったら、ＦＢＩに知らせることになってる」

「現金収益の一部を隠しているという噂は？」

ネイラーはかぶりをふっていた。「いや、その噂は耳にしたことがない」

「判事がらみの噂は？」

あいかわらずかぶりをふりながら、ネイラーは答えた。「知らないな。ただ、事実なら驚きだ」

「ええ、驚くべきことですが、こちらには情報源がおりまして」

「とにかく巨額の現金がからむ話だし、金は人の心をおかしくさせる。わたしだったら用心するね、ミズ・ストールッツ。ああ、用心の上にも用心するよ」

「ひょっとして、話してくださること以上にいろいろご存じなのでは？」

「いや、そんなことはない」

「オーケイ。しかし、わたしたちの調査が秘密裡に進められていることはご承知おきください」

「約束は守るとも」

レイシーが最初にして一回きりにおわったフロリダ州賭博規制委員会への訪問をしているころ、パートナーのヒューゴーはやはり最初にして一回きりにおわったゴルフコースの訪問中だった。司法審査会の委員長であるマイクル・ガイスマーの提案で——さらにガイスマーがめったにつかわないゴルフクラブも借りて——ヒューゴーは司法審査会の同僚であるジャスティン・バロウに頼みこみ、一ラウンドのゲームを偽装してもらうことにしたのだ。ジャスティンは友人にも圧力をかけた。この友人にも心当たりの友人がいた。さりげなく誘導したり真っ赤な嘘をならべたりする会話がそれなりにつづいたのち、〈ラビット・ラン〉でのスタート時間が定められた。ジャスティンは週末にゴルフをしていたので基本的なルールを知っていたほか、人から疑いの目で見られない程度にはエチケットの心得もあった。ヒューゴーはゴルフのことをなにも知らず、興味のかけらすらなかった。ヒューゴーが育った世界では、ゴルフは白人専用のカントリークラブで白人男がプレーするものだった。

〈ラビット・ラン・イースト〉の最初のティーボックスは、ゴルフ練習場とクラブハウスを出て角を曲がった場所にあった。そのためジャスティンが第一球を打ちだし、ヒューゴーが打たなかったことはだれにも見とがめられなかった。八月のある日の朝十時半、気温はすでに摂氏三十二度を越え、コースに人けはなかった。ゴルフカートの運転役をつとめていたヒューゴーは、このスポーツの知識がまったくなかったが、ジャスティンのテクニック不足についての意見表明をあえて控えないことに決めていた。ジャスティンがグリーン側のバンカーからボールを打ちだそうとして三回つづけて失敗したときには、ヒューゴーは声をあげて笑うくらい大喜びした。三番グリーンでヒューゴーは借り物のパターとあわせてボールもつかみあげながら、これならだれでもボールをカップに入れられるはずだと踏んだ。しかしボールがカップから三メートル以内にも落ちないことが何度もくりかえされると、ジャスティンは洪水のごとき悪口雑言を解き放った。

これに先立って彼らは衛星写真を利用し、クローディア・マクドーヴァー判事がこの高級マンションに——さまざまな手管を弄《ろう》して——所有しているとされる四戸の物件の位置を確認していた。ガイスマーからは、現地を訪問して物件の写真を撮影してこいといわれていた。ヒューゴーとジャスティンは四番ティーボックスに立って、左側に急カーブしているパー5のロングホールをながめわたし、さらにコースの外側、二百五十メートル弱先に列をつくって立ちならんでいる瀟洒《しょうしゃ》なマンション群に目をむけた。

ヒューゴーはいった。「いまじゃおれも、きみのボールがあらかたコース外へはずれるOBショットになるのを知ってる。だったら次のティーショットはあのマンションを狙《ねら》えばいい。きみの得意技の派手なスライスでね」

ジャスティンが答えた。「そんなにいうなら自分で打てや、ビッグガイ。そうすれば、どんなに簡単かがわかるぞ」

「ゲームオンだ」ヒューゴーはティーを芝に突き立ててボールを置き、しばしボールを見つめて肩の力を抜くことを心がけ、クラブをゆったりと大きくふった。ボールは宙をかなり遠くまで飛び、ゆっくりと左へそれはじめた。ボールはそれながら勢いを強めて森に吸いこまれて消え、それっきり見えなくなった。ヒューゴーは無言でポケットからボールを出してティーに載せ、前回以上に精神を集中させてボールを打った。ボールは低い位置を猛スピードで弾丸ライナーのように飛んでいき、ゆっくりと高度を獲得していった。最初のうちは右側のマンション群にまっすぐむかっているように見えたが、すぐにぐんと高くなってマンションを飛び越えんばかりになった。

ジャスティンがいった。「なにはともあれ、きみはコースを全部活用したな。いまの二ショットは左右に大きく離れているばかりか、どっちもOBだ」

「ゴルフはきょうが初めてなんでね」

「ま、そういう話だったな」ジャスティンはボールをティーにセットしてフェアウェイを見わたした。「このショットは慎重にやらないとな。うっかり見事な打ち方をした日には、ボールをマンションにぶつけちまう。ガラスを割るなんてまっぴらだ」

「とにかく打てよ――そうしたら、おれが時間をかけてボールをさがしてやる」

狙いどおりのショットだった。ハードスライスになったボールは転がってコースから出ていき、マンション群との境界近くにある灌木《かんぼく》の茂みにはいっていった。

「完璧だよ」ヒューゴーはいった。

「うれしいお言葉だな」

ふたりはゴルフカートに飛び乗ってフェアウェイの中央まで進んでいき、そこで右へ曲がってマンション方面へむかった。ジャスティンが自分のティーショットの準備をするかのようにボールを芝へ落とし、つづいてボールから旗までの距離をはかるのにつかう距離測定機のような器具をとりだした。じっさいにはビデオカメラだ。ヒューゴーがどこかへ消えたボールをさがしているふりをしながら、さりげなくマンションの一六一四Dへ近づいていく一方、ジャスティンは物件をクローズアップで撮影した。ヒューゴーはベルトに小さなデジタルカメラをクリップ留めしていて、七番アイアンで灌木をつつきまわしつつ、カメラで静止画を撮影していた。

下手くそなゴルファーふたりがコースをはずれたロストボールをさがしているだけ。珍しくもない日常茶飯事だ——だれが見ていようといまいと。

三時間後、多くのロストボールをさがしたのちに、ヒューゴーとジャスティンはそろそろ切りあげることにした。車でプロショップをあとにするときには、ヒューゴーは声にこそ出さなかったが、二度とゴルフコースに足を踏み入れまいと誓っていた。

タラハシーへの帰途、ふたりはエックマンという小さな町に寄り道をした。この町のアル・ベネットという弁護士と会って短時間ながら話をきくためだった。メインストリートに立派なオフィスをかまえるベネットは、不動産関係の書類作成という単調な仕事からの気晴らしとしてヒューゴーを歓迎しているようだった。ジャスティンのほうは、コーヒーショップを見つけて一時間ばかりひまをつぶしていた。

五年前、ベネットは政治の世界に——最初にして最後に——足を踏み入れた。再選を目指していたクローディア・マクドーヴァーの対抗馬として判事選に立候補したのだ。選挙運動に全力を傾注し、少なからぬ資金も投入したが、それでも全投票者の三十一パーセントしか票を獲得できないとわかり、市民のために尽力したい意欲も萎《な》えて、すごすごエックマンの町へ引き返した。先日のベネットとの電話ではヒューゴーは具体的な話はひとつも明かさず、地元の判事について二、三の質問に簡単に答えてもらうだけだ、としかいわなかった。

そして面とむかって会ったこの日、ヒューゴーはもっか司法審査会がマクドーヴァー判事を訴える正式告発状について調査していると話した。調査は極秘で進められていること、告発状の中身が真実相当性のない瑣事《さじ》だという可能性があることも添えた。そのうえでヒューゴーは、本件は秘匿性《ひとくせい》の高い案件なので秘密保持の確約の言葉をいただきたい、とベネットに告げた。

「ええ、もちろん」ベネットはいった——この件にかかわりたい気持ちで、いささか昂奮《こうふん》してもいるようだ。ふたりで話をしながら、ヒューゴーはこのベネットという弁護士が三十一パーセントも得票したことが不思議に思えてきた。神経質な早口でしゃべるうえに、そもそも耳ざわりなきんきん声のもちぬしだったからだ。この男が法廷の発言台に立っているところや陪審の前に出ている場面が、ヒューゴーには想像できなかった。

そもそもヒューゴーはこの会談には慎重な姿勢だった。一般的に弁護士は自身の依頼人たちがかかわっている範囲では秘密を保持すると信頼できても、それ以外の他人の話となると恐ろしくゴシップ好きになる。こうやって話をきく証人がひとりまたひとりと増えていけば、この件がそれだけ外部に洩《も》れ、自分たちに調査の手が迫っているとマクドーヴァー判事とその一味が察しとるのも時間の問題になる。レイシーもヒューゴーのこの意見に同意したが、ガイスマー委員長は名簿のベネットの欄に調査ずみのチェックを入れたがっていた。

ヒューゴーはたずねた。「苦しい選挙戦だったのですか?」

ベネットは答えた。「まあ、結果ではさんざんな苦しみを味わったといえる。相手候補の地滑り的勝利で叩《たた》きのめされた。傷ついたよ。あと少しで傷も癒《い》えそうだが」

「不正があったとか？」

ベネットはしばらく考えこんでいた——かつての対立候補を口汚く罵《ののし》りたい誘惑に抵抗しているようにも見えた。「個人攻撃の域に大きく踏みこんではこなかったかな。その点は事実だったから反論できなかった。それで定番の主張を返すしかなかったよ——マクドーヴァーは、わたしには判事経験がない点をとりわけ強調していたね。その点マクドーヴァー判事も当選するまでは判事経験がなかったではないか、とね。しかし、そう説明するには時間がかかりすぎるし、きみも知ってのとおり、有権者の注意持続時間は短いと相場が決まってる。それにね、ミスター・ハッチ、マクドーヴァー判事はすこぶる評判のいい人物であることを忘れてはいけないよ」

「マクドーヴァー判事を批判したことは？」

「ほとんどない。材料をろくに見つけられなかった」

「マクドーヴァー判事に法曹倫理違反の疑いがあるという声はあがりませんでしたか？」

ベネットは頭を左右にふって、「いいや」と答えてから、ヒューゴーにたずねた。

「きみたちはどのような倫理違反を調査しているんだね？」

この場でヒューゴーは、実体のある情報はひとつも明かすまいと即断した。ベネットがマクドーヴァー相手に苦しい選挙選を強いられていながら不適切な行為の噂ひとつ耳にしていないのなら、ヒューゴーも告発状の内容を明かすつもりはなかった。

「じゃ、なにもきいてはいないんですね?」ヒューゴーはたずねた。

ベネットはなにも知らないといいたげに肩をすくめた。「なにもきいていないも同然です。ずいぶん昔に泥沼の離婚を経験したこと。いまもまだ独身でひとり暮らし、子どもはおらず、地域社会の活動にコミットしていることもない。われわれもあえてスキャンダルねたをさがしていたわけではないし、そういった情報が表面に浮かぶこともなかった。お役に立てず申しわけない」

「いやいや、お気になさらず。お時間を割いてくださりありがとうございました」

こうしてまたひとつ調査ずみのチェックを書きこんでエックマンの町をあとにしながら、ヒューゴーはクローディア・マクドーヴァーの追及できょう一日を無駄にしてしまった、と考えていた。


レイシーは、故サン・ラズコーの妻だった女性がタッパコーラ族の居留地から車で一時間ほどのフォート・ウォルトンビーチ近郊の小さな分譲住宅地に住んでいることを突きとめていた。すでに再婚しているので、夫に先立たれた女という意味の未亡人という言葉はふさわしくない。名前はルイーズ。最初のうちは話に気が進まないようすだった。ところが二回めの電話の半分あたりで、短時間ならワッフル・ショップでレイシーと会ってもいいといった。働いているので、退勤後しか会えないとのこと。レイシーは三時間かけて車を走らせ、午後六時にルイーズと待ちあわせた。ヒューゴーがゴルフカートで〈ラビット・ラン〉のコースをあちこちめぐっていたのとおなじ日だった。

資料や記録によれば、夫サン・ラズコーが寝室でジュニア・メイスの妻とともに全裸で殺害されているのを発見された当時、ルイーズ・ラズコーは三十一歳だった。ふたりのあいだには子どもがふたりいた。いまはどちらも成人した若者で、ともにフロリダを出ている。ルイーズは数年前に再婚し、先住民居留地をあとにしていた。

五十歳に近づきつつあるいまのルイーズは、髪に白いものがまじって、体にも貫禄《かんろく》がついていた。事件以来の歳月は、この女性に決してやさしくはなかった。

レイシーは自分がなにをしているかを説明したが、ルイーズはほとんど興味を示さなかった。

「殺人事件のことも、それ以外のあれやこれやのことも、話したい気分になれないんだよ」ルイーズはそう前置きした。

「けっこう。そちらには立ち入りません。マクドーヴァー判事のことは覚えてますか?」

ルイーズはストローでアイスティーをひと口飲んだ。ここ以外の場所に身を置きたいと心底から願っていることが見てとれた。しばらくしてルイーズは肩をすくめた。

「公判のときのことならね」

「公判を傍聴されていたのですね?」レイシーはたずねた——とりあえず会話の接《つ》ぎ穂として適当に口にした質問にすぎなかった。

「そりゃ傍聴したに決まってる。最初から最後まで」

「そのとき、判事についてはどう思いましたか?」

「いまさらそれがなんなのさ? 公判はもうずっと昔の話だ。じゃ、あんたは判事があのころやらかしたことを、いまになって調べてるわけ?」

「いえいえ、そうではありません。告発状には判事が贈収賄《ぞうしゅうわい》などの密約にかかわっているという主張が書かれていたので、その点を中心に調査を進めているんです。そのすべての中心にあるのはカジノですね」

「カジノのことは話したくない。あれはあたしら一族に害なすものだ」

あなたって最高、ルイーズ! カジノのことは話せない、元の夫が殺された事件のことも話せないのなら、わたしはなんで遠路はるばる車を飛ばしてきたわけ？　レイシーはいかにも考えに没頭しているような顔でノートにメモを書きつけた。「ご家族やご親戚《しんせき》のなかに、カジノで働いたことのある方はいらっしゃいますか？」

「なんでそんな質問を？」

「わたしたちにはカジノについての情報が必要ですが、その情報がちょっとやそっとでは見つからないと証明されているからです。内部の人が見つかれば、わたしたちは大いに助かります」

「そんなの考えるだけ無駄さ。だれもあんたと話をしようとはしない。カジノで働いてる人間は、仕事に就けて小切手をもらえることで満足してる。あそこで働けない人間はやっかんでるし、なんなら恨んでさえいるかもしれないが、毎月の配当金の小切手には満足してる。だから、だれもカジノをひっくりかえそうなんて思っちゃいないね」

「ヴォン・デュボーズという名前に心当たりは？」

「ない。だれだ、そりゃ？」

「たとえばの話、その男はカジノを建設したい一心で、その実現を阻《はば》む邪魔者を排除するためにご主人を殺害させた当人だとしたら？　あなたはその話を信じますか？」

レイシーはすでにそう信じていた――問題は手もとに証拠がほとんどないことだ。そこでレイシーは衝撃でルイーズを会話に引きこむことを狙い、あえて推測という爆弾を落としたのだ。

ルイーズはまたひと口アイスティーを飲み、窓から外をながめた。いまレイシーはタッパコーラ族について、いくつかの事実を学びつつあった。まず――驚くことではないのだが――この部族はよそ者を信頼していない。それも無理からぬことだ。第二に、なにかを話しあうにあたって、彼らが決して急がないということだ。部族の者はおおむね、考えをめぐらせるようなゆっくりした話しぶりで、たとえ会話が長く途切れても苦に思うことはないようだった。

しばらくののち、ルイーズはようやくレイシーに目をもどした。「亭主を殺したのはジュニア・メイスだ。裁判でそう証明された。あたしは顔に泥を塗られた気分だった」

レイシーはできるかぎり力強い口調を心がけながら話した。「かりにご主人を殺したのがジュニア・メイスではなかったとしたらどうでしょう？　ご主人とアイリーン・メイスは、タッパコーラ族のみなさんを説得してカジノをつくらせたのとおなじ犯罪者たちの手で殺されたとしたら？　その犯罪者たちはまたカジノ周辺の不動産開発で巨万の富を得ているばかりか、その連中がカジノの現金収入から莫大《ばくだい》な大金をかすめとっているらしいとなったら？　そしてその連中は、マクドーヴァー判事とビジネスで手を結んでいる。こうした話は、あなたにとってショックでしょうか？」

　ルイーズの目がうるみ、右の頬をひと粒の涙が伝い落ちた。「なんでそんなことを知っているの？」とレイシーにたずねる。これまでの長い歳月、ひとつの物語をずっと信じてきたのだ。いまになっていきなり別の話を信じろといっても容易ではないだろう。

「わたしたちが調べているからです。調査がわたしたちの仕事なので」

「でもあの事件なら、ずっと昔に警察がすっかり調べたじゃないか」

「あの公判そのものがいんちきで、そこから不当判決が導かれたのです。ふたりの花形証人はどちらも〝獄中密告屋〟で、陪審の前で真っ赤な嘘の証言をするよう警官や検察官に丸めこまれていたのです」

「いっただろう、あたしは殺人事件の話をするつもりはないって」

「ええ、そうでした。では話題をカジノに変えましょう。じっくりお考えになられば、わたしたちに協力できないことも理解しています。しかし、わたしたちには名前が――それも、いまなにが起こっているのかを知っている部族の方の名前が必要なのです。ここでひとりかふたりの名前をわたしに教えても、そのことが外部に洩れることはありません。約束します。証人の方々の身元の秘密を守るのも、わたしたちの仕事ですから」

「あたしはなにも知らないんだよ、ミズ・ストールツ。カジノに足を踏み入れたことなんぞいっぺんもないし、この先だって行く気はない。うちの家族もね。血縁の者はあらかた引っ越した。そりゃ、配当金の小切手は受けとってる。あそこはあたしらの土地だから。でもカジノは、あたしら部族の者の魂を壊した。カジノのことはなにも知らない。あたしはあんなところは大きらいだし、あそこを動かしてる連中のことも軽蔑してるさ」

ルイーズの決意は変わらず、レイシーは会話がおわったことを悟った。

これでまたひとつチェック欄が埋まった。

# 10

委員長のマイクル・ガイスマーはネクタイをゆるめてシャツの袖《そで》をめくり、オフィスの壁の前を行きつもどりつしていた——その顔には、あまりにも多くの袋小路に行きあたった調査官の困りはてた表情がのぞいていた。レイシーはマクドーヴァーが所有する高級マンションの一戸の写真を手に、この物件の資産価値はどのくらいなのかと考えていた。ヒューゴーはいつもどおりカフェインたっぷりのエナジードリンクを飲んで、居眠りを必死にこらえていた。サデルは自分のノートパソコンのキーを打っては、とらえどころのない事実をなんとか探りだそうとしていた。

ガイスマーはいった。「収穫はゼロだね。まず四戸のマンション——所有者は海外企業で、企業の所有者は影の奥深くに隠れているため、われわれには身元を特定できない。マクドーヴァー判事を問いつめても、判事は——まずまちがいなく弁護チームを通じて——マンションの所有を否定するか、さもなければ投資として買っただけだと主張してくるだろうね。判事がもらっている給与を考えれば、こんな投資は怪しいとしか思えないが、司法倫理規定の違反とまではいえまいな。きみたちにはいうまでもないとは思うが、マクドーヴァーなら弁護士として法律の才を発揮し、この先十年は調査を足踏みさせることも可能だよ。となると、不正にかかわる情報がもっとたくさん必要だ」

ヒューゴーがいった。「ゴルフはもう勘弁です。いろいろな意味で、ゴルフは時間の無駄にほかなりません」

ガイスマーは答えた。「それについてはわたしの判断ミスだな。で、もっといいアイデアがあるかね？」

レイシーがいった。「わたしたちはあきらめていません、マイクル。これまで明らかになったことだけでも、グレッグ・マイヤーズの話は真実だと——あるいはかぎりなく真実に近いと——信じるのに充分ですから。ここで引き返すなんてできない相談です」

「いやいや、引き返すことを提案しているわけじゃない——いまのところは。われわれは三週間以内にマクドーヴァー判事に告発状を送達するか、あるいはわれわれの一次的な事案審査の結果、告発には真実相当性がなかったとグレッグ・マイヤーズに告げるという選択を迫られている。告発状に真実相当性があるという点で、われわれ三人は同意見だ。そうなるとわれわれは告発状を送達し、そののち罰則付文書提出令状《サピーナ》で資料や記録のすべてを召しあげる。その時点になれば、マクドーヴァーは弁護士たちの壁の裏に身をひそめ、こちらが繰りだす要請にいちいちその是非を争ってくる。とりあえず、いずれマクドーヴァーのファイルを入手できたとしよう。裁判所記録、法的記録、そしてマクドーヴァーが過去に審理を担当した案件や、現在手がけている案件にかかわる資料などだな。さらに、もしマクドーヴァーが窃盗や収賄や横領に関与していると信じるに足る相当の理由が得られなければ、やはり文書提出令状でマクドーヴァー個人の金銭記録を提出させることもできる」

「おれたちも法律くらい知ってますよ」ヒューゴーがいった。

「もちろん、われわれみんなが法律を知っているさ、ヒューゴー。しかし、少しわたしにつきあってくれ。いいな？　いまわたしは、われわれの現状を見さだめようとしているんだ――ここのボスはわたしである以上、わたしにはその権限がある。きみはまたゴルフコースに出たいのかね？」

「お願いですから、それだけはご勘弁を」

「これほど精緻《せいち》に組みあげられたペーパーカンパニー群に隠れて動けるくらいの知恵

者なら、判事個人の財務記録をわれわれの手が届く場所には隠さないんじゃないか?」

レイシーとヒューゴーは喜んでボスに調子をあわせつつ、うなずいた。

沈黙がつづいた。ガイスマーは頭を掻《か》きながら、なおも行きつもどりつ歩きつづけている。ヒューゴーはカフェイン飲料をひと口飲んで、脳味噌《のうみそ》に活を入れようとした。レイシーは考えをめぐらせながら、法律用箋《ようせん》にいたずら書きをしていた。きこえているのは、サデルのコンピューターの打鍵音《だけんおん》だけだった。

しばらくしたのち、ガイスマーが口をひらいた。「サデル、きみはずっと静かだね」

「わたしはただの法律家補助職員《パラリーガル》ですから」サデルは一同に思い起こさせた。ついで息を詰まらせたような咳《せき》をして、話をつづける。「十一年前までさかのぼって、ブランズウィック郡でおこなわれた全三十三件の土地開発事業を精査してみました——ゴルフコースやショッピングセンター、分譲住宅地、シーストールのミニ・ショッピングモール、さらには十四スクリーンあるシネコンにいたるまでです。その大半に本社がバハマにあるナイラン・タイトル社が関与していたほか、さまざまな海外企業を所有している数十社もの海外企業や、外国企業が所有する有限責任会社も関係していました。個人の見解ですが、こういう関与のやりかたはだれかが本気で秘密を隠しとおしたいと考えていることの明白なサインです。不正の悪臭がぷんぷんします。また、これほど多くの外国企業の目がブランズウィック郡のような田舎にむけられた前例は皆無です。〝フライパンの柄《パンハンドル》〟地域のほかの郡の記録も多少掘り返してみました――オカルーサ、ウォルトン、それに郡都をペンサコーラに置いているエスカンビアといった郡です。いずれもがブランズウィック郡以上の不動産開発をおこなっていますが、関与する海外企業の数はぐっと少なくなっていました」

「ナイラン・タイトル社について、運よくなにかが判明したということは？」

「ありません。バハマの法律や制度を突破できませんでした。そんなことは不可能――ただしＦＢＩがかかわれば、そのかぎりではありません」

「それはいま少し待ってみよう」ガイスマーはレイシーに目をうつしてたずねた。

「最近マイヤーズと話をしているのか？」

「いいえ。マイヤーズと話をするのは、あちらが話したいと思ったときだけです」

「だったら、そろそろ会話の時間だ。グレッグ・マイヤーズに、正式告発状が危殆《きたい》に瀕《ひん》していると伝える潮時だな。追加の情報をこちらへ迅速に引きわたさないかぎり、われわれは告発状を却下するほかないかもしれない、とマイヤーズに伝えたまえ」

「本気ですか？」レイシーはたずねた。

「いや、まだ本気じゃない、いまはまだ。しかし、マイヤーズにプレッシャーをかけつづけるんだ。あの男は内部に情報源をつかんでいるんだから」

マイヤーズから反応を引きだすには二日という時間と、三台の別々の携帯あてにかけた十回ほどの電話が必要だった。ようやく返事の電話をよこしたマイヤーズは、レイシーの声がきけたことを喜び、また会いたいと考えていたところだ、と述べた。重ねて伝えたい情報があるという。レイシーは、今回はもう少し行きやすい場所で会ってもらえないかと頼んだ。セントオーガスティンが美しい町なのはまちがいないが、自分たちが行くには車で三時間半かかる。予定がいろいろと立てこんでいるので。どうやらマイヤーズはそう多忙でないらしい。理由は明らかだが、マイヤーズは〝フライパンの柄《パンハンドル》〟地域に近づきたがらなかった。

「あのへんには昔の敵がうようよいるのでね」と、自慢にきこえなくもない口調でいう。

話しあいの結果、タラハシーから南西へ車で二時間、メキシコ湾に面したメキシコビーチという小さな町で会うことで話がまとまった。三人はビーチに近い地元の居酒屋で待ちあわせ、ランチにシュリンプのグリルを注文した。

マイヤーズはベリーズ近くでのソトイワシ釣りや英領ヴァージン諸島でのスキューバダイビングの冒険について、とめどもなくしゃべっていた。日焼けは前よりも濃くなり、心なしか体が引き締まったように見えた。これが初めてではなかったが、気がつくとヒューゴーは、高級なボートに住んでいて明らかに金の心配とは無縁のこの男の暮らしぶりを羨《うらや》ましく思っていた。マイヤーズは霜がつくほど冷やしたジョッキでビールを飲んでいた。これもヒューゴーには羨ましかった。レイシーのほうは羨望《せんぼう》とはほど遠かった――それどころか、これまで以上にマイヤーズに苛立《いらだ》ちを感じていた。マイヤーズのあれこれの冒険には、これっぽっちの興味もなかった。レイシーが求めているのは事実、具体的な情報、そしてこの男の話が事実だという裏づけだ。

口のなかをシュリンプでいっぱいにしながら、マイヤーズがいった。「さて、調査のほうはどんな具合かな？」

「遅々として進みません」レイシーはいった。「上司からは、もっとスキャンダラスな情報を掘り出せと圧力をかけられています。それができなければ告発状を却下するほかはない、とね。もうひとつ、時間が刻々と少なくなってもいます」

マイヤーズは料理を嚙《か》むのをやめ、手首の外側で口のまわりを拭《ぬぐ》ってサングラスをはずした。「告発状を却下できるわけがないだろう。あれはわたしが宣誓のうえで作成したものだ。マクドーヴァーは四戸の高級マンションを所有している――あの女に賄賂《わいろ》として贈られたものだよ」

ヒューゴーがたずねた。「すべての情報が海外に埋められているなかで、いまの話をどうやって立証すればいいんでしょう？　わたしたちの調査はそっち方面で煉瓦《れんが》の壁に突きあたってます。記録類はどれもバルバドスやグランドケイマン島やベリーズに隠されています。壁の世界地図にダーツを投げる。ダーツが刺さった場所で手がかりをさがしても、証拠は見つからずじまい。宣誓証言で、判事はマンションを所有している会社を所有している、と話すのはいい。でも、こちらには証拠が必要です」

マイヤーズはにっこり笑うと、ビールをたっぷりと飲んでいった。「証拠ならある。ちょっと待ってろ」

レイシーとヒューゴーは顔を見あわせた。

マイヤーズはシュリンプをまたひとつフォークに刺してカクテルソースに泳がせてから、口に押しこめた。「きみたちも食べないか？」

ふたりはさして食欲もないまま、プラスティックのフォークでバスケットのなかのシュリンプをつつきまわした。どうやらマイヤーズはしばらく食べていなかったうえに、のども渇いていたらしい。しかし、同時に時間を引き延ばしてもいた。三人の隣のテーブルには風変わりなカップルがすわっていた――重大なことを話すにはテーブルが近すぎる。ウェイトレスがマイヤーズに二杯めのビールを運んでくるころ、隣のカップルは店を出ていった。

「お話を待っています」レイシーはいった。

「ああ、わかったわかった」いいながらマイヤーズはまたひと口ビールを飲み、今度も手首の外側で口もとを拭った。「毎月の第一水曜日、判事はスターリングにある裁判所のオフィスをいつもよりも一時間ばかり早く出て、そこから車で二十分ほどのところにある〈ラビット・ラン〉内の自分のマンションの一戸にむかう。レクサスをドライブウェイにとめて外へ降り立つと、歩いて玄関へ行く。二週間前にはネイビーブルーのノースリーブのワンピースに、〈ジミーチュウ〉のパンプスという服装で、〈シャネル〉の小さなハンドバッグを手にしていた――その日オフィスを出るときにもっていたのとおなじバッグだよ。玄関に近づいた判事は自分の鍵《かぎ》でドアを解錠した。これが、判事がマンションを所有していることの証拠、その一だな。写真がある。その約一時間後、今度はメルセデスSUVがレクサスの隣にとまり、ひとりの男が助手席側のドアからおりてきた。運転してきた人物は運転席にとどまったまま動かなかった。助手席の男は玄関に歩みよった。その場面の写真もある――そうとも、諸君、われらはついに例のとらえがたきヴォン・デュボーズの姿をわずかなりともとらえることに成功したのだよ。デュボーズらしき男は、なにかが詰まっているような褐色の革のショルダーバッグを肩にかけていた。ドアベルを鳴らしながら周囲を見まわしていたが、神経質なようすはみじんもなかった。マクドーヴァーは男を招きいれた。男が室内にとどまっていたのは三十六分間。外へ出た男は先ほどとおなじに見えるバッグを肩にかけていたが、そのもち運びのようすからは、中身を室内に残していてもおかしくないように見うけられた。ただし確証はもてない。男は車に乗りこんで走り去った。十五分後、マクドーヴァーもおなじように引きあげた。この会合は、さっきもいったとおり毎月第一水曜日におこなわれている。また会合の手はずをととのえるにあたっては、電話や電子メールといった手段がつかわれていないものと思われる」

マイヤーズは空になったシュリンプのバスケットを横へ押しのけ、ビールをまたひと口飲むと、いつも持参しているオリーブグリーンの革のクーリエバッグから、なにも書いていない二冊のファイルをとりだした。すばやく周囲を目で確かめてから、レイシーとヒューゴーに一冊ずつ手わたす。いずれもエイトバイテンの大判のカラー写真で、道路の反対側から撮影されたものであることは明らかだった。一枚めの写真はレクサスの車体後部をとらえたもので、ナンバープレートがはっきりと読みとれた。

マイヤーズがいった。「もちろんナンバープレートは確認したよ——その車はわれらがクローディア・マクドーヴァーの名前で登録されていた。判事が本名で所有している数少ない資産のひとつだろうね。昨年、ペンサコーラのディーラーから新車で購入していたよ」

二枚めはマクドーヴァー判事の全身写真。顔の一部は大きなサングラスで隠れていた。レイシーは十センチのハイヒールに目を凝らした。「どうしてこの靴のデザイナーがわかったんですか?」

「〈もぐら《モール》〉が知ってたのでね」マイヤーズはそれで答えをおわらせた。

三枚めは、カメラに背をむけてドアを解錠しているマクドーヴァー判事の写真だった。おそらく鍵をつかっているのだろうが、鍵そのものは写っていない。四枚めはレクサスの隣にとまっている黒いメルセデスSUV。こちらのナンバープレートも前者同様にはっきりと写っていた。

マイヤーズがいった。「その車は、デスティン近郊のタワーマンションを住所にしている男の名前で登録されていた。驚くことじゃないが、男の名前はヴォン・デュボーズではなかった。われわれはいまなお調査を進めてる。さて、五枚めを見てくれ」

五枚めは問題の男その人をとらえていた。よく日焼けしている目鼻だちの整ったフロリダ州によくいる引退生活者のひとり。ゴルフシャツとゴルフズボンという服装で引き締まった体形、頭は禿《は》げかけていて、左手首には金の腕時計をはめていた。

マイヤーズがいった。「わたしの知るかぎり――いや、FBIの資料になにがあるかは知らないが、どうせなんの情報も握っていないだろうよ――これがヴォン・デュボーズをとらえた唯一《ゆいいつ》の写真だね」

「だれが撮影したんですか？」レイシーはたずねた。

「カメラをもっている人物だよ。動画も撮影してある。とりあえず、〈モール〉は多才な人物だといっておこうか」

「それだけでは充分といえません」レイシーはちらりと怒りをのぞかせて言葉を返した。「この人物は明らかにマクドーヴァーの動向を見張っています。だれなんですか？　あなたはあいかわらず、猫がねずみをもてあそぶような真似《まね》をしている。理由を教えてください」

ヒューゴーがいった。「よろしいですか、グレッグ。われわれはあなたを信用しなくてはならない。しかしそれには、あなたがなにを知っているかを知る必要がありま す。マクドーヴァーを尾行している者がいる。いったい何者なんですか？」

習慣になっているのだろうが――苛立たしい習慣だ――マイヤーズはこのときも周

囲にすばやく視線をめぐらせ、いまもなお異変がないことを確かめたのだろう、飛行士スタイルのサングラスをはずして低い声で話しはじめた。「わたしは情報を仲介者から伝えられている――きみたちにとって仲介者はあくまでも無名の人物だ。この仲介者が〈モール〉と接触する。わたしは〈モール〉の実名を知らないし、知りたいかどうかも我ながらさだかでない。仲介者は、〈モール〉がこちらへ伝えるべき重要な情報を入手すると、わたしの居場所を突きとめて情報を手わたしし、わたしはそれをきみたちに引きわたす。この手はずがお気に召さないのなら申しわけないが、次のことはぜひとも頭に入れておいていただきたい――〈モール〉や仲介者、わたしやきみたち、およびこのささやかな話に関係しているすべての人々が、ある朝目覚めるなり眉間《みけん》に銃弾を撃ちこまれて死んでいてもおかしくないんだ。きみたちがわたしを信頼しようとしまいと、わたしにはどうだっていい。わたしの仕事は、きみたちがクローディア・マクドーヴァー判事の尻尾《しっぽ》をがっちりつかむのに必要な情報を伝えることに尽きる。さて、ほかにはなにが必要かな？」霜に覆《おお》われたジョッキからすばやくひと口ビールを飲む。「さて、五枚めの写真にもどろう。われわれには写真の男がヴォン・デュボーズだと断定はできない。しかし、ここではそう仮定しておこう。男のバッグに注目してくれ。褐色の革製の大きなバッグ。ブリーフケースではなくショルダーバッグ。つかいこまれたように見えるが、昨今流行の加工でそう見せているだけか。決して小さくない。そう、二、三冊のファイルを収納するのにうってつけの薄型のアタッシェではないな。もっと大きな荷物を運ぶためのバッグだ。なにを？　われらの仲間はマクドーヴァーとデュボーズが毎月第一水曜日に待ちあわせて、受けわたしをしているのではないかと推測している。いかにもゴルファーのような服装のデュボーズが、どうしてこんな夕方にいわくありげなバッグを携行しているのか？　なにかを運ぶためと考えるのが妥当ではないかな。六枚めの写真を見てくれ。五枚めの三十六分後に撮影されたものだ。おなじ男、おなじバッグ。ただし動画を仔細《しさい》に検討すれば、男が肩にかけているようすから、バッグが前よりも軽くなっているといえなくもない。率直にいって、わたしにはわからないが」

「では、デュボーズがひと月に一度、マクドーヴァーに現金を運んでいるのでしょうか？」レイシーはいった。

「なにかをマンションに運んでいることは確実だね」

「この六枚の写真が撮影されたのはいつですか？」ヒューゴーがたずねた。

「十二日前。八月三日だ」

「そうはいっても、写真の人物をヴォン・デュボーズだと確認する方法はないわけですね？」レイシーはいった。

「ああ、わたしの知るかぎりは。くりかえしになるが、デュボーズには逮捕歴がない。犯罪歴はないし、ＩＤ類を取得したこともない。生活費でつかうのは現金だけだ。手下や仲間の陰に隠れひそんで、痕跡《こんせき》はぜったいに残さない。われわれも多少の調査をしたし、きみたちも調べたことと思うが、この国のどこにもヴォン・デュボーズ名義で発行された運転免許証はないし、社会保障番号もなければパスポートも存在しない。写真で見てのとおり、おかかえ運転手がいる。だから、どんな名義かはともかく、完《かん》璧《ぺき》な公的書類がそろった架空の身分をつかって暮らしていてもおかしくはない」

マイヤーズはクーリエバッグに手を入れて、また二冊のファイルをとりだし、ヒューゴーとレイシーに一冊ずつ手わたした。レイシーはたずねた。「中身はなんですか？」

「過去七年間のマクドーヴァーの詳細な旅行記録だよ。日付、行き先、チャーターしたジェット機などの情報だ。旅行にはほぼ毎回、親しい友人のフィリス・ターバンを同行させている。ジェット機を予約したり料金を払ったりしているのはターバンだ。ホテルをつかう場合には、ターバンが部屋の予約もおこなっている。すべての手配を担当しているんだ。これまでのところ、マクドーヴァーの名前は一度もつかわれていない」

「これがなぜ重要な情報なんですか?」レイシーはたずねた。

「これだけではさほど有用とはいえないな。しかし、この飛行機好きの女コンビが湯水のように金をつかってジェット機で全国を飛びまわっているとなると、汚れた現金で貴重品を買いこむためではないか、という仮説にもいくばくかの信憑性《しんぴょうせい》が生まれるのではないかな。そもそもふたりの収入をあわせても、ジェット機の燃料代にも届かないんだ。判事の給料はわかっている。ターバンという女弁護士の収入もおおよそ見当がつく——まあ、マクドーヴァーの手取りを下まわるだろうな。いずれ、ふたりの手取り収入額と支出額と所有資産をもとにして主張を組み立てることが必要にならないとも限らないじゃないか。だからわたしは、この手の裏情報をできるかぎりあつめているんだよ」

ヒューゴーがいった。「これからも調べつづけてください。助けはいくらあっても困りませんから」

「わたしの告発状を却下するという話だが、まさか本気じゃないね。それもそうだ、写真を見るがいい。マクドーヴァーは少なくとも七年前からマンションのあの部屋に通っていて、玄関の鍵をもってもいる——それなのに、判事があそこを所有していないと主張できるか？　不動産登記しているのはベリーズに本社があるダミー会社で、いまの不動産市場では百万ドルはくだらない価値があるぞ」

「マクドーヴァーはそのマンションに寝泊まりしたり、客人をもてなしたりしていますか？」

「いや、それはないと思う」

「先週、現地をこの目で確かめてきました」ヒューゴーはいった。「ゴルフをするついでに、フェアウェイから写真を撮ってきたんです」

マイヤーズはからかうような視線をヒューゴーにむけた。「なにかわかったかね？」

「収穫はゼロ。まったくの時間の無駄でしたよ――ゴルフなんていうお遊びも、たいがい時間の無駄ですが」

「ソトイワシ釣りを試すといい。ずっと楽しいぞ」


ケイリー・グラント主演の映画がそろそろおわりに近づき、レイシーが足の爪《つめ》にペディキュアをほどこしているとき、携帯電話が発信者不明のまま着信音をあげた。声はグレッグ・マイヤーズかもしれない響きだったし、じっさいそのとおりだった。

「最新ニュースだ」マイヤーズはいった。「なんとあしたは金曜日だね」

「あら、どうしてそれがわかったんです?」

「まあ、話をきけ。例の女コンビがニューヨークへ行くみたいだぞ。マクドーヴァーが正午前後にパナマシティの空港でジェット機をつかまえる予定だ——正確な時間は問題じゃない。ジェット機をチャーターしたら、好きなタイミングで離陸できるからね。リア60、尾翼に書かれた登録番号は《N38WW》で、所有と運航はモービルのチャーター会社だ。仲よしの弁護士も搭乗して、ふたりでニューヨークでぞんぶんに楽しんでくるのだろうな。たぶん現金をどっさりと袋に詰めていき、贅沢《ぜいたく》な買い物三昧《ざんまい》としゃれこむんだよ。知らないといけないのでいっておけば、プライベートジェットでの旅には保安チェックはないも同然だ。バッグがX線検査装置でスキャンされることも、ボディチェックをされることもない。国土安全保障省の賢いお役人さんたちは、金持ち族はどこかへ行く途中に自分のジェット機を爆破させることに興味なんかもたない、と思いこんでいるんだろうね。プライベートジェットなら純度百パーセントのヘロインを五十キロばかりバッグに詰めて、国内のどこへでも思いのままに運べるわけさ」

「興味深いお話ですね。で、話の結論は?」

「もしわたしがきみの立場で、ほかにやるべきこともなかったら、空港の一般民間航空《ジェネラル・アヴィエーション》ターミナルをぶらぶら歩いているだろうね。ガルフ航空という会社だ。ちょっとのぞいてみる。ヒューゴーくんには車で待っていてもらおうか。チャーター便ビジネスには黒人があまりいないから、目立ってしまうかもしれないのでね。ただ車で待機させるだけでなく、カメラをもたせて写真を撮影させておくのもいい。フィリス・ターバン弁護士がジェット機から降りてきて女性用洗面所に立ち寄るかもしれないし。なにがあるかわからない。多くを学べるかもしれないばかりか、自分が相手にしている連中の姿をその目で見られるんだぞ」

「わたしが行ったら怪しく思われるのでは？」

「レイシー、きみはいつだって怪しく見えるよ。それだけ愛らしければ、怪しく見せないなんて無理だからね。ジーンズを穿《は》き、髪をうしろでひっつめにして、いつもとちがう眼鏡をかけるんだ。それで大丈夫。ターミナルには新聞や雑誌がおいてあるラウンジがあって、一日じゅうだれかしらがすわっている。もしだれかにたずねられたら、乗客を待っているとでも答えればいい。ラウンジはだれにでもひらかれている公共の場だから、すわっていても不法侵入にはあたらないぞ。わたしがそこにいたら、クローディア・マクドーヴァーの姿をじっくり見ておくね。どんな服を着ているかを見るが、それだけじゃない、もち運んでいる荷物にも注意をむける。ポケットが現ナマで膨らんでるようなことはまずないだろうが、よぶんなバッグのひとつやふたつはぶらさげているかも。おふざけみたいなことだが、時間つぶしとしてはわるくない。個人的には、たまさかアメリカ史上で最悪の悪徳判事でもあるフロリダ女性と偶然のように顔をあわせてみたいものだ。ほら、本人はなにも知らないが、もうじき新聞の第一面に載る女性なんだからね。さあ、当たって砕けろ」

「とりあえず行ってみます」

# 11

ヒューゴーが居心地のわるい思いをしながら——新聞で顔を隠し、カメラを体の横にかまえて——レイシーのプリウス車内にすわっていると、マクドーヴァー判事が近くのスペースに車を入れた。〈ラビット・ラン・イースト〉の九番ホールで撮影した役立たずでしかない写真にくわえ、ヒューゴーは空港のエプロンに駐機しているリア60の写真を数枚コレクションに追加していた。マクドーヴァーが小ぶりのスーツケースを転がして駐車場を横切り、ガルフ航空社の正面玄関を目指していくあいだに、ヒューゴーはうしろ姿を数枚撮影した。五十六歳のマクドーヴァーはスリムな体形で、少なくとも背中側から見ているかぎりは実年齢よりも二十歳若く見えなくもなかった。それどころか——ヒューゴーも認めざるをえなかったが——このアングルから見る判事は妻ヴァーナ以上に魅力的だった。四人めの子どもを出産したあとのヴァーナは減量に苦労させられている。そしてヒューゴーはナイスバディの女性を見かけると、うしろ姿を目で追いかけてしまう悪癖から脱却できずにいた。

マクドーヴァーが建物のなかに姿を消すと、ヒューゴーはカメラと新聞をしまって眠りについた。

犯罪の世界に長年身をおいてきたため、クローディア・マクドーヴァー判事は容疑者のように頭を働かせる知恵をしだいに身につけていた。そのため周囲のすべてに目をとめてもいた。まず、トヨタの小さな車の助手席にすわり、正午という時間を思えばいささか奇妙なことに、朝刊を読んでいる黒人男。正面の受付デスクで働き、判事を満面の笑みで迎えた愛らしい赤毛の女性。搭乗するべき飛行機が遅れているらしく、不安な面持ちを見せているダークスーツのビジネスマン。そしてソファにすわって、ヴァニティフェア誌のページをめくっている美しい女。この女はごくわずかに場ちがいに見えた。マクドーヴァーはロビー全体を視界におさめて、この場は安全で問題なしと判断、その場の面々の顔を頭のなかのファイルにしまった。マクドーヴァーの世界では電話はすべて盗聴されるものであり、見知らぬ他人は全員が監視者、手紙は残らず開封されるもので、電子メールはすべてハッキングの対象だった。といっても疑心暗鬼にとり憑《つ》かれて、怯《おび》えながら暮らしているわけではない。用心深く行動しているだけの話。用心を長年の習慣にするうちに、第二の天性にさえなっていた。

きれいに糊《のり》のきいた制服姿の若い男が前に進みでてきて、パイロットのひとりだと自己紹介し、マクドーヴァーのスーツケースを受けとった。受付の愛らしい赤毛がボタンを押すと自動ドアが滑ってひらき、マクドーヴァーはターミナルをあとにした。

こうした出発の流儀は——ドラマ性には欠けるし、世界の注目をあつめもしないものの——今でもマクドーヴァーにぞくぞくした昂奮《こうふん》を味わわせた。一般大衆は果てしない行列にならんでフライトを待つしかない。そのフライトも混んでいるか遅延しているか、あるいは欠航するかもしれない。それでも運に恵まれれば、家畜のように追い立てられて、なんとか汚ならしい旅客機に乗りこめるだろう。機内のシートは、平均的な現代アメリカ人の臀部《でんぶ》を収納するにはあまりにも窮屈だ。一方この自分、すなわちフロリダ州第二十四裁判区のクローディア・マクドーヴァー判事閣下は予約したプライベートジェットに女王のように堂々と歩みよる。機内ではアイスペールでシャンパンが冷え、フライトは定刻ぴったりに出発、目的地までノンストップだ。

機内ではフィリス・ターバンが待っていた。パイロットが座席についてシートベルトを締め、忙しく離陸手順を進めはじめると、マクドーヴァーはターバンにキスをして手を握った。離陸ののち、ジェット機が高度一万一千メートルに達して水平飛行をはじめると、ターバンは〈ヴーヴ・クリコ〉のコルクを抜き、ふたりはいつものようにこのシャンパンでタッパコーラ族に乾杯した。

ふたりが出会ったのはステットスン大学ロースクールの二年のときだった。ふたりには驚くほど共通点があった。どちらも悲惨だった最初の結婚から立ち直りつつあるところだった。どちらもよこしまな動機からロースクールに進学していた。クローディア・マクドーヴァーは夫とその下劣な弁護士の策略で一文なしにさせられ、復讐《ふくしゅう》を企《たくら》んでいた。フィリス・ターバンの場合は、離婚判決で卒業までの学費を離婚した夫が負担するものとされた。そこでターバンは前夫の支払い期間をできるだけ引き延ばすべく、メディカルスクール進学を希望した。ところが医科大学入学試験で失敗し、ロースクールに進路を変更した。これで四年制卒業後も、追加で三年間の学費を別れた夫からまんまと引きだせた。ふたりがこっそりデートをしはじめたのは三年のときだったが、卒業後は離れ離れになった。当時は就職難で、ふたりとも就ける仕事に飛びつくしかなかった。マクドーヴァーは小さな町の小さな法律事務所の一員になった。フィリスは最初モービルで公選弁護人になったが、やがて街場の刑事事件に飽きて、企業法務の世界に避難先を見いだした。先住民のおかげで莫大な富を得たいま、ふたりは贅沢三昧の旅行をし、一見つつましやかだが実際には高級品ばかりの生活を送りつつ、まだ具体的な場所こそ決まっていないが、最終的にどこにどう身を落ち着けるかをあれこれ考えているところだった。

シャンパンをすっかり飲みおわると、ふたりは眠りこんだ。マクドーヴァーはかれこれ十七年も大車輪で仕事に邁進《まいしん》しつづけていた——それというのも、やはり再選を目指さざるをえなかったからだ。ターバンもまた、業務の立てこんだ小さな法律事務所にかなりの時間を注ぎこんで働いていた。ふたりともつねに睡眠不足だった。フロリダを出発してから二時間半後、ジェット機はニュージャージー州のテターボロ空港に着陸した。ここは一般民間航空専用の空港で、世界のどこの空港よりも多くのプライベートジェットの拠点になっている。待機していた黒のタウンカーが、すかさずふたりを乗せて走りだした。二十分後、ふたりは目的地であるホーボーケンのビルに到着した——ハドスン川に面してそびえる、ほっそりした形状の高層ビルだ。川の対岸はニューヨークの金融地区である。十四階のふたりの隠れ家からは、マンハッタンのダウンタウンの絶景が楽しめた。自由の女神像は石を投げれば届きそうな近さだ。マンションは広々としていて、装飾は最小限。ここは住居ではなく投資物件にすぎない——転売するまで保持しているだけの部屋だ。もちろんマンションの所有者は海外のペーパーカンパニーで、ここの場合はカナリア諸島に本社をおく会社だった。

フィリス・ターバンはペーパーカンパニーをつかった世界規模のゲームをこよなく愛し、絶えず資産や所有企業を移転させて、そのときどきでいちばんホットな租税回避地《タックス・ヘイヴン》を見つけていた。時間をかけて経験を積んだいま、ターバンはふたりの財産を隠すことの達人になっていた。

日が暮れてから、ふたりはジーンズに着替え、タクシーでマンハッタンのソーホーへ繰りだして、小さなフレンチ・ビストロで夕食をとった。そのあと照明を仄暗《ほのぐら》く抑えたバーでまたシャンパンをちびちびと飲みながら、ふたりは自分たちがどれだけ遠くまで——距離的な意味のみならず人生という意味でも——旅をしてきたかをふりかえっては、幸せの笑いを洩《も》らしあっていた。

そのアルメニア人は名前をパパジアンといった。ふたりとも、それがファーストネームなのか苗字《みょうじ》なのかも知らなかった。知らなくても問題はなかった。取引すべてが秘密のヴェールに覆われているからだ。どちらも質問を口にしない。だれも答えを求めていないからだ。パパジアンは土曜日の朝十時に、ふたりの部屋のドアベルを鳴らした。必要な挨拶《あいさつ》をかわしたのち、パパジアンは持参してきたブリーフケースをひらくと、小さなブレックファストテーブルに青いフエルトを敷いて、売り物をならべた

――ダイアモンド、ルビー、そしてサファイア。フィリス・ターバンはいつものようにダブルのエスプレッソを出した。パパジアンはエスプレッソを飲みつつ、それぞれの宝石の説明をした。取引をするようになって四年、いまではふたりもパパジアンが最良の宝石しかあつかわないことを知っていた。ミッドタウンに自前の店をもっていて、ふたりが最初にこの男と会ったのもその店だ。しかしいまでは、喜んで商品持参で部屋に来てくれる。ふたりの素姓も、ふたりがどこから来ているのかも、パパジアンはまったく知らなかった。関心があるのは取引の中身と現金だけだった。三十分にも満たない時間で、ふたりはパパジアンの最上の商品を――ターバンご贔屓《ひいき》の言いまわしを借りるなら〝携行可能資産〟を――ひと握り選びだし、代金を手わたした。パパジアンは二十三万ドル分の百ドル紙幣を手にし、母国語を低くつぶやきながらゆっくりと枚数を確かめた。やがて場の全員が満足すると、パパジアンは二杯めのエスプレッソの残りをひと息に飲み干し、ふたりのマンションから立ち去った。

こうして汚れ仕事がおおむね片づくと、ふたりの女は着替えをすませて車を呼び、マンハッタンへ出た。デパートの〈バーニーズ〉で靴を買い、〈ル・ベルナルダン〉でゆっくりとフランス料理のランチをとった。そのあとぶらぶら歩いて西四七番ストリートの通称〈ダイアモンド地区〉へむかい、贔屓の店に立ち寄った。店では、貨幣としては流通していない地金型金貨を何枚か現金で購入した——南アフリカのクルーガーランド金貨とカナダのメイプルリーフ金貨、それに地元経済への貢献を考えてアメリカのイーグル金貨だ。取引はすべて現金。書類も記録も手がかりも残さない。狭苦しい店には少なくとも四台の防犯カメラがあり、かつてはこれが不安の種だった。どこかでだれかが映像を見ているかもしれない。しかし、こうした不安はすでに脇《わき》へ押しのけられていた。ふたりのこのビジネスには危険がつきものである。肝心なのは、どのリスクを受けいれるのかを決めることだ。

土曜の夜は、ふたりでブロードウェイのミュージカルを鑑賞し、そのあとは〈オルソ〉でイタリアンの夕食をとったが、有名人の姿は目にしなかった。ふたりは真夜中をまわってから、きょうも首尾よく資金洗浄《ロンダリング》をすませた満足感とともにベッドにはいった。日曜日の昼近く、ふたりは恐ろしいほど高価な新しい靴のコレクションにくわえて今回の収穫の荷造りをすませ、車でテターボロ空港へ引き返した。空港ではジェット機がふたりを南のフロリダへ乗せて帰るために待機していた。

# 12

ヒューゴーは会議に遅刻していた。その到着を待つあいだ、ガイスマーは新しく撮影された写真や旅行記録を検分し、レイシーはメールの返信を書いていた。

「どうして記録が七年前までしかないのかがわかるか?」ガイスマーがたずねた。

「いいえ、さっぱり。マイヤーズにもその理由はわからないとのことでしたが、〈もぐら《モール》〉がいまの場所にやってきたのがその時期だったのではないかと話してます。〈モール〉がマクドーヴァー判事に近い人物なのは明らかですから、男とも女とも知れないその人物はそのころからこの件に関与しはじめたのではないでしょうか」

「男とも女とも知れない人物はずいぶん金を注ぎこんでいるようだな」ガイスマーはいった。「ここにある写真は、どれも往来にとめた車から撮影されたものとは思えない。むしろ撮影者もマンションの室内にいたと考えるのが妥当だろうな」

「道路をはさんで反対側のマンションには四戸の部屋がならんでいます」レイシーは

答えた。「そのうち二戸は、一週間あたり一千ドルでレンタルできます。撮影者はどちらかを借りてカメラを設置したと考えられますし、同時にマクドーヴァーとデュボーズがやってくる時刻を正確に把握していたことになります。つまり、かなりの情報通と考えられますね」

「たしかに。マイヤーズには知識の裏づけがあるわけだよ、レイシー。この連中がいかがわしいビジネスに手を染めているのはまちがいない。われわれが立証できるかどうかは不明だが、証拠はしだいに積み重なっているようだ。われわれがこのすべてを突きつけたら、マクドーヴァー本人はなんというと思う?」

「その答えももうじきわかると思います」

ドアが大きくあいてヒューゴーが姿を見せ、「すいません、遅刻しました。ゆうべもさんざんな荒れ模様だったもので」といいながらブリーフケースを会議用テーブルへ置き、トールサイズのカップからコーヒーをひと口飲んだ。「それでももっと早く出勤できたはずなんですが、どうしても名乗らない男と電話をしていまして」

ガイスマーはまだ写真の一枚を手にしたままうなずき、話の先を待っていた。レイシーがいった。「どういうこと?」

「最初の電話があったのは朝の五時です。ちょっと早い時刻ですが、たまたまおれは起きてましてね、男は、自分はカジノで働いている、役に立ちそうな情報を握っているると話してきました。おれたちが部族と判事の調べを進めていることも知っていて、力になれそうだ、というんです。それでこちらから質問すると、男は電話を切ってしまいました。ところが一時間ばかり前、男はちがう番号から電話をかけてきて、おれたちと会って取引について話しあいたい、といいました。なんの取引かをきいたそうとしても、男は話を曖昧《あいまい》にぼかしたままでした。さらに男は、数多くの怪しい行為が横行していて、どかんと爆発するのも時間の問題だ、と話しました。自分は部族の一員であり、族長やカジノ運営の関係者とも顔見知りだが、トラブルが大爆発したときに火の粉をかぶるのだけはまっぴらだ、とのことです」

ヒューゴーは室内を歩きながら話していた。この男の最近の習慣だった――すわっているると睡魔に襲われてしまうからだ。

レイシーはいった。「おもしろいことになりそう」

ガイスマーは回転椅子《いす》に身を沈みこませ、後頭部で両手を組みあわせた。「ほかには?」

「話はこれで全部です。ただし、男は今夜われわれに会いたがってます。シフトが遅番なので、午後九時以降でないと体が空かないとのことでした」

「その男は〝本物〟だと思うかね？」ガイスマーがたずねた。

「はっきりとはわかりません。ただし、おどおどした口調だったのは事実ですし、なにより電話を二台つかっていますからね——おそらくどちらもプリペイドのつかい捨てでしょう。男はくりかえし秘密保持について質問し、われわれがどうやって男の正体を外部から守るかを知りたがっていました。腐敗ぶりにうんざりしている部族仲間は大勢いるが、みな恐れて口を閉ざしている、と話してました」

「その男はどこで会いたいと話してるの？」レイシーはたずねた。

「住んでいるのはカジノからも遠くない、居留地のなかだそうです。待ちあわせ場所はこれからさがす、近くまで行ったら連絡するとのことでした」

「ここからは慎重に動くべきだろうな」ガイスマーはいった。「こいつは罠《わな》かもしれないんだから」

「おれにはそうは思えません」ヒューゴーはいった。「おれには話し相手が助けを必要としていると同時に、他人を助けたがっている人物だと感じられましたがね」

「電話がかかってきた携帯電話はどこのものだ？」

「司法審査会の支給品です。規則はわかってますよ、ボス」

「オーケイ。でも男はどこで番号を知ったんだ？」ガイスマーはたずねた。「これまで本件の調査を進めるあいだに、その番号をだれに教えた？　きみたちふたりの話だ」

ヒューゴーとレイシーは顔を見あわせて記憶をさぐった。レイシーが答えた。「マイヤーズ、ジュニア・メイス、刑務所の職員たち、ウィルトン・メイス、故ラズコーの元の妻、五年前にマクドーヴァーの対立候補として選挙に出た弁護士のアル・ベネット、賭博《とばく》規制委員会のネイラー委員長。これで全部だと思います」

「ああ、全部だ」ヒューゴーがいった。「車を走らせてるあいだ、おれもおなじことを考えてましたからね」

「それだけ大人数なら、情報洩れの穴があいてもおかしくなさそうだ」ガイスマーはいった。

「しかし、いま名前を挙げた人たちのなかには、デュボーズとその腐敗にわずかでもかかわっている人はひとりもいません」レイシーはいった。

「おれたちにわかっている範囲ではね」ヒューゴーがいった。

「つまり、きみたちは行く気になっているんだね？」とガイスマー。

「もちろん行くつもりです」レイシーは答えた。

ガイスマーは立ちあがると、自室の細い窓に歩み寄ってこういった。「これが調査の突破口になるかもしれんな。内部の人物か」

「では、ふたりで行きます」レイシーはいった。

「オーケイ。だが、くれぐれも慎重にな」


ふたりはカジノの駐車場のいちばん端に車をとめたまま、待ちあわせ場所についての情報がもたらされるのを午後十一時近くまで待ちつづけた。月曜日の夜、カジノのテーブルやスロットはいつもよりも暇な時間だった。ヒューゴーはもちろん居眠りをし、レイシーはiPadでネットを渉猟していた。十時五十六分、男が電話で指示を伝えてきた。ふたりはカジノを離れて、曲がりくねった暗く細い道を三キロほども車を走らせると、空家になった金属壁の建物にたどりついた。年代物の移動可能な標識が置いてあり、かつてここがビンゴハウスだったことを知らせていた。遠くに一軒だけ民家があった。はるか遠くに〈トレジャー・キー〉のまばゆい明かりが見えた。夜の空気はじめじめと蒸し暑く、蚊が大量に飛んでいた。ヒューゴーは車からおりて、こわばった足を伸ばした。身長百八十八センチ、体重九十キロ、おまけにアメリカ流のうぬぼれもそなえているヒューゴーは、たやすく怖《お》じ気《け》づく男ではない。ヒューゴーの存在がレイシーに安心感をもたらした。自分ひとりではとてもこんなところへ来られなかっただろう。ヒューゴーはいちばん最新の着信記録に電話をかけたが、返事はなかった。

建物側面によどむ黒い影のなかで、なにかが動く気配があった。

「ハロー」ヒューゴーが影に呼びかけた。レイシーは車から外へおりたった。

声がいった。「こちらへ二、三歩近づいてくれ」

シルエットの一部だけが見えたが、その人影は動かなかった。男はキャップをかぶっており、タバコの先端の赤い光が口から前後に往復をくりかえしていた。ふたりがそろってじりじり前進すると、男がいった。

「そこまでだ。おまえたちに顔を見せるつもりはない」

「そっちにはおれたちの顔が見えているんだろうな」ヒューゴーがいった。

「近づくのはそこまでだ。あなたがミスター・ハッチだね？」

「いかにも」

「そっちの女は？」

「わたしはレイシー・ストールツ。ヒューゴー・ハッチのパートナーよ」

「ここに女を連れてくるなんて、ひとことも話に出ていなかったじゃないか」男はいった。

「そっちだって、ひとことも質問しなかったじゃないか」ヒューゴーがいいかえした。

「レイシーはおれのパートナーで、いつもいっしょに仕事を進めてるんだ」

「気に食わないな」

「それはお気の毒さまだ」

男がタバコの煙を吸いながらふたりを見定めているあいだ、ひとときの沈黙が流れた。ついで咳払《せきばら》いをひとつして唾《つば》を吐き、こう話した。「あんたたちはマクドーヴァー判事を厳しく追及してるっていうじゃないか」

「わたしたちはフロリダ州司法審査会の調査官として仕事を進めています」レイシーはいった。「わたしたちはどちらも弁護士で、警官じゃありません。わたしたちの仕事は、州内の判事たちに寄せられた苦情の内容を調査することです」

「あの女判事は刑務所に叩《たた》きこまれるべきだよ——ほかの悪党連中といっしょにまとめてだ」神経質で早口にそうまくしたてる。男が肺いっぱいの煙を吐きだすと、湿気でじっとりした空気のなかに雲がただよいこんだ。

「たしかカジノで働いているという話だったね？」ヒューゴーはいった。

長い間ののち、男はいった。「そのとおりだ。で、そちらは判事についてなにを知ってる？」

レイシーはいった。「告発状は、判事の側にいくつかの不適切な行為があったと主張しています。ただし、ここで詳細を明かすことは許されていません」

「不適切な行為だって？　ふん」男はそういって、神経質な笑いを洩らした。男がタバコを地面に投げ捨てる。タバコは一瞬だけ赤く輝いていた。「あんたたちは悪党どもを逮捕できるのかい？　それとも……なんていうか……ただの穿鑿《せんさく》でこっちの世界に鼻を突っこんできただけか？」

ヒューゴーはいった。「いや、おれたちには人を逮捕する権限はありません」

黒い影のなかから、また神経質な笑いが洩れた。「だったら、こいつはおれの時間の無駄だ。こっちは、それなりに力のある者と話す必要があるね」

レイシーはいった。「わたしたちには判事を調査し、もし必要であればその判事を辞めさせる権限があります」

「いちばんの問題はあの判事じゃない」

ふたりはさらなる発言を待っていたが、得られたのは沈黙だけだった。シルエットが見てとれるかとふたりは目を凝らしたが、すでにシルエットが消えているのは明らかだった。相手の男はこの場を立ち去っていた。ヒューゴーが数歩前へ進んで、「そこにいるのか？」とたずねたが、答えはなかった。

「そこまで行けば充分よ」レイシーは小声でいった。「さっきの人はもういないと思う」

落ち着かない静寂のうちに数秒が過ぎていき、ヒューゴーがいった。「ああ、そのとおりみたいだ」

「なんだかいやな気分。早くここから引きあげましょう」

ふたりは急いでドアをあけて、車に乗りこんだ。レイシーが車をバックで動かしていくと、ヘッドライトが建物の横壁を照らした。だれの姿もなかった。レイシーは車を外の道路に乗りこませ、カジノの方向へむかった。

「どうにも妙じゃないか」ヒューゴーがいった。「あの会話だったら、電話でもおなじだったのに」

ずっと遠くから、ヘッドライトが近づいてきた。

「わたしがいたから怖気づいて逃げたんだと思う？」レイシーはたずねた。

「さあ、どうだか。まっとうな人物だったら、他人を破滅させかねない情報を伝えることの是非を考えていたのかも。当然、及び腰になった。それでびびって逃げだしたんだ」それからヒューゴーは、自分の腰のあたりをぽんぽん叩いた。「またシートベルトが勝手にはずれたぞ。今夜はこれで三回めだ。なんで修理しておかない？」

レイシーがちらりと目をむけ、言葉を口にしようとしたそのとき、ヒューゴーが絶叫をあげた。ふたりの車が走っていた車線に目もくらむまばゆい光が射《さ》しいってきた。一台のピックアップトラックが対向車線からはみだしてきたのだ。バンパーとバンパーがまともにぶつかる正面衝突。その強烈な衝撃でレイシーのプリウスは一瞬宙に浮かんでから、百八十度回転した。トラックはダッジ・ラム二五〇〇で、車体はプリウスの二倍の二・七トンあるため、衝突の被害は軽くすんでいた。トラックは狭い道路の路肩で停止した——ぐしゃぐしゃに潰《つぶ》れたフロント部分を浅い側溝に突っこみそうになりながら。

ハンドルのエアバッグが爆発の勢いで膨張して胸と顔に襲いかかり、衝撃でレイシーの意識が飛びかけた。プリウスのルーフが車内へ沈みこんで天井が頭頂部を直撃し、頭部にむごたらしい裂傷を負わせた。助手席側のエアバッグは動作しなかった。シートベルトがはずれたままでエアバッグも膨らまなかったせいで、ヒューゴーは頭から肩までまともにフロントガラスに突っこんでいった。ガラスはヒューゴーの顔をずたずたに切り裂いて、頸部《けいぶ》に長い切り傷を抉《えぐ》った。

現場にはガラスの破片と金属片と部品の残骸《ざんがい》が散乱していた。トラックの右前輪のタイヤが空転していた。トラックの運転手がゆっくりと外へ降り立ち、黒いバイク用ヘルメットと膝《ひざ》パッドをはずして、背後に目をむけた。別のピックアップトラックが減速しながら近づいてきた。ダッジ・ラムを走らせていた男は膝を曲げ伸ばしして左膝を手でさすると、足を引きずりつつ、車体がひしゃげたプリウスの前へまわりこんで、さっと視線を走らせた。女が見えた——顔はべったりと血で覆われ、前にエアバッグの布が広がっていた。黒人男は数えきれないほどの傷から血を流していた。男はひとき車のまわりにとどまっていたが、すぐによろめきながら歩いて、あとからやってきたピックアップトラックに乗りこみ、シートにすわって待ちながら足をさすった。鼻血が出ていることに気づく。いったん外へ出ていた二台めのトラックの運転手が運転席にもどってくると、トラックはライトをつけずに、ゆっくり走りはじめた。そのあとトラックは道から野原に乗りだして、やがて見えなくなった。九一一への通報はなされなかった。

現場から最寄りの民家は、道路の一キロ弱先にあった。家を所有していたのはビール家で、この家の妻にして母親のアイリス・ビールは衝突音を耳にしていた。最初はなんの音だったのかもわからなかったが、不自然な音だったし、ひと目確かめておくべきだと思いたった。そこで夫のサムを起こして無理やりに服を着させ、確かめるために外へ出した。サムが着いたときには、別の車も現場にとまっていた。数分以内にサイレンがきこえ、点滅をくりかえす警告灯の光が見えたかと思うと、タッパコーラ警察署の二台の車が到着した。そのうしろから、タッパコーラ救急消防隊の二台の車両もやってきた。そしてほぼ即座に、パナマシティにある最寄りの地域総合病院に救急ヘリコプターの出動要請が寄せられた。

ヒューゴーの体は、残っているフロントガラスを除去したのち、その開口部から慎重に車外へ運びだされた。その時点ではまだ息こそあったが意識はなく、脈もほとんどとれなかった。レイシーを車外へ運びだすには、運転席のドアを油圧ジャッキで車体からとりはずす作業が必要だった。レイシーはなにか話そうとしていたが、意味のとれないうめき声が出てきただけだった。そのまま救急車に運びこまれたレイシーはカジノ近くにある部族のクリニックに搬送され、そこでヘリコプターを待つことになった。ただし途中で意識をうしなったので、ヒューゴーが死んだというニュースは耳にしなかった。かくしてレイシーは、総合病院までの短い空の旅をパートナーなしでこなすことになった。

現場では警察官たちが写真や動画の撮影、距離の測定、目撃者さがしといったそれぞれの仕事を進めていた。とはいえ、目撃者がいないことは最初から明らかだった。ピックアップトラックの運転手もこの場にいなかった。運転席側のエアバッグは完全に膨らんでいた。運転手が怪我《けが》をして出血した痕跡はひとつもなかったが、助手席側のフロアからはウィスキーのガラス瓶の破片が見つかった。運転手自身はあっさりと姿を消していた。レッカー移動される前から、このトラックが六時間前にアラバマ州フォーリーのショッピングセンターで盗まれたものであることが判明していた。レイシーのプリウスはレッカー車の荷台に載せられ、タッパコーラ族の行政機関がはいっているビル近くの事故車輌《しゃりょう》置場に運ばれていった。

ヒューゴーの遺体はタッパコーラ族の医療施設に運ばれ、そこで霊安室としてつかわれることのある地下の冷蔵室に安置された。道路をはさんだ反対側の建物では、部族版の警察署長である治安官のライマン・グリットがヒューゴーの数少ない所持品を前にしてすわっていた——キーホルダー、ふたつ折りのドル紙幣の束、小銭、財布。デスクの反対側にはひとりの巡査がすわっていたが、治安官とおなじく黙りこくったままだ。どちらの男も、遺族への連絡の電話に名乗りをあげてはいなかった。

しばらくしてから治安官はようやく財布をひらき、ヒューゴーの名刺を一枚とりだした。それからネットを検索して司法審査会のサイトを閲覧、マイクル・ガイスマー委員長の名前にたどりついた。

「電話連絡はこの男の仕事じゃないかね？」治安官はたずねた。「なんといっても、ミスター・ヒューゴー・ハッチとは知りあいだったんだし、ご遺族とも顔見知りかもしれないんだから」

「名案です」巡査がいった。

午前二時二十分、電話に出たマイクル・ガイスマーはこんな言葉をきかされた。

「夜分に申しわけありませんが、そちらはミスター・ヒューゴー・ハッチと仕事をなさっているのですね。わたしはブランズウィック郡にあるタッパコーラ族居留地の治安官です」

ガイスマーはおぼつかない足どりで立ちあがった。妻が寝室の明かりをつけた。

「ああ、そのとおり！　なにがあった？」

「事故がありました。かなり重大な交通事故で、ミスター・ハッチはお亡くなりになりました。だれかがご遺族に知らせる必要がありまして」

「なんだって？　冗談でいってるのか？　そんな馬鹿《ばか》なこと、本気じゃないだろうね。で、そちらはだれだって？」

「ライマン・グリット治安官、タッパコーラ族の法執行機関の総責任者です。ええ、冗談でもなんでもないことはわたしが断言します。衝突事故はいまから約二時間前、部族の居留地内で発生しました。レイシー・ストールツという若い女性は、パナマシティの病院に救急搬送されました」

「なんという……信じられん」

「お気の毒です、サー。ミスター・ハッチにご家族は？」

「家族はいるかって？　ああ、いるとも、ミスター・グリット。愛らしく若い奥さんと幼い四人の子どもたちがね。そうとも、立派な家族だよ。とてもじゃないが信じられない」

「本当にお気の毒です。では、あなたからご遺族に伝えていただけますか？」

「わたしが？　なんでわたしが？　こんな馬鹿なことがあってたまるか。だいたいこの電話がただのいたずらじゃないなんて、わたしにわかるはずがあるか？」

「サー、わたしどものウェブサイトで、わたしの名前を確認してくださってもかまいませんよ。パナマシティの病院に電話で問いあわせてもいい。ミズ・ストールツはもう病院に到着しているはずです。ですが、わたしはいまここで、この恐ろしいニュースが事実だと断言しますし、ほどなくどこかのマスコミ関係者が事故のことを嗅《か》ぎつけて、ご遺族に電話で取材しはじめてもおかしくありません」

「わかった、わかった。ちょっとでいいから考えさせてくれ」

「どうぞ、ごゆっくり」

「で、レイシーは無事なんだな?」

「あいにく、わたしにはわかりません。負傷してはいましたが、一命はとりとめていました」

「オーケイ。わかった、これから車でご家族のところへ行こう。念のため、そちらの電話番号を教えてもらえるか?」

「ええ、もちろん。それ以外でもわれわれでお力になれることがあれば、遠慮なく電話をください」

「ああ、そうさせてもらう。礼をいわせてくれ。この電話が簡単でなかったことはわかる」

「ええ、サー。そのとおりです。ひとつ質問させてください。事故にあったふたりは、夜間にわれわれの居留地内で仕事をしていたんでしょうか?」

「ああ、そのとおり。仕事をしていたのは事実だね」

「理由を教えてもらえますか?　わたしは治安官ですので」

「すまない。あとになれば話せるかもしれないな」

　ガイスマーはヴァーナ・ハッチと子どもたちのもとにとどまり、ヴァーナの母親がやってきたのと入れちがいに、できるだけ早くその家を辞去した。一家の面々に、父であり夫であるヒューゴーがこの家に帰ってくることは二度とないと告げたときや、そのあと家族のそれぞれがそんな話は嘘《うそ》だとおたがいを説得しあっているときのショックと悲嘆と混じりけのない狂乱のようすは、一生忘れられそうもなかった。そのあいだガイスマーは悪党あつかいされ、一家の面々にヒューゴーが本当に死んでいることを納得させるという仕事を無理やり押しつけられたにもかかわらず、憎むべきメッセンジャーあつかいもされた。

これほどまでに荒々しい感情が剝《む》きだしになった愁嘆場に立ち会うのは初めてだった。こんな悪夢は二度と耐え忍びたくなかった。夜明け前に車でタラハシーを出発しながら、気がつくとガイスマーは涙を流していた。パナマシティに到着したのは午前六時直後だった。

# 13

レイシーは容態こそ安定していたものの、意識はなお回復していなかった。当初の診断に列挙されていたのは、二十四針の縫合を必要とした頭部左側の深い切り傷、脳震盪《のうしんとう》とその結果引き起こされた脳組織の腫張《しゅちょう》、エアバッグが強くぶつかってきて擦れたことによる顔面の擦過傷、さらに頭部と左肩と左の肘《ひじ》と手と膝の小さな切り傷などだ。頭髪はすっかり剃《そ》られ、医師チームは薬物による昏睡《こんすい》状態をなお二十四時間継続させることが必要との決定をくだしていた。医師の一人はガイスマーに、さらなる傷害の有無を確かめるにはあと一日か二日待たなくてはならないが、現時点では生命に危機をおよぼすような要素は見あたらない、と説明した。

レイシーの母親のアン・ストールツは妹のトルーディとその夫のロナルドをともなって、州中西部のクリアウォーターから午前八時に病院に到着した。三人はマイクル・ガイスマーと顔をあわせた。ガイスマーは手もちの情報を伝えたが、内容はそれほど多くなかった。

母親たち三人がそれなりに落ち着くと、ガイスマーは病院をあとにして居留地へむかった。居留地の警察署で三十分ばかり待っていると、ライマン・グリット治安官が出勤してきた。グリットは、衝突事故の詳細はいまなお調査中だが、ここまで判明しているとして、以下のように話した。衝突事故は、トラックがセンターラインを越え、対向車線を走行中だったプリウスに正面衝突したことによるものだ。トラックは盗難車で、アラバマ州民の名前で登録されている。運転手は行方不明だが、飲酒をしていたようだ。運転手が現場を立ち去るところを目撃していた者はいないし、運転手の痕《こん》跡《せき》はひとつも残っていない。プリウスの助手席側のエアバッグは作動していなかったうえ、ミスター・ハッチはシートベルトを締めていなかった。かなりの数の傷を負っていたし、頭にも目立つ傷ができてもいた。死因は失血死と見られる。

「写真をごらんになりますかな？」グリットはたずねた。

「まあ、あとでなら」

「事故車をごらんになります？」

「ええ、ぜひとも」ガイスマーは答えた。

「オーケイ。あとでごらんにいれましょう。そのあと事故現場にご案内します」

「まだ答えが出ていない疑問がかなり残っているようだね」

「ええ、まだ捜査中ですからね」グリット治安官はいった。「よろしければ、あのふたりが昨夜この居留地でなにをしていたのか、そのあたりを教えてくださるとありがたいんですが」

「無理ではないんだが、いまはまだ……。その件はあとで話しあおう」

「こちらが捜査を進めるためにも、全面的な協力が必要なんですよ。わたしはすべてを知る必要がある。で、ふたりはここでなにをしていたんですか？」

「いまはまだ、その手の詳細な部分を明かすわけにいかなくてね」ガイスマーは、自分が相手の疑念の炎に油を注いでいるだけだと意識しながら答えた。とはいえいまの自分は、だれひとり信用してはならない立場でもある。「いいかな、ひとりの人間がすこぶる疑わしい自動車事故で命を落としているんだ。わたしとしては事故車輛がきっちりと押収され、そののち第三者による調査がおこなわれるまで現状のまま保管される、という確約の言葉がほしい」

「第三者？　というと、どなたか心当たりでも？」

「いや、なんともいえないな」

「あえていわずとも、今回の事故がタッパコーラ族の土地で発生したことや、このあたりでの捜査はわれわれがおこなっていることはもうご存じでしょうな？　われわれはだれかに見張られながら仕事をしているわけじゃないんですよ」

「ええ、もちろんそのあたりはわかってる。わたしは多少動揺しているだけでね。お願いだから、少しだけ考える時間をくれないかな」

グリット治安官は立ちあがると、オフィスの隅にあるテーブルに歩みよった。

「ここにある品物をごらんください」グリットはいった。テーブルの中央には大ぶりで上品な女性用ハンドバッグがあり、隣にキーホルダーが置いてあった。六十センチほど離れたところには財布とキーホルダー。ガイスマーはテーブルに近づいて上記の品々を見つめた。「死亡事故が発生した場合、通常われわれは被害者の所持品を調べて一覧表を作成します。ただし今回の事件では、まだそこまではしていません。財布をひらきはしましたが、名刺を一枚抜きだしただけです。そうやって、あなたに連絡できたのですよ。ハンドバッグの中身もまだ確かめてはいません」

「ふたりの携帯電話はどこに？」ガイスマーはたずねた。

グリット治安官は早くも頭を左右にふっていた。「携帯電話はありませんでした。ミスター・ハッチの服のポケットもすべて調べましたし、車内の捜索もしましたが、携帯は見つかっていません」

「そんなことはありえない」ガイスマーは茫然《ぼうぜん》としていった。「だったら、何者かがふたりの携帯を盗んだに決まってる」

「おふたりが携帯をもっていたことは確かなんですね？」

「もちろん。いまどき携帯をもたずに外出する者がいるか？　ふたりの携帯のどちらにも、いちばん最近の通話記録が残っていたはずだ——ふたりが会うはずだった人物の記録もあっただろうね」

「それはだれなんです？」

「わたしは知らないんだ。誓って知らない」ガイスマーは目もとをこすった。ついで、いきなり小さな悲鳴のような声をあげ、グリットにたずねた。「ふたりのブリーフケースは？」

グリットはこのときもかぶりをふった。「ブリーフケースは見つかっていません」

「すわらせてくれ」ガイスマーはテーブルの前の椅子に力なくすわりこみ、故人の所持品を茫然と見つめた。

「水でもお飲みになりますか？」グリットがたずねた。

「頼む」ブリーフケースにファイル類があったはずだ。そしてファイルにはすべてがおさまっていたことだろう。ヴォン・デュボーズとクローディア・マクドーヴァーがふたりで書類を調べている場面を想像すると、ガイスマーは吐き気の波に襲われた。四戸の高級マンション、デュボーズその人とマクドーヴァーが会合に行くところと帰るところの写真、ニューヨークへの飛行機に搭乗するマクドーヴァーの写真、詳細な旅行の記録、そしてグレッグ・マイヤーズの正式告発状のコピー、サデル作成の覚書……つまりすべて。そう、すべての資料だ。

ガイスマーはボトルから水をひと口飲み、ひたいの汗をぬぐった。ようやく立ちあがる力をふるい起こすとガイスマーは立ちあがって、こういった。「いいかな、あした改めてこちらにうかがって所持品を回収し、事故車を見せてもらうことにしたい。きょうは、いますぐオフィスへ行かなくては。頼むから、すべてを現状のまま保管しておいてくれ」

「ええ、それが仕事です」

「問題がなければ、レイシーのキーホルダーを預かっていきたいんだが」

「ええ、問題ありません」

ガイスマーはキーホルダーを手にとって治安官に感謝し、建物の外に出た。それから司法審査会の調査官のひとりであるジャスティン・バロウに電話をかけ、いますぐレイシーの自宅アパートメントへ急行して管理人をさがすよう指示した。なにがあったのかを管理人に告げ、レイシーの上司が鍵《かぎ》をもってアパートメントにむかっているところだと話してくれ。自分たちはレイシーの部屋の防犯アラームの解除コードを知らないので、管理人に解除してもらうしかない。

ガイスマーはつづけた。「わたしが行くまで、アパートメントを見張っててくれ。だれも部屋に出入りさせるな」

大急ぎでタラハシーへ引き返しながら、ガイスマーはレイシーにしてもヒューゴーにしても、待ちあわせの場へブリーフケースを持参していったはずはない、と自分を説得しようとした。そんなものは必要なかったはずではないのか。ふたりは正体不明の証人と会うために深夜のランデヴーへむかっていた。ファイルを持参してなんの役に立つ？　しかしその一方では、ふたりが調査官の例に洩《も》れず――というか、あらゆる弁護士の例に洩れずといってもいい――古くからの信頼できる相棒であるブリーフケースをもたずに仕事先へ行くことはめったにないと知ってもいた。ガイスマーは内心、司法審査会の資料取扱いルールが杜撰《ずさん》だったことで、自分の尻《しり》を蹴《け》り飛ばしたくなった。いや、そもそもルールがあったのか？　調査を進める案件はすべて機密あつかいになるため、資料類が外部に洩れないようにすることは一種の習慣だった。職場ではそれが当たり前になっていたので、ガイスマーがあえて職員への注意喚起の必要性を意識することはなかった。

ガイスマーは途中二回、コーヒーを飲んで足を伸ばすために休憩をとった。電話をかけつづけることで眠気を追い払いもした。まずはレイシーのアパートメントにいる部下のジャスティン。管理人からは、上司が鍵をもって到着するまでは室内に立ち入らないようにいわれたという。そのあとコーヒーをがぶ飲みして車を走らせながら、オフィスへ取材の電話をかけてきたふたりの記者と電話で話した。ヒューゴーの妻のヴァーナにも電話をかけたが、電話に出たのはヴァーナの姉だった。意外ではないが、姉は言葉少なだった。ヴァーナ本人は年長の子どもたちふたりと寝室にこもっていた。ガイスマーは、だれかにヒューゴーのブリーフケースと携帯電話をさがしてくれといいたかったが、いまはいいだせる雰囲気ではなかった。それでなくてもヴァーナたちには心配ごとが多すぎる。ガイスマーの秘書がスタッフをまじえた会議電話をセットアップしてくれたので、ガイスマーは全員の質問にできるだけ答えた。当然のことながら、審査会の面々はショックで仕事も手につかなかった。

アパートメントの管理人は、ガイスマーたちが部屋を調べるときには立ち会わせてくれといった。ガイスマーが正しい鍵を見つけて玄関ドアをあけると、管理人が手早く防犯アラームを解除した。レイシーが飼っているフレンチブルドッグのフランキーが餌《えさ》と水欲しさにきゃんきゃん吠《ほ》え、キッチンをかなり汚してもいた。

管理人はいった。「わたしが犬に餌をやりますから、そのあいだにおふたりは急いで用をすませてください」

管理人がドッグフードをさがす一方で、ガイスマーはジャスティンと部屋から部屋と見てまわった。ジャスティンが、レイシーの寝室の椅子に置いてあるブリーフケースを見つけた。ガイスマーは慎重にブリーフケースをひらいて、法律用箋《ようせん》と二冊のファイルをとりだした。司法審査会の作業用公式ファイルで、どちらにも案件番号がふってある。この二冊のなかに、貴重な情報をおさめた書類がすべてはさまっていた。レイシーの私用のｉＰｈｏｎｅは見つかった――バスルームのカウンターで充電中だった。ふたりは、ぎりぎりきこえる程度の小声でぼやきながら床にモップをかけていた管理人に礼の言葉をかけると、ブリーフケースとｉＰｈｏｎｅを手にして部屋を辞去した。

自分の車の横に立つとガイスマーはいった。「ジャスティン、頼みがある。わたしはもうあの家へは行けない。家の人たちは、わたしの顔を悲劇の知らせと結びつけてしまっているからね。そこで、奥さんのヴァーナにヒューゴーのブリーフケースと携帯電話の有無をたずねてくれないか？　すこぶる重要なことだ、といって」

マイクル・ガイスマーはボスだ。だから、ジャスティンに選択の余地はなかった。

ハッチ家の場所はすぐにわかった。家の前に大勢の人があつまっていたからだ。道路の両側には車がずらりととめられ、屋内がもう人でいっぱいだとでもいうのか、数人の男たちが家の前庭をうろついていた。ジャスティンは気おくれを感じつつ家に近づいていき、庭の男たちに会釈《えしゃく》をした。男たちは礼儀正しかったが、口数は少なかった。そのうちのひとり――ワイシャツにネクタイという服装の白人男――には、どことなく見覚えがあった。そこでジャスティンはその男に、自分は司法審査会でのヒューゴーの同僚だと説明した。男はトマスと名乗り、州司法省の職員だと明かした。ヒューゴーとはロースクールの同窓生で、卒業後も親しくつきあっていたという。ジャスティンはささやき同然に抑えた声で、この家をたずねた理由を話した。ヒューゴーのブリーフケースの所在を突きとめ中身の流出を防ぐことが重要だ、秘匿性《ひとくせい》の高い情報を含む司法審査会の公式ファイルがおさめてある、と話すと、トマスは事情を理解してくれた。審査会から支給された携帯電話も現場から見つかっていないが、ひょっとしてヒューゴーが携帯を家に置いたままにしてはいないだろうか？　トマスは、「それはないいな」と答えて、家のなかへはいっていった。

玄関ドアからふたりの女がすすり泣きながら外に出てきて、男たちに慰められていた。道路の両側にならんだ車の数から、ジャスティンはいまこの家のなかは悲報に衝撃を受けた親戚《しんせき》や友人で足の踏み場もないほどだろう、と察した。

永遠にも感じられる時間ののち、トマスがなにもたずに家から出てきた。ジャスティンはトマスといっしょに、若干のプライバシー確保のために道のへりにまで進んだ。トマスがいった。「ヒューゴーのブリーフケースは家のなかにあった。ヴァーナに事情を話したところ、なかを見るのを許してもらえた。中身は問題なくそろっているようだったが、もちだすのまでは許してもらえなかった。だから、まちがっても他人の手が触れないように保管してくれ、と頼んでおいたよ。話はわかってもらえたと思う」

「ヴァーナがどんなようすかは、たずねるまでもないな……」

「痛ましいかぎりさ。上のふたりの子どもと寝室にこもりっきりで、ろくに話もできない。ヒューゴーの母親はソファで横になってる。おじやおばといった親戚が家じゅうにあふれてる。医者もひとりいるよ。とにかく痛ましいね」

「携帯電話は見あたらなかった？」

「なかった。ヒューゴーがもって出かけたそうだ。で、ゆうべの十時ごろ電話でヴァーナに家のようすを確かめてる。私用の携帯もつかっていたかとヴァーナにきいたが、答えはノーだった。公私にかかわらず、すべて司法審査会支給の携帯をつかっていたそうだ」

ジャスティンは深呼吸をひとつして答えた。「恩に着るよ。またそのうち会おう」

車でその場をあとにしながら、ジャスティンはガイスマーに報告の電話をかけた。

ヒューゴーの遺体はその日の午後早くに、霊柩車《れいきゅうしゃ》でタラハシーの葬祭場へ運ばれた。遺体はここで埋葬準備をほどこされる予定だったが、ヴァーナはまだ詳細な段取りを詰められる状態ではなかった。

レイシーは終日、集中治療室に収容されていた。生命徴候《バイタル・サイン》はどれも安定し、医師たちは回復ぶりを喜んでいた。再度のスキャナー検査で脳の腫張がわずかながら軽減していることもわかり、医師たちはすべてが順調なら三十六時間から四十八時間後に昏睡状態から覚醒《かくせい》させるという計画を立てた。タッパコーラ警察のライマン・グリット治安官はレイシーからの事情聴取を希望したが、待っているしかないといわれていた。

ベッドで落ち着かない一夜を過ごしたのち、マイクル・ガイスマー委員長は水曜日の夜明けどきに司法審査会のオフィスに出勤して、部下のジャスティンを待った。悪夢のなかで夢中歩行をしている気分が抜けないまま、ガイスマーは朝刊の第一面に出ているヒューゴーの記事に目を通した。二枚の写真も掲載されていた。一枚はフロリダ州立大学の選手だった当時の広報用写真で、もう一枚は司法審査会のウェブサイト用に撮影した上着とネクタイ着用の公式写真だった。ヒューゴーの四人の子どもたちの名前を記事で読むうちに、ガイスマーはまた泣きたくなった。葬儀は三日後の土曜日の予定だという。葬儀の場がどれほどの悪夢になるものか、ガイスマーには想像もできなかった。

ガイスマーとジャスティンは七時にオフィスをあとにして、先住民居留地を目指した。ライマン・グリット治安官はすでにヒューゴーの財布の内容物一覧をつくり、現金を数え、すべてを写真に記録していた。グリットはガイスマーに一覧表へのサインを求め、そののち一切合財の品物をガイスマーに引きわたした。ガイスマーはレイシーのハンドバッグも受けとって、署をあとにした。それから三人は通りを歩き、小さな事故車輛置場へやってきた。十台ほどの事故車がならび、ゲートには錠前がおろされて、周囲は金網フェンスで囲ってあった。ふたりはどこにも触らないようにしながら、二台の車を見てまわった。ピックアップトラックの車内はいまもウィスキーくさかった。プリウスはトラック以上に損傷が激しく、血糊《ちのり》がかなり多く残っていた。ガイスマーもジャスティンも、あまりつぶさに観察したくはなかった。ふたりの友人の血、おまけにまだ生々しい。

「いずれ訴訟が起こされるかもしれないな」ガイスマーは重々しい口調でいったが、確たる知識があるわけではなかった。「そう考えれば、この二台を現状のまま保管しておくことが肝要だね。そのことになにか問題でも？」

「ありません」グリットは答えた。

「くわえて保険会社がかかわってきて、損害査定人を送ってよこすだろうな」

「ま、われわれもこうした事例は経験ずみです」

「で、あらゆるところを調べて携帯電話をさがしてくれたんだね？」

「前にもお話ししたとおり、あらゆるところをさがしましたが、携帯は見つかりませんでした」

ガイスマーとジャスティンは、その答えを疑わしく思っているかのように視線をかわしあった。ふたりは写真を撮ってもいいかとグリットにたずね、かまわないという返事をもらった。撮影をすませると、ふたりはグリットの車のあとから郡道に車を走らせて事故現場にたどりついた。そこで周囲を——最初はおずおずと——見まわしたふたりは、あまりにもさびれたところであることに衝撃を受けた。目撃証人がいない事故にはうってつけの場所だ。ずっと遠いところにビール家が見え、それより手前に昔のビンゴハウスが見えていたが、建物はそれしかなかった。

ガイスマーは路面を見おろした。「急ブレーキのスリップ痕がひとつもないな」

「ええ、一本も」グリットはいった。「ミズ・ストールツには反応する時間すらなかったのでしょう。わたしの見るところ、トラックはいきなり車線を越え、ここで二台が正面衝突したようです」そう話すグリットは、東向き車線の中央に立っていた。「ミズ・ストールツのプリウスは百八十度回転して、反対方向をむいた。こちらの車線からはみだしてはいません。トラックは、むろんプリウスよりもずっと重量がありますが、衝撃であちらへはねかえって側溝に突っこみかけました。おそらくトラックは急ハンドルを切って、いきなりミズ・ストールツの車線に飛びこんだ……それゆえ、ミズ・ストールツにはどうしようもなかったと思われます」

「衝突時の車の推定速度は？」ガイスマーはたずねた。

「まだ数字は出ていませんが、事故再現の専門家なら事実にかなり近い推定を出すはずです」

事故現場をながめたガイスマーとジャスティンは、オイルの染《し》みや砕けたガラスの破片、それにアルミや金属の細片に目をとめた。路肩のごく近く、アスファルトのへりの部分で、ふたりの目は乾いた血にちがいないものを見つけた。草の茂みから、やはり血で汚れた衣類の断片らしきものも見つかった。自分たちの同僚のひとりがここで落命し、もうひとりが重傷を負った。命をおえるにはおよそふさわしくないと思えるこの場所で。

ふたりはさらに写真を撮影したが、いきなり一刻も早くここから立ち去りたい気持ちになっていた。

フロッグ・フリーマンは、スターリングから三キロと少し北上したところでガソリンスタンドを併設した田舎の小さな雑貨店を経営していた。住んでいるのは店の隣にある、祖父が建てた家だった。いつも店とその近くに身をおき、店がすなわち生活だったので、フロッグは毎晩十時までは店をあけていた。ブランズウィック郡のへき地で日没後に稼げる金を思えば六時に店を閉めても変わりはなかったが、かといってフロッグにはやることもなかった。しかし月曜日の夜は十時になっても店を閉めなかった。というのもビール用冷蔵庫のどこかで水漏れが発生したからだった。フロッグの店ではビールがよく売れる——それも大半は凍るほどきんきんに冷やしたビールだ。

それゆえ冷蔵庫の故障は看過できない事態であり、また店の機器の修繕はフロッグみずからおこなっていたので、この夜は冷蔵庫相手に格闘していた。そのさなか、ひとりの客がふらりと姿を見せ、角氷と消毒用アルコールと二本の缶ビールを買ったのだ。

妙なとりあわせだな――フロッグはそう思いながら手を拭《ふ》き、レジマシンに近づいた。ここの店を切り盛りするようになって五十年、いまでは買い物の内容だけから客の素姓を見抜くことの達人になっていた。だからあらゆるものを目にしていたが、氷と消毒用アルコールとビールというとりあわせは尋常ではなかった。

フロッグの店はこれまで強盗に三回あっている。そのうち二回は銃を突きつけられての強盗だったこともあり、何年も前から反撃しはじめていた。店に合計六台の防犯カメラを設置していたのだ。そのうち四台は、強盗を企《たくら》んでいる悪党にその危険性を知らせる抑止力として、客から見える場所に設置してあった。残る二台は見えない位置にあり、その片方がフロントポーチの上にあった。

フロッグはレジの裏にある狭いオフィスにはいっていって、モニター画面をチェックした。白いピックアップトラック、フロリダ州のナンバープレート。助手席に若い男がすわっていた。男の鼻がどこか妙だった。男は鼻に布をあてていて、その布に染みができているように見えた。運転手がカメラの視界にあらわれた――角氷の袋と、消毒用アルコールとビールをおさめた茶色い紙袋を手にしている。客だった男は運転席に乗りこみ、助手席の男に話しかけてから、トラックをバックで動かして走り去った。

「男同士の喧嘩沙汰《けんかざた》か」フロッグはそうひとりごとをいい、修理にもどった。

ブランズウィック郡では交通事故による死者はきわめて珍しい。翌朝、フロッグのコーヒー仲間たちは噂話《うわさばなし》で大いに盛りあがった。タラハシーからやってきた黒人男と白人女が居留地で道に迷っていたところ、酔っ払い運転のトラックに正面衝突された。そのトラックは盗難車、運転していた男は現場から逃げた。ふらりと姿を消した。その姿を見た者はいない。酔っ払った運転手が千鳥足で事故現場から逃げ、居留地の奥深くに姿を消し、無事に境界線の反対側に逃げおおせた……という話は、笑いと臆測《おくそく》と信じられないという反応をつくりだす格好の土壌になった。

「あんなところじゃ、一時間ももたなかっただろうよ」コーヒーを飲んでいる男のひとりがいった。

「いまもまだ堂々めぐりしていたりしてな」別の男がいった。

「心配するな。先住民たちならどじを踏むもんだ」三人めがいった。

その日も午後になって小さな事実がひとつひとつ積み重なるにつれ、フロッグは事実をつなぎあわせようとしはじめた。郡警察の署長のことはよく知っていたし、署長がタッパコーラ族の警察と悶着《もんちゃく》を起こしたことも知っていた。この一族はありあまる資金にものをいわせて郡の二倍の規模を誇る警察をつくり、郡よりもはるかに上質の装備をそろえていた。恨みを買うなというほうが無理な話である。

フロッグはブランズウィック郡警察のクライヴ・ピケット署長に電話をかけて、あなたが興味をもちそうなものがあるぞ、と話をもちかけた。ピケットは仕事のあとで店に立ち寄り、フロッグといっしょに防犯ビデオを見た。最初に出てきたのは、「こいつは妙だ」という言葉だった。それから、月曜日の夜の郡は静かだった、ほかの日の夜と事実上なんの変わりもなかった、いつもどおり、人の気配があったのはカジノだけだった、と話した。喧嘩や暴行、覗《のぞ》き屋や不審な人物などの通報の電話は一本もなかった。じっさい、二台の衝突事故が起こるまでは騒ぎひとつない夜だった。

「あの事故はここから十五、六キロばかり離れたところだった——そうだな?」署長はいった。

「ああ、直線距離でね」

「だとすると、時系列的には符合するな」

「たしかに」フロッグはいった。

ピケット署長はあごをぽりぽり搔《か》きながら深く考えをめぐらせた。「鼻を怪我していた男が盗難車のトラックを運転していた当人だとしよう。だったらその男はどうやって現場から立ち去り、他人のトラックに乗せてもらって、十五分後には早くもこの店にたどりつけたんだろうか?」

「おれにはわからん。署長はあんただ」

「ひょっとしたら、他人のようで他人でなかったのかも」

「おれもそんなふうに考えてたよ」

フロッグは防犯カメラの映像をコピーして、署長あてにメールで送ることに同意した。ふたりは一、二日は様子見し、先住民たちに知らせるのはそれからにしようと決めた。

# 14

水曜日の夕方近い時刻、マイクル・ガイスマーはタラハシーの司法審査会の事務所に残っている審査会メンバーを全員あつめた。フォートローダーデイル支局のふたりの調査官は呼ばれていなかった。いまでは経験六年のジャスティン・バロウが最ベテランの調査官だった。二週間前にはヒューゴーとふたりで下手くそなゴルフをしていたし、グレッグ・マイヤーズの正式告発状の概略を知ってはいたものの、その背景にうごめいている巨大な陰謀についてはまだ知らなかった。力をそそぐべき自身の担当案件もあった。審査会へやってきて一年にも満たないマディ・リースは、ヴォン・デュボーズにまつわる話もカジノにおける不正も、そしてクローディア・マクドーヴァー判事のこともなにひとつ知らなかった。

ガイスマーはそもそものはじまりであるマイヤーズのことから語り起こし、すべてを残らず話していった。ふたりは信じられないという思いと恐怖の顔つきで話にききいっていた。まさか、上司のガイスマーはこの案件を自分たちに引き継がせたりはしないだろう。ガイスマーは、マイヤーズの正式告発状の主張は事実上ひとつも証明されていないことを強調し、司法審査会はそうした主張を証明する立場にないと考えている、とも話した。ただし、レイシーとヒューゴーは危険な死地に足を踏み入れてしまったのだろう。

「例の事故からはどうにも怪しいにおいがする」ガイスマーはいった。「ふたりは情報提供者かもしれない人物によって、人けのない場所へおびき寄せられた。ふたりがその人物と本当に会ったのかどうかはわからず、レイシーが話せるようになるまでは明らかにならない。見通しのいい直線道路、雲ひとつない好天の夜、ほかに走っている車がいないといった情況で、ふたりが乗っていた車は盗難車のトラックに正面から衝突され、しかもトラックを運転していた人物は見つかりそうもない。プリウスの助手席のエアバッグとシートベルトは明らかに細工されていて、どちらも動作しなかった。また、司法審査会が支給したふたりの携帯電話が見つかっていない。盗まれたものと思われる。われわれとしては強く捜査を求める意向だが、われわれが相手にしているのはタッパコーラ族であって、通常の法執行機関ではないんだ」

「つまりヒューゴーが殺されたとおっしゃっているんですか？」マディがたずねた。

「まだそこまではいってない。ヒューゴーの死をめぐる情況にきわめて疑わしい側面がある、といっているだけだ」

「ＦＢＩはどうなんです？　この事件はＦＢＩが捜査権をもっているのでは？」

「そのとおり。だから将来ＦＢＩに協力をあおぐかもしれないが、現時点ではそうしていない」

マディが咳払《せきばら》いをしてたずねた。「では、この案件はこれからどうなりますか？」

「いまはわたしのデスクに載っている状態だ」ガイスマーはいった。「このままわたしが調査を進めるかどうかはともかく、わたしが担当しているといえるね」

「こんなことをいってよければ、ですが……」ジャスティンがいった。「われわれはこの案件の調査にむいていないんじゃないでしょうか。犯罪行為が現実におこなわれているのなら、なぜわれわれがこの件をつつきまわしてるんでしょう？　これは銃やバッジやいろいろな装備をそなえた男たちが手がけるべき案件ですよ」

「そのとおり。そしてきみの疑問は、わたしが墓場までもっていく疑問でもあるな。われわれはこの案件に危険の要素があるかもしれないと考え、周辺からにおいを嗅いで、なにが出てくるかを見さだめるつもりだった。忘れないでほしいのは、ひとたび正式告発状が提出されてわれわれのデスクに届いたら、こちらは調査するしかない立場だということだ。もちろん、もっと慎重に動くべきだったとは思う。あのふたりには、月曜日の夜に居留地まで行くような真似《まね》はするなと制止するべきだった」

「たしかに。でもおふたりは、あっさり怖気《おじけ》づく人たちではありませんでした」マディがいった。

三人がともにふたりの同僚に思いをめぐらせるあいだ、長い沈黙の時間がつづいた。しばらくして、マディがふたたび口をひらいた。

「いつになればレイシーと話ができますか？」

「医者たちはもうじきレイシーを目覚めさせるつもりだ。あしたの朝は病院へ行こうと思ってる。万事が順調に進んでいれば、多少は話をする時間もあるだろうな。だれかがヒューゴーのことをレイシーに知らせる必要もあるわけだし。そうだな、二、三日もすればきみたちも見舞いにいけると思う。念のためにいっておくが葬儀は土曜日で、われわれ全員が列席する予定だぞ」

「待ちきれませんよ」ジャスティンがいった。

アラバマ州フォーリーの警察に、そちらが捜索している盗難車のダッジ・ラムのトラックが遠くフロリダ州の先住民居留地内にある事故車輌《しゃりょう》置場に保管されている、という情報が寄せられた。フォーリー警察はトラックの所有者にその旨《むね》を知らせ、所有者は保険会社に連絡した。水曜日の午後、トラック盗難事件について情報があるという人物がフォーリー警察署にやってきた。この男は私立探偵で、署にも顔見知りの警官が何人もいた。今回は、若い専業主婦が浮気相手と密会しているのではないかと疑った夫からの依頼だった。探偵がショッピングセンターにとめた車のなかに身を隠していたそのとき、問題のダッジ・ラムの近くにフロリダ州のナンバープレートをつけたホンダのピックアップトラックがとまった。ホンダにはふたりの男が乗っていたが、どちらもおりてこなかった。そのまま十五分ほどは通りすぎる車や歩行者をながめているばかりで、いかにも場ちがいに見えていたが、やがて助手席側の男が外に降り立ってダッジ・ラムに近づいた。退屈しきっていて、特にやるべき仕事もなかった探偵は、この時点で携帯電話をとりだし、動画を撮影しはじめた。

泥棒は薄い刃物をつかって運転席側のドアを巧みにあけると——明らかに手慣れていた——数秒でエンジンをスタートさせて走り去った。ホンダに乗っている相棒もダッジ・ラムにつづいて走りだした。動画にはホンダがつけていたフロリダ州のプレートがはっきりと映っていた。あっさり解決できる自動車盗難事件はめったにない。フォーリー警察はこの動画を保存し、防犯意識の高い市民への感謝を述べた。問題のナンバープレートを手がかりに調べを進めたところ、フロリダ州ウォルトン郡にあるデファニアックスプリングズ在住の男が所有するトラックだと判明した。この町はカジノから二十五キロほどのところにある。所有者のバール・マンガーという男にはさまざまな軽罪や微罪での犯罪歴が多々あり、現在は仮釈放中だった。フォーリー警察は、これがただのトラックの窃盗であって重大な犯罪ではないことや、他州の警察への連絡が必要となることなどに鑑《かんが》みて、事件ファイルを近日中に――といっても一両日中ではない――対処するべき書類用のバスケットに入れた。

グレッグ・マイヤーズは愛するボートをフロリダ州南西部、メキシコ湾に面したネープルズのドックに繋留《けいりゅう》していた。いまはその〈コンスピレイター〉号上で夕方近くの一杯を飲みながら、ペンサコーラとタラハシーとジャクスンヴィルの三都市の新聞をチェックするという日課をこなしていた。船上暮らしでは、自分が翌日にはどこにいるかもわからない根なし草気分にもなる。かつて身をおいた街の最新ニュースを仕入れることが、自分を過去に――幸せだった時期にかぎるが――結びつけてくれるし、大事な習慣になっていた。そればかりか、街にはマイヤーズの数多くの敵がいて、彼らの名前がおりおりに紙面を飾った。

ヒューゴーが深夜にタッパコーラ族の居留地で交通事故によって死亡し、パートナーのレイシー・ストールツが重傷を負ったという記事に、マイヤーズはショックを受けた。身の毛もよだつニュースだ——そう感じた理由はひとつにとどまらない。これから捜査がおこなわれ、手がかりがたどられ、いずれは犯人が名指しされるのだろう。そしてマイヤーズは例によって、最悪の事態を想定していた——今回の事故の裏にはデュボーズがいる、という想定だ。表面上は、そうは見えなかったが。

記事を読めば読むほど気分がわるくなってきた。レイシーとヒューゴーとは三回会っただけだが、ふたりには好感をいだき、一目置いてもいた。ふたりとも頭の回転が速く、てらいがみじんもなかった。それほど多くの給料をもらっている身ではないにもかかわらず、仕事には献身的だった。ふたりが悪徳判事とその一味徒党を追っていたのも、もとはといえば自分のせいだ。ならば、ヒューゴーが死んだのも自分のせいではないか。

マイヤーズはボートからおりると、桟橋にそって歩を進めた。湾を一望できるベンチを見つけて腰をおろすと、こんな事態になったことで自分を呪《のろ》いながら、そのまま長いあいだ過ごした。人目をはばかる小さな策謀が、いきなりとんでもなく危険なものに変質していた。

## 15

ガイスマーは木曜日の朝八時に病院へ出向いた。まず待合室に立ち寄って、レイシーの母、アン・ストールツに声をかける。アンはひとりですわっていた。レイシーの生命徴候《バイタル・サイン》は力強い状態を維持していた。医師たちは前夜すでにバルビツール酸系の麻酔薬の点滴を切っており、そのためレイシーはしだいに目を覚ましつつあった。三十分後、ひとりの看護師がアンのもとにやってきて、娘さんが意識をとりもどしました、と告げた。

「ヒューゴーのことはわたしから知らせます」ガイスマーはいった。「お母さんがレイシーと数分話をなさったら、そのあとわたしが病室に行きます」

レイシーは集中治療室に収容されていたので、ガイスマーはこれまで面会を願いではいなかった。そのためいざ病室にはいったとたん、変わりはてたレイシーの顔に衝撃を受けた。顔は赤や紫に変色した痣《あざ》だらけで、そのうえ擦り傷や小さな切り傷がたくさんあったばかりか、見る影もないほど腫《は》れてもいた。腫れあがった瞼《まぶた》のあいだの細い隙間《すきま》から、かろうじて瞳《ひとみ》が見えた。片方の口角から気管内チューブがくさびの要領で挿入されて、テープで留めてあった。ガイスマーはそっとレイシーの手にふれて、ハローと声をかけた。

レイシーはうなずき、なにか話そうとしかけたが、チューブがその邪魔をした。アン・ストールツは椅子《いす》に腰かけて、さめざめと泣いていた。

「やあ、調子はどうかな、レイシー？」ガイスマーは自身も泣きそうになりながらたずねた。あんなにも美しかった顔が、ここまで無残になるとは。

レイシーは小さくうなずいた。

アンが小声でささやいた。「わたしはなにもいってません」

看護師が静かに病室へやってきて、アンの隣に立った。

ガイスマーは顔を近づけて口をひらいた。「きみたちの車は正面衝突されたんだ。大変な事故だったんだよ、レイシー」ごくりと唾《つば》を飲み、アンにちらりと視線を送ってから、「レイシー、いいか、ヒューゴーは助からなかった。事故で亡《な》くなったんだ」

レイシーは痛ましげなうめき声を洩らし、細い隙間のような目をぎゅっと閉じてガイスマーの手を握る手に力をこめた。

ガイスマーは目をうるませながら、話をつづけた。「きみのせいではないからね、レイシー。いいか、これだけはわかっておくれ。今回のことは断じてきみのせいではないんだ」

レイシーはまたうめき声を洩らし、頭部をごくかすかに左右にふり動かした。

医師がガイスマーとは反対側からベッドに近づいて、患者であるレイシーを見つめた。「わたしはドクター・ハントです。あなたは四十八時間以上も眠っていました。わたしの声がきこえますか?」

レイシーはここでもうなずき、深く息を吸った。小さな涙がひと粒、腫れた瞼の隙間をなんとかすり抜けて左の頬を伝い落ちていった。

ドクター・ハントは簡潔な質問をしていきながら、立てた指を見せたりレイシーに病室の反対にある品物を見つめさせたりして、手早く検査を進めていった。レイシーはときおり迷うことはあったが、おおむね良好に反応していた。

「頭痛はありますか?」

レイシーはうなずいた。イエス。

ドクター・ハントは看護師に目をむけて鎮痛剤の投与を指示してから、ガイスマーにむきなおった。「あと数分間は話をなさってもかまいませんが、くれぐれも事故の話はしないように。警察が患者さんから事情をききたがっているのは理解できますが、すぐには無理です。この二、三日のあいだに、こちらの女性がどう思っているのかを確かめないことには」それから医師はあとずさり、それ以上なにも話さずに病室をあとにした。

ガイスマーはアンに目をむけた。「ちょっとレイシーと内密の話がありまして。よろしければ……少しのあいだでけっこうです」

アンはうなずき、静かに病室から出ていった。

ガイスマーはいった。「レイシー、月曜日の夜に出かけたとき、司法審査会支給の携帯をもって出たのか？」

レイシーはうなずいて、イエスだと示した。

「その携帯がなくなってる。ヒューゴーの携帯もだ。警察はきみの車も捜索して、事故現場もさがわしまわった。いたるところをさがしたが、二台の携帯はどこにもなかった。いや、理由はきかないでくれ。わからないんだ。しかし、きみの携帯が悪人連中にハックされたら、グレッグ・マイヤーズのことも知られてしまうはずだと推測しておくべきだね」

腫れあがった目がわずかに見ひらかれ、レイシーは話にあわせてうなずきつづけていた。

ガイスマーはいった。「われわれのIT技術者によれば審査会の公用携帯をハックするのは事実上不可能とのことだが、可能性はゼロではない。きみはマイヤーズの番号を知っているのか？」

レイシーはうなずいた。イエス。

「ファイルのなかに書いてある？」

レイシーはうなずいた。イエス。

「よかった。そっちはわたしが対処しよう」

先ほどとはちがう医師が病室に顔をのぞかせ、調べたいことがあるといった。ガイスマーはすでに一回の面会分の仕事をすませていた。すこぶる気のすすまない使命も完遂したからには、月曜の夜になにがあったかを質問する必要もなさそうだ。ガイスマーはわずかに顔を近づけ、レイシーに話しかけた。「きょうのところはもう行かないと。ヴァーナにはきみが命をとりとめて、ヒューゴーのご家族に思いをいたしていた、と伝えておこう」

レイシーはふたたび泣きはじめていた。

その一時間後、看護師たちがやってきてレイシーから人工呼吸器をとりはずし、チューブ類を抜きはじめた。生命徴候《バイタル・サイン》は安定していた。木曜日の午前中はまだうとうとしては起きることをくりかえしていたが、昼ごろには眠ってばかりいることにも飽きてきた。声はあいかわらずがらがらで弱々しかったが、一時間ごとに力をとりもどしていた。そこで母のアンやトルーディ叔母、叔母の夫のロナルドらと会話をかわした。ロナルド叔父にはこれまで好意をいだいたことはなかったが、いまは寄り添ってもらえることがありがたかった。

　集中治療室はスペースにかぎりがある。レイシーの容態が安定して危地を脱したこともあって、医師たちはもう一般の個室に移してもいいと判断した。病室の引っ越しにあわせたように、レイシーの唯一《ゆいいつ》のきょうだいである兄ガンサーが病院に到着した。いつもどおり、姿が目にはいる前から声がきこえた。ガンサーは廊下で看護師を相手に、一度に病室にはいれる面会者の人数について難癖をつけていた。病院がさだめているルールでは最大三人まで。ガンサーは馬鹿《ばか》ばかしいルールだと一蹴《いっしゅう》した——なんといっても自分はアトランタからノンストップで車を飛ばして妹に会いにきたのだ、それが気にくわないのなら、かまわん、警備員でもなんでも好きに呼べ。そっちが警備員を呼ぶのなら、こっちは弁護士を呼ぶまでだ。

兄の大声はいつもならトラブルを意味するが、いまのレイシーにはその声がすばらしいものに思えた。それればかりか、くすくすと笑いさえしたが、そのせいで頭から膝《ひざ》までの全身に痛みが生じた。

アン・ストールツが、「あの子が来たみたいね」といい、トルーディとロナルドは不愉快な事態を覚悟したかのように身がまえていた。

事前のノックもなしに病室のドアがいきなりひらいてガンサーが入室し、あとを追ってひとりの看護師がやってきた。ガンサーは母アンのひたいに軽いキスを落とし、叔母のトルーディとその夫のロナルドを無視したまま、突進しそうな勢いでレイシーに近づいた。

「驚いたな、妹よ。まったく、なんてひどい目にあわされたんだ……」そうたずねながら、ガンサーはレイシーのひたいにキスをした。レイシーは笑みを返そうとした。それからちらっと背後に目をむけて、言葉をつづけた。「やあ、トルーディ叔母さん。やあ、ロナルド叔父さん。叔父さんはこの部屋から〝さよなら〟してよ。廊下で待っててほしい。そこにいるラチェッドなみのわからず屋の看護師が警備員を呼ぶと脅してるんでね——それも、こんなクソ田舎にしかない身勝手で無意味なルールを楯《たて》にして」

トルーディがハンドバッグを手にとり、同時にロナルドがこういった。「わたしたちは出ているよ。二、三時間後にまた寄らせてもらう」

ふたりは速足で病室をあとにした。ガンサーから離れられるのを心から喜んでいるのは明らかだった。ガンサーは『カッコーの巣の上で』に出てくるラチェッドになぞらえた看護師をにらみつけ、指を二本立てた。「面会者がひとり、面会者がもうひとり。おれと母さん。数が勘定できないのか？　さあ、これでルールを守ったことになる。だから、とっとと部屋を出て、家族だけにしてくれないか。他人にきかれずに妹と話したいんでね」

ラチェッドもどきの看護師も喜んで病室から退散した。アンは頭を左右にふっていた。レイシーは声をあげて笑いたかったが、笑えば激しい痛みに襲われるとわかってもいた。

年ごとに……いや、ときには月ごとに変わるのだが、ガンサー・ストールツはあるときはアトランタで十指にはいる商用不動産の開発業者、あるときはアトランタ不動産業界で破産確実な五人のひとりに数えられる人物だった。当年四十一歳のガンサーは少なくとも二回の破産申請をしていて、その手の綱渡り人生を運命づけられているかのようだったが、この業界にはそういった生き方をみずから求めてやまない者もいる。時流が好調で金利が低ければ、ガンサーは金を借りまくって熱に浮かされたように建物をつくり、金の泉は永遠だとでもいうように浪費していった。市場との折りあいがわるくなると、ガンサーは銀行から逃げまわり、資産を捨て値でばんばん売り払った。中間地帯は存在しなかった——慎重に計画を立てることは考えもせず、あきれたことながら、金をいくらかでも貯《たくわ》えておこうとさえ考えなかった。落ち目になったときには、明るい未来が来ることに際限なく賭《か》けつづけ、調子が上々なら金でのどを詰まらせて、落ち目だった時期のことをすっかり忘れていた。アトランタはいっときも成長をとめない都会であり、そんな都会にさらなるショッピングモールやアパートメントやオフィス主体の複合ビルを建てていま以上にごみごみした街にすることが、ガンサーの人生の天職だった。

ガンサーが病室に押し入ってからわずかな時間しかたっていないが、そのあいだにもレイシーは重要なヒントをひとつ受けとっていた。アトランタからここまでプライベートジェットではなく、ずっと車を走らせてきたという事実は、ガンサーの不動産開発業がうまくいっていないことのあらわれだ。

鼻の頭をふれあわさんばかりに顔を近づけて、ガンサーはいった。「ほんとうにごめんよ、レイシー。もっと早く来られなくて。メラニーとローマにいたんだけど、大急ぎで帰ってきた。で、いまはどんな気分なんだ？」

「ずいぶんましになってきた」レイシーはしゃがれた声で答えた。ガンサーがもう何年もローマに行っていないことはほぼ確実だった。会話のはしばしに、こうした金のにおいのする地名をはさむのもガンサーの演技のひとつだ。メラニーというのはガンサーの再婚相手だったが、レイシーはこの女が大きらいだった。さいわいなことに、メラニーと顔をあわせることはめったにない。

「レイシーはきょうの朝、意識をとりもどしたばかりなの」母のアンが椅子にすわったままいった。「だから早く来ても時間の無駄だったでしょうね」

「で、母さんの具合はどうなんだ？」ガンサーは母親に目もむけずにたずねた。

「上々よ——ええ、おかげさまでね。それにしても、トルーディとロナルドにあそこまで無礼にふるまう必要はあったの？」

　これをきっかけに、家族ならではの緊張が病室内に一気に張りつめた。ガンサーは——この男にしては珍しく——ぐっと息を吸って、母親の言葉を受け流した。それからレイシーを見つめたまま、「新聞記事を読んだ。恐ろしいのひとことだね。おまえの友だちが命を落としたというじゃないか。信じられん。いったいなにがあった？」

　アンが口をはさんだ。「お医者さまから事故の話はするなといわれてるんだよ」

ガンサーは母親をにらみつけた。「医者のいうことなんか気にかけるものか。おれがここにいて、妹と少しばかり話したいとなったら、なにを話すかを横からとやかくいわれたくないね」それからレイシーにむきなおる。「で、なにがあったんだ、レイシー？　ぶつかってきた車を運転してたのはだれなんだ？」

アンがいった。「その子はまだなにも思い出してないんだよ、ガンサー。月曜の夜からずっと昏睡《こんすい》状態でね。だから、もう引き下がることだよ」

しかし、引き下がるという選択肢はガンサーのルールブックにはなかった。「おれには凄腕《すごうで》弁護士の知りあいがいるんだ。いっしょにそのクソ野郎を訴えて、ケツの穴の毛までむしりとってやろうぜ。そうさ、責任は百パーセントそいつにあるんだろ、レイシー？」

アンは精いっぱい大きな音できこえよがしにため息をつき、立ちあがって病室から出ていった。

レイシーは小さくかぶりをふって、「覚えてないの」とだけいうと、目を閉じて眠りこんだ。

午後もなかばになるころには、ガンサーはレイシーがいる個室のおよそ半分の品物に所有権を主張していた。二脚の椅子とキャスターつきのカート、それまではスタンドが載っていたナイトテーブルと小さな折り畳み式ソファの配置を変えて、ノートパソコンとｉＰａｄ、それに一台ではなく二台の携帯電話にくわえて仕事の書類の山を配置し、自分の仕事場につくりかえてしまったのだ。ラチェッドもどきの看護師は異をとなえたが、ガンサーになにをいっても辛辣《しんらつ》な脅し文句が返ってくるだけだとすぐに学んだ。トルーディとロナルドの夫婦は、二、三回顔を出してレイシーのようすを確かめたが、いまでは自分たちのほうが邪魔者のように感じていた。アンも最後には白旗をかかげた。その日の夜アンはふたりの子どもたちに、自分は一、二日のあいだクリアウォーターへ帰るが、そのあとできるだけ早く病院にもどる、と申しわたし、レイシーには、必要なものがあれば電話をかけてくれといいおいた。

レイシーがうとうとと眠りはじめると、ガンサーは電話から離れるか廊下に出るかして、そのあいだも猛然と——しかし音をたてずにノートパソコンで——仕事を進めていた。レイシーが目を覚ましていれば顔を突きあわせてくるか、さもなければまた別の取引が危機に瀕《ひん》しているために電話でうなり声をあげていた。看護師や看護助手にコーヒーをもってこいと居丈高に怒鳴り、それでもコーヒーが運ばれないと足音高くカフェテリアにむかっていき、あのカフェテリアの料理は見た目からして〝おぞましい〟と文句をいった。医者たちの回診もあったが、どの医者もガンサーがどんな話題でも噛《か》みつく気満々の男だと思っているかのように、じっとにらんでいくばかりだった。医者たちはガンサーを刺戟《しげき》しないよう気をつかっていた。

ただしレイシーは、兄ガンサーの活力が自分に伝染してくるだけでなく刺戟的にすら感じられた。ガンサーはレイシーを楽しませた――ただし、笑い声をあげることにはまだためらいがあった。一度、レイシーがふっと目を覚ますと、ガンサーがベッドのすぐ横にたたずんで涙で頬を濡《ぬ》らしていた。

午後六時、ラチェッドもどきの看護師が顔を見せ、自分の勤務時間がまもなくおわると告げ、ガンサーにこのあとの予定をたずねた。ガンサーはやや切り口上でこう答えた。

「出ていくつもりはないね。ここにソファを置いたのは理由《わけ》あってのことだ。だいたいこの病院は法外な料金をふんだくってるんだから、こんな薄っぺらな折り畳みソファじゃなく、もっとすわり心地のいいソファを用意してもばちは当たらないぞ。なんだ、これは――軍隊の簡易ベッドのほうがまだましだ」

「お話はうけたまわりました」ラチェッドもどきの看護師はいった。「では、またあしたの朝来ますね、レイシー」

「いけすかないクソ女め」ガンサーは、ちょうどドアを閉めようとしていたラチェッドもどきの耳にかろうじて届くだけの低い声で吐き捨てた。

夕食の時間になると、ガンサーはレイシーにアイスクリームを食べさせ、自分は〈ジェロー〉を口にしたきり、ほかはなにも食べなかった。そのあとはレイシーが疲れを訴えるまで、ふたりでコメディドラマ〈フレンズ〉の再放送を見た。レイシーがうとうとしはじめるとガンサーは自分の巣にもどり、ペースをいっさい落とさぬまま次から次へと電子メールを送りはじめた。

夜のあいだも巡回の看護師たちがそっと病室にやってきては出ていった。最初のうちガンサーは看護師たちの物音に文句をいっていたが、お気にいりの愛らしい看護師から精神安定剤《ザナックス》をわたされると静かになった。日付が変わる真夜中には、薄っぺらい折り畳み式ソファにもかかわらず、ガンサーはいびきをかいていた。

金曜日の朝五時ごろ、レイシーは体を落ち着きなく動かしながら、うめき声をあげはじめた。まだ目が覚めないまま夢を見ていた。それも愉快ではない夢を。ガンサーが腕を軽く叩《たた》きながら、もうなにも心配いらないよ、もうじき家へ帰れるようになるんだから、と囁《ささや》きかけていた。ついでレイシーがぎくりとして目を覚まし、苦しげに息をつぎはじめた。

「どうした?」ガンサーはたずねた。

「水をちょうだい」レイシーがいい、ガンサーはその口もとにストローを近づけてやった。レイシーは長々と水を飲み、口もとをぬぐった。「見たの、兄さん。わたしは見た……衝突の寸前にトラックを。ヒューゴーが悲鳴をあげて、わたしはまっすぐ前方に目をむけた。そのときはもうまぶしい光が目の前に迫ってて……で……それっきりなにもかも闇《やみ》に飲まれたの」

「なんともはや。音は覚えてるかい? 車同士がぶつかる音とかエアバッグが顔のすぐ前で爆発して膨らんだ音は?」

「覚えてるかも……でも、はっきりしない」

「相手の車の運転手は見たのか?」

「いいえ。見えたのはライトだけ。とってもまぶしかった。とにかく、あっという間の出来事だったの。反応するひまもなかった……」

「ああ、それはそうだろうとも。とにかくおまえのせいじゃないぞ。トラックのほうがセンターラインを越えて飛びこんできたんだ」

「ええ、そう。そのとおり」レイシーはまた瞼を閉じた。そのまま数秒が過ぎたころ、ガンサーは妹が涙を流していることに気がついた。

「心配いらないよ。もう大丈夫だ」

「ね、ヒューゴーはほんとは死んでないんでしょう?」

「死んでるよ、レイシー。おまえもその事実を正面から認め、本当に死んだのかなんて質問はやめるべきだ。ああ、ヒューゴーは死んだんだ」

レイシーはさめざめと泣き、ガンサーにできることはなにもなかった。体を震わせ、苦しみもがいて友人の死を悲しむ妹を見ているだけで胸が痛んだ。しばらくすると、ありがたいことにレイシーはふたたび寝入っていた。

# 16

医者たちと看護師たちと看護助手たちからなる早朝の波が去って一段落すると、あたりは多少静かになって、ガンサーはビジネスを進めはじめた。いまではレイシーは一時間ごとに恢復《かいふく》していた。痣が濃淡さまざまな青に変わりつつあった一方、顔の腫れは引きつつあった。九時ごろやってきたマイクル・ガイスマーは、レイシーの病室に手のこんだ仮設のワーキングスペースが出来ていることに目を丸くしていた。レイシーは目を覚まし、ストローで生ぬるいコーヒーをちびちび飲んでいた。

ガンサーはひげも剃《そ》らず、靴下はだしでシャツの裾《すそ》を膝まで垂らした姿で、自分はレイシーの兄だと自己紹介するなり、ダークスーツのガイスマーに疑いの目をむけはじめた。レイシーが、「落ち着いて、マイクルはわたしの上司よ」というと、ガンサーは肩の力を抜いた。ふたりはベッドをはさんでおずおずと握手をかわし、それからはなごやかな雰囲気になった。

ガイスマーがたずねた。「話ができる気分かな?」

「ええ、なんとか」レイシーは答えた。

「居留地警察のトップのライマン・グリット治安官が、できれば病院に立ち寄って少し質問したいといってる。だからその前に、わたしたちで話の内容をさらっておいたほうがよさそうだ」

「わかりました」

ガイスマーはちらりとガンサーを見やった。ところがガンサーのほうは、病室から出ていくことさえ考えてもいない顔つきだった。ガイスマーはいった。「これはすこぶる秘匿性《ひとくせい》の高い話でしてね。うちの審査会が調査中の案件に関係しています」

ガンサーは一瞬もためらわずに即答した。「そういわれても出ていく気はないね。レイシーは妹で、妹にはおれの助言が必要だ。すべてを把握しておきたいし、秘匿性が高いことも理解しているよ。いいな、レイシー?」

レイシーとしてはこう答えるしかなかった。「兄には病室にいてもらいます」

ガイスマーは一戦まじえたい気分ではなかったし、そもそもガンサーの目に宿っている光はきわめて短気な性格をあからさまにうかがわせていた。かまうものか——そう腹をくくって、ガイスマーはいった。「マイヤーズからはなんの連絡もない。きみのファイルにあった三つの番号に数回にわたって電話をかけたが、ひたすら呼出音が鳴っているばかりだった。留守番電話サービスはつかっていないみたいだな」

「あいつらがマイヤーズの居所をつかんだとは思えません」レイシーはいった。

「マイヤーズというのはだれなんだ?」ガンサーがたずねた。

「あとで話す」レイシーはいった。

「あるいは話さないかも」ガイスマーはいった。「話を月曜の夜にもどそう。情報提供者との会合について、なにか話してもらえそうなことはあるかな?」

レイシーは目を閉じ、深々と息を吸いこんだが、その痛みに思わず顔をしかめていた。それからゆっくりと語りはじめる。「あまり覚えてません。ほんとにあまり覚えてないんです。わたしたちはまずカジノへ行きました。駐車場で連絡を待っていたんです。そのあと暗い道を走っていって、一軒の建物の前で車をとめました」そこで言葉を切ったきりレイシーは長いこと黙りこみ、まるで眠りこんでしまったかに思えた。

ガイスマーはたずねた。「情報提供者とは会えたのか?」

レイシーはかぶりをふった。「まったくわかりません。なにも思い出せないので」

「男と話すのに、ヒューゴーは持参していた携帯をつかっていた?」

「たぶん。いいえ、その携帯をつかっていたはずです。情報提供者はわたしたちに電話で待ちあわせ場所への行き方を指示してました。ええ、思い出しました」

「衝突事故そのものは？　事故前のことをなにか覚えていないか？　たとえば相手の車のこととか？」

レイシーは暗闇のほうが記憶力がよく働くかもしれないといいたげに、ふたたび瞼を閉じた。間があって、ガンサーが口をはさんできた。

「きょうの朝早く、妹は悪夢を見ていたよ。目を覚ましてから、夢でヘッドライトを見たと話してた。ヒューゴーの悲鳴を思い出したし、どうにも反応できないうちにトラックが目の前に迫ってきたとね。トラックだったことは覚えてるんだ。ただし衝突の衝撃や物音なんかは、なにひとつ覚えてない。車から救出されたこと、救急車、救急ヘリ、救急治療室……そういったことも覚えてない。そう、なんにもね」

消音モードにしてあるガンサーの携帯電話のうち一台が、いきなりぶるぶると震えて着信を告げた。よほど緊急の用件だったらしく、病室の半分を占めている自分用スペースに引きこんだ食事用テーブルの上で、携帯がぶんぶん跳ね踊ったほどだった。ガンサーは携帯をにらみつけ、よく冷えたビールを見ている恢復途中のアルコール依存症者のように誘惑を退けようとしていた。

結局、ガンサーはかかってきた電話をやりすごした。

ガイスマーはドアにむかってうなずきかけた。ガンサーともども廊下へ出ると、ガイスマーはたずねた。「医者たちとはどのくらい話したんです？」

「ほとんど話してない。あいつらにはあまり好かれていないようでね」

おやおや、これは意外だ。「医者からは、レイシーはゆっくり記憶をとりもどしていくだろうときかされてます。記憶の恢復をうながす最善の方法は、レイシーの脳の活動を刺戟することだそうです。それももっぱら会話で。レイシーに話をさせたり笑わせたり、話をきかせてやったりしてください。なるべく早いうちに雑誌を入手して、レイシーが活字を読めるかどうかを確かめてもらえますか。レイシーは昔の映画が好きなので、いっしょに見てあげてください。いまのレイシーに必要なのは、睡眠時間を減らして、できるだけにぎやかに過ごすことです」

ガンサーは自分が主導権を握れるとあって、一語もきき洩《も》らすまいとしていた。

「ああ、わかった」

「医者たちとはなるべく話し、治安官とレイシーの顔あわせは少しでも先延ばしにしましょう。治安官は、事故当夜にレイシーとヒューゴーが自分の縄張りである居留地内でなにをしていたかを知りたがってます。で、率直にいえば、われわれは治安官にその手の内情を知られたくない。すこぶる秘匿性の高い案件ですからね」

「話はわかったよ、マイクル。ただその前に衝突事故の件をくわしく知りたいな。一切合財をね。これまでにわかったことを全部教えてくれ。どうも裏がありそうなにおいがするんだよ」

「そう思うのももっともです。靴を履いてきてください。いっしょにコーヒーでも飲みましょう」

金曜日の昼食後、ガンサーが携帯を手にして廊下をうろつきながら、次々に崩れかけていく取引をひとつでも救おうと悪戦苦闘しているあいだに、レイシーはこんな電子メールを作成して送信した。

親愛なるヴァーナ——
レイシーです。このメールは兄のｉＰａｄで打っています。いまもまだ入院中で、ようやくメールを打てる体力と知力がもどってきました。なにから書けばいいのか、なにを書けばいいかもわかりません。あんなことがあったとはいまでも信じられない気持ちです。あまりにも現実離れしていて……。目を閉じて、自分はほんとはここにはいない、ヒューゴーは元気だし、目を覚ましたらすべてが解決していると自分にいいきかせます。でもほんとに目を覚ませば、この悲劇が現実の出来事で、ヒューゴーは命を奪われ、あなたとお子さんたちが言葉につくせぬ喪失の悲しみのなかにいることに気づかされるのです。悔やまれてなりません。ヒューゴーをうしなったことだけではなく、そこに自分がかかわっていたことにも。わたし自身は、自分が運転していて、ヒューゴーが助手席にいたこと以外なにも覚えていません。いまでは重要なことではありませんが、このことは墓場に行くまで胸に抱いているつもりです。いますぐあなたに会いにいき、あなたとお子さんたちをハグしたい気持ちでいっぱいです。みなさんを愛していますし、一刻も早くお目にかかりたく思っています。あしたの葬儀に列席できないことを心からお詫《わ》びいたします。葬儀のことを思うだけで涙があふれてきます。いつもいつも泣いていますが、涙ではあなたの足もとにもおよばないことでしょう。あなたやお子さんたちを思うと胸が張り裂けそうです。あなたがたのことを思い、あなたがたのために祈っています。愛をこめて。レイシー。

送信から二十四時間たっても、返信はなかった。

ヒューゴー・ハッチの葬儀は土曜日の午後二時からはじまった。会場は郊外の大きな教会で、聖堂は天に届くように高くそびえ、二千人近い人々を収容できた。ヒューゴーと妻ヴァーナはずいぶん前にこのゲイトウェイ・テイバーナクル教会の信徒になり、そこそこ活発なメンバーだった。列席者はほぼ全員がアフリカ系アメリカ人で、その家族や大半の友人たちも列席していた。午後二時が近づくと、列席者は沈痛な面持ちでそれぞれの席に落ち着き、来たるべき悲しみの大波にそなえて身がまえた。ちらほら空席もあるにはあったが、数は少なかった。

葬儀は、説教壇の上にかかげられた巨大なスクリーン上のスライドショーからはじまった。音響システムから悲哀に満ちた聖歌が流されるなか、ヒューゴーのさまざまな写真が映しだされていった。いずれも見る者に、ヒューゴーの早すぎる死をいやがうえにも意識させた。幼児のころのちっちゃくて愛らしいヒューゴー。小学校時代、生え変わりの時期で歯に隙間のあるヒューゴー。フットボール選手時代のありとあらゆる写真。結婚式のヒューゴー。子どもたちと遊ぶヒューゴー。写真は何十枚もあり、多くの人々が涙を誘われていた。葬儀がこの先もつづけば、さらに多くの涙が流されそうだった。胸の張り裂けるような三十分間がようやくおわってスクリーンが片づけられると同時に、美しい深紅のローブをまとった百人ばかりの歌い手が聖歌隊席を満たした。聖歌隊によるミニコンサートは、物悲しい葬送歌から足を踏みならす昔ながらのにぎやかなゴスペルの愛唱歌まで、でたらめに思えるほど曲のバリエーションが広かった。後者の歌のときには列席者も声をあわせた。

列席者のなかには、少ないながら白人もいた。マイクル・ガイスマーは妻をともなって、横に長いバルコニー席の最前列にすわっていた。周囲を見まわすと、ほかにも司法審査会のスタッフの顔が見えた。ただしガイスマーは、ここに来ている白人の大多数が――下方の騒がしさから距離を置くかのように――バルコニー席にいることに気づかされた。ガイスマーが子ども時代を過ごした一九六〇年代は、有色人種の差別を正当化する内容のジム・クロウ法がまだ残っていた。そんなガイスマーには、教会でいちばんいい席を黒人たちが占め、白人たちがバルコニーへと追いやられていることの光景が皮肉なものに思えていた。

こんなふうに一時間のウォーミングアップがおわると、牧師が場の主役になって十五分にわたる開式の言葉を述べた。演説者としての才も経験もゆたかな牧師は朗々と響くバリトンで、故人に愛されていた人々に心の慰めを提供し、それがまた人々の涙を誘った。最初の弔辞はヒューゴーの兄によるものだった。兄はヒューゴーとの子ども時代の愉快なエピソードを披露していったが、途中で泣き崩れてしまった。弔辞のふたりめはハイスクール時代のフットボールのコーチ。タフでこわもての年老いた白人男性だったが、わずか三センテンスを口にするかしないかのうちに声を詰まらせ、赤子のようにわんわん泣きはじめた。三人めはフロリダ州立大学時代のチームメイト。四人めはロースクールの教授。そのあとソプラノ歌手が、賛美歌〈輝く日を仰ぐとき〉をすばらしい声で歌いあげた。歌がおわったときには、歌手自身もふくめて目をうるませていない者はひとりもいなかった。

ヴァーナは最前列の中央にすわり、なんとか気を確かにもちつづけていた。まわりを親族にとりかこまれ、すぐ隣には年長のふたりの子どももすわっていた。赤ん坊のピピンとよちよち歩きの幼児は、ヴァーナの姉妹のひとりが面倒を見ていた。ほかの者が悲しみに声をあげて泣き崩れても、ヴァーナは三メートル先に安置された柩《ひつぎ》をじっと見つめ、声ひとつあげずに涙を拭《ぬぐ》っていただけだった。

ヴァーナは医者の友人のアドバイスにしたがい、伝統に反してはいたが、柩のふたを閉じていた。柩の隣に置かれたイーゼルに、夫ヒューゴーのハンサムな顔をとらえた大判の写真が飾ってあった。

葬儀が進行していくにしたがい、ガイスマーは腕時計にちらちら視線をむけずにいられなくなってきた。ガイスマーは敬虔《けいけん》な長老派教会の信徒であり、通っている教会では説教は厳密に二十分まで、結婚式は三十分までと定められていた。もし葬儀が四十五分を一秒でも越えてしまったら、だれかが大目玉を食らうのは確実だった。

しかし、きょうのゲイトウェイ・テイバーナクル教会ではだれも時計に頓着《とんちゃく》していなかった。これはヒューゴー・ハッチに捧《ささ》げる最後の歌とダンスだから、盛大な送別の式にするのだ。五人めに弔辞を述べたのは、かつてドラッグで刑に服していたが、いまはヒューゴーのおかげできれいに薬と手を切って働いているといういとこだった。

どれもこれも万感胸に迫るものだったが、二時間もつづくとガイスマーは帰りたくなっていた。同時にクッションのついた椅子にすわっていられることに安心を感じていた――ここにいれば、説教壇に立たされるのではないかという心配と無縁ですむ。最初ガイスマーはハッチ家の者から、葬儀の席でひとこと挨拶《あいさつ》をすることを考えてもらえないかと頼まれた。しかし、すぐにヴァーナが頼みを引っこめた。ガイスマーのほうも、当初ヴァーナが不満の言葉を洩らしていたのを知っていた。そもそも上司のガイスマーが部下を危険な仕事へ送りださなければ、ヒューゴーの死は――事故だろうとそれ以外のなにかだろうと――防げたのではないか。ヒューゴーの兄もこれまで二回電話をよこし、どうして夜遅くに弟とレイシーが居留地まで出かけていったのかを知りたがっていた。遺族は当初のショックを乗り越えて、疑問を口にしはじめていた。マイクル・ガイスマーはそこに火種を嗅《か》ぎとっていた。

六人めにして最後に弔辞を述べたのは、ヒューゴーとヴァーナの最年長の息子であるロデリックだった。ロデリックは父に捧げる三ページの文章を書いて、牧師が代読した。冷淡な長老派信徒のマイクル・ガイスマーですら、最後にはこみあげる熱い思いに飲みこまれた。

式のしめくくりに牧師が長々と祝福の祈りを捧げた。そのあと聖歌隊が体を揺らしてハミングするなか、親しい者たちがヒューゴーの柩を運んで中央通路を進んでいった。柩のすぐうしろを、ヴァーナが両手にそれぞれ子どもの手をとって歩いていく。強い意思に歯を食いしばり、顔を高くかかげ、左右の頰から涙をしたたらせて。ヴァーナのうしろを親族の集団が歩いていった。多少でも感情をおさえようとしている者はほとんどいなかった。

弔問客たちは教会をあとにして、散り散りに駐車場へむかっていった。その大半の者たちは三十分後に墓地で再集合し、またしてもあまりにも長すぎるうえに、あまりにも胸の張り裂ける思いをさせられる儀式に列席する予定だった。きょうの葬儀を通じて、ヒューゴーの死に責任を負うべき人物に強い非難の言葉が投げつけられることは一回もなかった。もちろん、責任者の名前を知る者はこの場にひとりもいない。

〝犯人は盗難車のトラックを走らせていた酔っぱらいで、その人物は徒歩で逃走した〟というのが、一般に受け入れられている筋書きだ。となれば責めを負わせる相手がいないので、牧師や弔辞を述べた面々は神や信仰の深さについて話ができた。

ヒューゴー・ハッチのなきがらが地中へおろされた時点で、その死が事故由来ではないかもしれないと疑っていたのは、マイクル・ガイスマーをはじめ数えるほどの人間しかいなかった。そこからほど遠からぬところ、墓地のいちばん奥のゆるやかな斜面のあたりでは、ふたりの男が車のなかに腰をすえて、葬儀の参列者を双眼鏡で監視していた。

# 17

　土曜日の正午までには、看護師たちや医師たちはガンサー・ストールツを厄介払いするための完璧《かんぺき》な策を練りあげていた。名案そのものだった——あっさりレイシーを転院させれば、ガンサーがここにいる理由はなくなるではないか。実はレイシーは金曜日のうちに、いつになればタラハシーへ帰れるくらい容態が安定するだろうかと医師のひとりに質問していた。タラハシーにも病院はたくさんあり、いい病院も多い。そしていまの自分は恢復途上にあり、手術を待っている身ではない。だったら、自宅がある街にもどってもいいのではないか？　この会話がおわってからほどなくして、ひとりの看護師が騒々しくレイシーの病室にやってきて、患者のレイシーのみならず兄のガンサーをも昼寝から叩き起こしたのをきっかけに、いよいよ事態が目まぐるしく動きはじめた。ガンサーはかなり激烈な表現で、看護師たちや看護助手たちにそれなりのプライバシーの尊重と〝人間としての礼儀正しさ〟を要求し、昼夜かまわず病室に踏みこんでくるのをやめろ、といった。最初の看護師を救うべく、ふたりめの看護師が病室にやってきたが、ガンサーの罵倒《ばとう》を二倍にする役にしか立たなかった。かくしてガンサーを病院から追いだす計略がスタートした。

ヒューゴーの遺体が埋葬されていたころ、レイシーはパナマシティの病院を出て救急車に乗せられ、タラハシーまでの二時間の道のりに出発した。ガンサーも病院から出発して——ただしその前に職員へ捨てぜりふを吐かずにいられないようだった——すぐメルセデスベンツのS六〇〇で妹の救急車を追った。車体が真っ黒いベンツは四年契約のリース車で、ひと月あたり三千百ドルの金食い虫だ。パナマシティの病院のスタッフが、前もってタラハシーの病院スタッフに警告の電話をかけていたのは明らかだった。レイシーを寝かせたストレッチャーが四階の個室へむかうべくエレベーターに乗せられると同時に、ふたりの大柄な警備員がレイシーに付き添い、ガンサーをにらみつけたのだ。ガンサーはにらみかえした。

「やめて」レイシーは強い口調で兄を制した。

新しい病室は前の個室よりも広く、ガンサーはここでも家具を再配置して居心地のいいワークスペースをつくることで楽しい時間を過ごしていた。医師たちや看護師たちが個室に顔を見せたあと、ガンサーは妹レイシーを見ながらこう宣言した。

「よし、これから散歩にいくぞ。ここの医者連中のほうが、前の病院よりもましだってことはもうわかったし、その医者たちが適度な運動が大事だと話してた。寝てばかりだと、床ずれを起こすかもしれない。そもそも足は無事だ。さあ、行くぞ」

ガンサーはレイシーを慎重にベッドから運びおろすと、病院が支給したコットン製の安物のスリッパを履かせ、「よし、おれの肘《ひじ》をつかめ」といった。それからふたりで、病室から外の広い廊下に出た。ガンサーは廊下のいちばん先に見える大きな窓をあごで示した。「あそこの窓まで歩いていったら引き返してこよう。いいな？」

「ええ。でも痛いの。体じゅうが痛くて痛くて」

「わかってる。焦《あせ》らなくていいし、気分がわるくなったらすぐにそういえ」

「わかった」

看護師たちがなんの気なしに投げてくる視線を無視し、たがいの体を支えにして少しずつ先へ進むうちに、レイシーの足がだんだん動きはじめた。ひどい痣《あざ》があって切り傷も負った左膝は、痛みであまり動かせなかった。レイシーは歯を食いしばり、兄の前でいいところを見せようと力をふりしぼった。支えてくれる兄の手は力強く、不安をなだめる効き目があった。兄はノーという答えを受けつけない男だ。ふたりは目標の窓に触れ、そこでUターンした。病室が一キロ半以上も先に思えた。病室が近づいてきたときには、左膝が悲鳴をあげていた。レイシーがベッドに横たわるのに手を貸しおわると、ガンサーはいった。

「よし。消灯時間まで一時間に一回、いまのルートを歩こうじゃないか」

「兄さんに歩けるんだったら、わたしにだって歩けるはず」

「よし、その意気だ」ガンサーはレイシーの体のまわりのシーツをととのえると、ベッドに腰かけてレイシーの腕をそっと叩いた。「顔だって一時間ごとに見栄《みば》えがどんどんよくなってるぞ」

「いまのわたしの顔はハンバーグ用の挽肉《ひきにく》そっくりよ」

「そうかもしれないが、肉はサーロイン、牧場の自然の餌《えさ》だけで育った特上ランクのオーガニック牛だ。いいか、レイシー。おれたちはとにかくしゃべりまくるんだ――おまえがもう話せないというまでね。きのうは、マイクル・ガイスマーと少し話したよ。話のわかる男だな。いろいろ教えてもらった。調査案件についてはすべてを教えてもらっちゃいないし、おれがすべてを知るべきじゃないのもわかるが、充分な知識はある。だから月曜日の夜、おまえとヒューゴーが情報提供者と会うために居留地へ行ったことも知ってる。ところが、これは仕組まれた罠《わな》だった――足を踏み入れてはならない危険な場所だったんだ。敵はおまえとヒューゴーを餌でおびき寄せ、自分たちの縄張りでまとめて殺そうとしたわけだ。あの正面衝突は事故なんかじゃなかった。盗難車のトラックを走らせていた男は、わざとおまえたちの車に正面から体当たりした。そして事故の直後、トラックを運転していた男なり別の何者かなりが、おまえたちの車のなかを調べ、ふたりの携帯電話とおまえのｉＰａｄをもち去った。そしてそんな真似《まね》をしたクソ野郎どもは夜の闇にまぎれて姿を消し、たぶん二度と見つかるまいよ。どうだ、話についてきてるか？」

「ええ、なんとか」

「さて、ここからはおれたちがなにをするかという話だ。とっかかりに、まずおまえとヒューゴーが車で居留地へむかったところから話してもらう——時刻、ルート、ラジオでなにがかかっていたか、車内でのふたりの話題など、とにかく一切合財だ。カジノの駐車場で指示を待っていたあいだのことも、おなじように話してもらう。時刻、会話の話題、ラジオ、電子メール、とにかくなにもかもだ。そのあと、駐車場から車を走らせて、情報提供者との待ちあわせ場所の道路に行きつくまでのことを話す。おれが質問をするよ——何百もの質問だ。で、おまえはそれに答える。三十分おまえを質問攻めにしたら休憩をはさむから、必要なら仮眠をとるといい。目が覚めたら、また廊下の端までふたりで歩く。な、楽しそうだろう？」

「まさか」

「すまないな、妹、おまえに選択の自由はないんだ。足の運動はさっきおわらせたから、今度はいよいよ頭の体操だぞ。いいな？　最初の質問――月曜の夜、おまえたちがタラハシーを車で出発した時刻は？」

レイシーは目を閉じ、腫《は》れている唇を舌で湿した。「夜になりかけた時間だったけど、まだあたりは暗くなってなかった。七時半とか、そのあたりだったと思う」

「そのあと遅い時間まで待っていたのには、なにか理由が？」

レイシーはちょっと考えこんでから、笑顔でうなずきはじめた。「ええ。相手の男が遅くまで仕事だといってたから。カジノの遅番だからと」

「完璧な答えだよ。で、おまえのそのときの服装は？」

レイシーは瞼《まぶた》をひらいた。「それって真面目《まじめ》な質問？」

「大真面目だよ、レイシー。真剣に考えて質問に答えてくれ。遊びじゃないぞ」

「ええと、ジーンズだったと思う。それに薄手のシャツ。暑かったし、ふたりともカジュアルな格好だった」

「どんなルートを走っていった？」

「いつもどおり、州間高速道路一〇号線。カジノへ行くルートはひとつしかない。州道二八八号線に通じる出口で州間高速をおりて十五、六キロ南に走ったら、左折して有料道路にはいるルートね」

「車内ではラジオをきいていた？」

「ラジオはかけっぱなしだけど、たいていは無音《ミュート》にしてる。ヒューゴーは寝てたんじゃなかったかな」レイシーはうめき声をあげて泣きだした。腫れている唇がわななき、涙が両の頬を伝い落ちていく。ガンサーはティッシュで妹の涙をぬぐっただけで無言だった。レイシーはたずねた。「ヒューゴーの葬儀はきょうだったんでしょう？」

「ああ、そうだ」

「せめて列席したかった」

「どうして？　おまえが列席したかどうかなんてヒューゴーにはわかりっこない。葬儀なんてものに出るのは時間の無駄だ。あんなものは生きている人間相手のショーにすぎないんだよ。死んだ当人は毛ほども気にかけてない。昨今のトレンドは〝葬儀〟をとりおこなうことじゃなく、〝祝典〟をとりおこなうことだそうだ。いったいなにを祝うというんだ？　死人本人はひとつもお祝い気分なんかじゃないぞ」

「話をもちだしたわたしが馬鹿《ばか》だった」

「よし、月曜の夜に話をもどそう」

レイシーがタラハシーにもどってきたという話はたちまち広まり、夕方近い時刻には見舞い客が次々に顔を見せるようになっていた。その大半が知人だったこともあって、個室はともすればお祝いムードになり、看護師から一度ならず注意されもした。いつも変わらず社交に長《た》けたガンサーが舞台中央に出ていき、会話のかなりの部分を引き受け、人々の注目をあつめたばかりか、看護師相手に戦いもしていた。レイシーはぐったり疲れ、兄を好きにさせておくことに甘んじていた。

最初のうちレイシーは他人と会うことに及び腰だった——正確にいえば、いまの自分を他人に見られることを恐れていたのだ。つるつるに剃った頭、縫合痕《ほうごうこん》、痣、腫れた目もとと頰という姿が、われながらB級ホラー映画のエキストラのように思えた。しかしガンサーはこんな言葉で、レイシーに新しい見方を提供した。「ゆったりかまえろ。みんなおまえを愛してるし、なによりおまえが正面衝突事故から生還してきたばかりなのは知ってる。あとひと月もすれば、おまえはまたホットな美女に逆もどり——でも見舞い客はみんな、いまと変わらず鈍《どん》くさいままだ。おれたちは美形の一族なんだぞ」

面会時間は午後九時におわり、看護師たちは喜んでレイシーの病室を片づけた。レイシー本人は疲れはてていた。なにせガンサー相手の午後の拷問《ごうもん》タイムは四時間つづき、友人たちが見舞いに訪れる直前にようやくおわったのだ。四時間におよぶ厳しい尋問と廊下を歩くロングウォーク……しかもガンサーは、あしたもおなじことをすると確約した。それから病室のドアを閉め、施錠できれば他人をシャットアウトできるのに、などといいながら明かりを消し、ソファに横たわって身を落ち着けた。レイシーは穏やかな作用の鎮静剤の助けもあって、ほどなく深い眠りに沈みこんでいった。

悲鳴。悲鳴ひとつあげたことも感情をあらわにしたこともない声があげる恐怖の叫び。シートベルトに不具合があるようだ。そう文句をいっている声。ちらりとそちらを見た。つづいてヒューゴーが広い肩をとっさにうしろへ引くのと同時にあがる悲鳴。ライト——ぎょっとするほど眩《まぶ》しく、ぎょっとするほど近く、避けるすべもないことに震えあがるばかり。衝突——ほんの一瞬だけ体が前へ突き飛ばされる感覚があり、たちまち体ががっちりととらえられて後方へ叩きつけられた。騒音——合計五トンにおよぶスチールと金属とガラスとアルミとゴムの車体同士がぶつかりあい、からみあうなか、レイシーの膝の上で爆弾が炸裂《さくれつ》する。顔からほんの三十センチのところでエアバッグが急膨張、時速三百二十キロのスピードで顔に襲いかかる強烈な衝撃。おかげで一命をとりとめるが、それなりに怪我《けが》も負わされる。回転——レイシーの車がまわりながら一瞬宙に浮かび、破片をまきちらしつつ百八十度向きを変える。そのあとは——無。レイシー自身、被害者が「数秒ばかり完全に気をうしなっていたにちがいない」と口にするのを何度きかされてきたことか。ただし気をうしなっていた時間の長さを覚えている者はいなかった。それでも動く気配を感じはした。フロントガラスにはまりこんでいたヒューゴーが足を動かしていた。車外へ出ようとしていたのか、シートにもどろうとしていたのか。ヒューゴーのうめき声。ついで左側に人影。わずかに身をかがめてレイシーをのぞきこんでいる。男の顔を見ただろうか？　いや、見ていない。見ていたとしても覚えていなかった。ついで男は助手席のヒューゴーに近づいた。いや、もうひとりいたのか？　車のまわりで動いていた人影はふたつだったか？　ヒューゴーがうめいていた。レイシーの頭は出血し、痛みにずきずき疼《うず》いていた。ガラスの破片を踏みしだく足音。別の車のヘッドライトがプリウスの残骸《ざんがい》を薙《な》いでいき、それっきり消えた。そして暗闇。漆黒の闇。

「向こうはふたりいたの、ガンサー。ふたりだった」

「オーケイ。おまえはいまもまだ夢を見てるし、寝汗もかいてる。かれこれ三十分も寝言でなにかいいながら、しきりに頭を左右にふっていたぞ。よし、しっかり目を覚ましてして話をきかせてくれ」

「向こうはふたりだった」

「それはさっきもきいた。さあ、目を覚ましておれを見ろ。もう心配ない。また悪夢を見ただけだ」いいながらガンサーは、テーブルの上の小さなスタンドのスイッチを入れた。

「いまは何時？」レイシーはたずねた。

「どうだっていいじゃないか。これから飛行機に乗るわけじゃないし。いっておけば夜中の二時半で、おまえはずいぶんうなされていたぞ」

「なにを話してた？」

「意味のわかることはなにも。ぶつぶつつぶやいたり、うめき声をあげたりしてたよ。水を飲むか？」

レイシーはストローで水をひと口飲み、ベッドの上体側をリクライニングさせるボタンを押した。「だんだん記憶がよみがえってる。前よりもよく見えてきた。思い出せることが増えてきてるの」

「よし、その調子。じゃ、おまえが見たというふたりの人影だ。そのことを話そう。

ひとりは明らかにぶつかってきたトラックの運転手だな。もうひとりは、逃走用の車を走らせていたと見ていい。なにが見えた？」

「わからない。ほとんど見えなかったし。でもふたりとも男だった。それは確か」

「オーケイ。ふたりの顔は見えてきたか？」

「だめ。なんにも見えない。衝突事故の直後だったんだもの。いまでも記憶はみんなぼやけてる」

「わかるよ。携帯電話はどこに置いてあった？」

「いつもはコンソールボックスの上。あの事故のときどこに置いていたかははっきりしないけど、でもおそらくコンソールの上ね」

「じゃヒューゴーの携帯電話は？」

「いつもは右のお尻《しり》のポケットだった――ジャケットを着ていないときには」

「で、あの夜ヒューゴーはジャケットを着ていなかった？」

「ええ。前に話したとおり、暑い夜で、ふたりともカジュアルな服だったから」

「つまり、その何者かは車内に手を突っこんでふたりの携帯電話を盗んだわけだ。その現場を思い出せるかい？　その何者かがおまえやヒューゴーの体に手を触れたところを？」

レイシーは目を閉じて頭を左右にふった。「ぜんぜん。そのあたりのことはなにも思い出せない」

ドアがゆっくりひらいて、ひとりの看護師が病室にはいってきた。「大丈夫ですか。モニター上で脈搏《みゃくはく》が急上昇したので」

ガンサーが答えた。「妹は悪夢を見てたんだ。なにも心配いらないよ」

看護師はガンサーを無視して、レイシーの腕に手をかけた。「気分はどうですか?」

「なんともありません」レイシーは目を閉じたままでそう答えた。

「あなたは眠る必要があるんですよ。いいですね?」

この言葉にガンサーがこう応じた。「そうはいうが、あんたたちがしじゅう病室に出入りしてちゃ、おちおち寝ていられないね」

「こちらでご不満なら道の反対側にモーテルがありますので、どうぞご自由に」看護師は冷ややかに返した。

ガンサーはこれを受け流し、看護師は病室を出ていった。

# 18

日曜日の午後五時に警察署までやってきたとき、ライマン・グリット治安官はなにやら不愉快な事態が進行中なのではないかという疑念をいだいていた。タッパコーラ族の族長がこんな時間に会合を求めてきた前例はないし、目的についても言葉を濁していた。グリットがトラックをとめたときには、族長のイライアス・カッペルはもう警察署の外で息子のビリー・カッペルともども待っていた。ビリーは部族評議会メンバー十人のひとりで、居留地の町政における最有力者になっていた。三人が挨拶をかわしあっているあいだに、評議会議長のアダム・ホーンがオートバイでやってきた。四人ともあまり笑みを見せず、警察の建物にはいっていくあいだにもグリットの疑念はますます深まっていた。例の事故以来、族長は毎日電話をかけてくるし、グリットの仕事に満足していないことは明らかだった。族長に任命された関係で、グリット治安官は族長の意のままに働いていたが、ふたりが親しい関係になることはなかった。

それどころかグリットは族長もその息子も、そしてタッパコーラ族の多くの面々から軽蔑《けいべつ》されているホーン議長のことも信用していなかった。

族長になって六年のイライアス・カッペルは、部族をしっかりと束ねていた。息子のビリーが右腕なら、ホーン議長は左腕だといえた。三人は効果的にそれぞれの政敵を追い落とし、いまでは地位もゆるぎないものに見えていた。彼らは不和を解決し、確固たる統率力で部族を支配していた。部族民たちも、カジノが大入満員の盛況をつづけて配当金の小切手が流れてくるかぎり、本気で不平を口にすることはなかった。

一同はグリット治安官の執務室にあつまった。グリットは自分のデスクのうしろにすわった。腰をおろして三人とむかいあったとたん、いきなり電気椅子にすわったような気分になった。口数も社交スキルも少ない男である族長がまず口火を切った。

「われわれが話しあいたいのは、月曜の夜の出来事にまつわる捜査のことだ」

ホーンがいい添えた。「まだ答えが出ていない疑問点があるようだね」

グリットはうなずきながら、「たしかに」と答えた。「で、みなさんはなにを知りたいのかね？」

「すべてを」カッペル族長がいった。

グリットはファイルをひらき、数枚の書類をめくってから一通の報告書を抜きだしを集め、事故の報告書、負傷者、救助活動、関連車輛《しゃりょう》のこと、ハッチの死亡について述べていった。ファイルはすでに報告書や写真などで五センチの厚さになっていた。ただし、アラバマ州のフォーリー警察から送られてきたトラック盗難の瞬間をとらえた動画はファイルに収録されず、言及もなかった。グリットは族長とのトラブルが起こりそうな臭気を嗅ぎつけて、二通りのファイルを作成していた。ひとつはいまデスクにある公式ファイル。もうひとつはオフィス外に保管してある秘密のファイル。フロッグ・フリーマンの雑貨店の防犯ビデオの映像はブランズウィック郡の警察署長からグリットに手わたされており、ごくわずかとはいえ族長が存在に勘づく可能性もないではない。そこでグリットは抜け目なくこのビデオの件は公式ファイルに含めたが、コピーを自宅に保管してもいた。

「だいたいあのふたりは、われわれの土地でなにをしていたんだ？」族長はたずねた。

その口調からは、族長がその点を最重要問題としてとらえていることが察せられた。

「それについてはまだわからない。あしたにでも司法審査会のマイクル・ガイスマー委員長に会いにいくつもりなので、もっと情報を得られるはずだ。ガイスマーはふたりの上司でね。わたしもおなじ質問をしてみたが、これまでのところ曖昧《あいまい》な答えしか得られていないよ」

「そのふたりは判事のことを調べていたんだね？」ホーンがたずねた。

「そのとおり。ふたりは法執行機関の職員ではなく、ただの調査官だ——法律の学位をもった調査官だね」

「だったら、そんな連中がここでいったいなにをしていた？」族長は強い口調でたずねた。「そもそも連中には部族の領地内での捜査権はないぞ。それなのに、おそらく職務の一環でここに来ていた——月曜日の真夜中に」

「だからいまも調べているんだよ、族長。調べを進めてる。いいね？　疑問はどっさりあるし、われわれはいまも手がかりを手繰っているところなんだ」

「車を運転していた女から話をきいたのか？」

「まだだ。話をきこうとはしたが、主治医たちから断られた。医者たちは女をタラハシーの病院に移したので、わたしも一両日中にはそっちの病院へ行って、女がどんなことを話すのかを確かめてくるつもりだ」

族長の息子のビリーが口をはさんだ。「いまごろはもう女から事情聴取をしていて当然だったはずなのにな」

グリットは思わずかっとなったが、冷静さをたもった。「さっきも話したがね、医者たちから面会許可がおりなかったんだよ」

いまや一分ごとに緊張がぐんぐん高まっており、余人はいざ知らずグリット治安官には、この会合がなごやかな散会を迎えないことがしだいに明らかになってきていた。

「外部の者と話をしたのか？」ホーンがたずねた。

「もちろん。それも捜査の一環だからね」

「だれと？」

「ああ、だれだったかな。まずミスター・ガイスマーとは数回にわたって話をした。それで例のふたりが居留地内でなにをしていたかを二回たずねたが、二回とも曖昧にごまかされた。ミズ・ストールッの主治医たちとも話したが、なにもわからなかった。二台の車それぞれの保険会社の査定人がやってきて事故車を調べていて、そのふたりとも話をした。まあ、そんなところだ。ただ、話をした相手の全員を覚えているかといわれると自信はないね。ほら、わたしの仕事のひとつは外部の者とやりとりすることだから」

「盗難車のトラックについて、その後なにかわかったことは？」族長がたずねた。

「新情報はない」グリットは答え、探偵が撮影してフォーリー警察が送ってよこした動画のことはおくびにも出さず、基本的な情報だけをくりかえした。

「では、だれがトラックを運転していたかは皆目わからない？」族長はたずねた。

「ああ……きょうの午前中まではね」

三人がいっせいに身をこわばらせたように見えた。族長がいった。「話をつづけたまえ」

「金曜日の夜遅く、ブランズウィック郡警察のピケット署長がふらりと立ち寄ってコーヒーを飲んでいったんだ。スターリングの北にあるフロッグ・フリーマンの雑貨店はみんな知ってるな？　たまたまフロッグが月曜日の夜遅くまで店をあけてたんだ——いや、営業中でもなく、完全に店を閉めてもいなかっただけか。で、そこへひとりの客が氷を買いたいといってやってきた。前にも強盗にやられていたんで、フロッグは店に防犯カメラをつけてた。映像を見てみるかい？」

三人はむっつり顔でうなずいた。グリットはデスクトップパソコンのキーを叩《たた》き、モニターをまわして一同の側へむけた。ビデオ映像の再生がはじまった。トラックが店の前にとめられた。運転手がおりてきた。助手席の男は血の染《し》みた布らしきものを鼻に押しあてていた。運転手が店内に姿を消し、すぐに外へもどってきた。そしてトラックは走り去った。

「で、これがなんの証拠になる？」族長がたずねた。

「なんの証拠にもならないが、怪しいことは怪しいじゃないか——撮影された時間と場所、その時刻に走っていた車はゼロ同然だったという事実を考えあわせるとね」ホーンがいった。「つまりあんたの誇張した話に調子をあわせて、鼻を怪我したらしい男が、盗難車のトラックを走らせて衝突事故を起こした犯人だと信じろというのか？」

グリットは肩をすくめた。「わたしはなにも誇張しちゃいない。防犯ビデオの映像はわたしがでっちあげたわけじゃない。ただ、きみたちに見せているだけだ」

「ナンバープレートを調べたのか？」族長がたずねた。

「ああ、調べた。フロリダ州のものに似せた偽造プレートだった。記録に存在しないナンバーだったよ。だいたい、わざわざ偽造プレートをつけるような手間をかけるんだから、なにかよからぬことを企《たくら》んでいたに決まってるんじゃないか？　わたしにいわせれば、この偽造プレートひとつがふたりの男を悪人だと指さしているも同然だね。助手席にいた男はエアバッグに顔をぶん殴られて、それで出血した。ただふたりはあまり頭がよくなかったから、あとから走っていた車に傷を冷やす氷も用意していなかった――あとから走っていたのは偽造プレートをつけたこのトラックで、運転していたのはもちろんビデオに映っていた男だ。で、ふたりは現場から逃走する途中、たまたま夜遅くまでフロッグの店があいているのを目にとめた。ふたりは逃げることで頭がいっぱい、まともにおつむが働いていなかったんだろうし、そもそも頭の回転もあんまりよくなかったので、防犯カメラがあるとは思いもしなかった。大きなミスだ。映像に姿がはっきりとらえられているのだから、われわれがふたりを見つけるのは時間の問題だな」

族長がいった。「いや、ライマン、そうはならないよ——少なくともすぐにはそうならないし、男たちを見つけるのもきみじゃない。いまこの時点で、わたしがきみを解雇するからだ」

グリット治安官はこのはらわたへの一撃を、自分にさえ思いもよらない剛胆さで受けとめていた。グリットは、むかいあってすわる三人——いずれも突きでた太鼓腹の上で腕組みをしていた——をじっと見つめてから、ようやくこう質問した。「なにを根拠に？」

族長は嘘《うそ》くさい笑みを顔にのぞかせた。「理由を明かす必要はない。任意解雇だよ。われわれの条例にもきっちりと書いてある。族長のわたしには、各部門の長を雇用し、また解雇する権限があるんだ。きみも知っているだろう？」

「ああ、よく知っているとも」グリットは三人の顔を見つめながら、これでおわりだと悟り、それなら多少は楽しんでやろうと決めた。「そうか、ここの大物たちは捜査がつぶれることを望んでいるわけか。そうだな？　このビデオが公の場で再生されることはない。今回の衝突事故をめぐる謎《なぞ》のあれこれも解決されることはない。ひとりの男が殺され、殺人犯たちはまんまと逃げのびる。そうなればいいんだろう、族長？」

「わたしはきみに即刻ここから出ていけと求めるだけだ」族長は険悪にいった。

「あいにくここはわたしのオフィスだし、ここには私物もある」

「ここはもうきみのオフィスじゃない。箱を見つけて私物を詰めたら、とっとと出ていけ。われわれはここで待っている」

「まさか本気じゃないな」

「いや、本気そのものだ。作業は急ぐようにな——なにせ日曜の午後なんだから」

「この会合を呼びかけたのはわたしじゃないぞ」

「黙れ、ライマン。とっとと荷づくりにかかれ。それから仕事関係の鍵《かぎ》と銃器類を差しだすんだ。捜査ファイルには手を触れるな。私物を箱に詰めたら、すぐに出ていけ。それからな、ライマン。こんなことはいわずもがなだが、その口をきっぱり閉ざしていたほうがおまえのためになるぞ」

「なにをいまさら。われわれがいつもやっていることじゃないか。土に顔を突っこんで目も耳もふさぎ、ついでに口も閉ざして大物連中をかばってるんだから」

「話のわかる男だな。じゃ、まず口を閉ざすところをいますぐ実行してもらおう」族長がいい、ライマン・グリットはデスクの抽斗《ひきだし》をあけた。


マイクル・ガイスマーは多少のためらいを感じながら、レイシーの病室のドアをノックした。ドアをあけたとたん、最悪の予想が的中した。兄のガンサーがまだ病室にいたのだ！　ガンサーはレイシーのベッドに腰かけていた。ふたりはバックギャモンのボードをはさんでいた。ガンサーはいかにも不承不承の顔でボードを折り畳み、自分の〝オフィス〟のソファに置いた。ガイスマーは数分ばかりレイシーとおしゃべりをしてから、鄭重《ていちょう》な口ぶりでこう申しでた。「少しだけでいいから、ふたりきりにしてもらえませんか？」

「なんのために？」ガンサーはたずねた。

「他聞をはばかる話があるもので」

「それがレイシーの仕事に関係する話なら、あしたまで待ってもらいたいね。いまは日曜の夕方だし、そもそも妹はまだ仕事に関係することを話せる状態じゃない。もし衝突事故とその捜査だのなんだのの話なら、おれは出ていかない。レイシーには話をきく〝第二の耳〟が必要だし、兄の助言も必要だからね」

レイシーは口出しをしなかった。ガイスマーは降参のしるしに両手をもちあげた。

「わかりました。審査会関連の話はいっさいしませんとも」

それからガイスマーはベッド横の椅子に腰をおろし、レイシーの横顔を見つめた。腫れはもうほとんどひいていて、痣は色をさらに変えつつあった。

ガンサーがたずねた。「夕食はもうすませたかい？　カフェテリアに冷凍サンドイッチがあるぞ——少なくとも二年前につくられた品で、屋根板そっくりな味がする。とても薦められるものじゃないが、それでも三回食べたおれがまだ死んでない」

「いえ、遠慮します」

「じゃ、コーヒーはどうだ？　まずいコーヒーだが飲めなくはないぞ」

ガイスマーは、「ありがたい。お言葉に甘えます」と答えた。この男を病室から追い払えるならどんな口実でもいい。ガンサーは靴を履いて病室から出ていった。ガイスマーは時間を無駄にせずレイシーに話しかけた。「きょうの午後、ヴァーナのところへ寄ってきた。きみにも予想できると思うが、家のなかは沈みきった雰囲気だったよ」

「これまで二回メールを送ったけど、返事はなかった。ヴァーナの携帯にも二回かけて、だれかはわからないけど、電話に出た人と話をしただけ。とにかく、あの人に会わなくては……」

「わたしが話したかったのもその件だ。お兄さんが病室にもどったら、その瞬間にわたしは口を閉じる。できれば、ここだけの話にしておきたい。ヴァーナはいまもまだ悪夢を見ながら歩いているような状態だ——まあ、あんな目にあえばだれでもそうなるだろうね。ショックも克服できてない。しかし、しだいに目を覚ましつつある。わたしはといえば、きこえてくる話が好ましいものかどうかがわからなくてね。あの家にはヒューゴーの友達があつまっている——なかにはロースクール時代の友人もふたりほどいて、みんながヴァーナにいろいろな助言をしているんだよ。連中はスケールの大きな訴訟の夢を見ていて、タッパコーラ族をどでかいターゲットに定めてる。あの部族には金鉱があるだろう？　あいつらはその金鉱に手を突っこむ手だてを夢見ているわけだ。率直にいうと……まあ、わたしは不法行為による損害賠償を専門にしている弁護士じゃないが、あの部族に責任があるとまではいえそうもないな。事故は居留地内で発生したが、それだけで先住民たちに責任があるとはいえまい。事故には部族の法律が適用されるが、その法律はわれわれの一般的な損害賠償関係の法律とはちがう。ヒューゴーは州政府の職員だったから、ヴァーナは死ぬまでヒューゴーの給料の半額を受けとれる。といっても、きみも知ってのとおり、たいした金額じゃない。ヒューゴーは個人で十万ドルの生命保険に加入していて、保険金はとどこおりなく受けとれるはずだ。それから盗難車のトラックの自動車保険だな。あの家にいる連中のスポークスマンらしき男によると――これがまた本物の大口叩きでね――あのトラックはサザン相互保険に加入していて、賠償限度額が二十五万ドルだそうだ。しかも盗難されて起こした事故でも保障されるらしい。いざ支払わせるには裁判に訴える必要があるかもしれないが、その男はチャンスに賭《か》けたがってる。わたし個人は迷うところだよ。いまでは事情が複雑にからんでしまってる。シートベルトとエアバッグの故障の件でトヨタを訴える話もずいぶん盛りあがっていた。そんなことになれば、きみやきみが加入している保険会社も関与せざるをえない。で、話の雲ゆきが好ましいといえないのも、このあたりのことだ」

「まさか本気でそんなことを？　ヴァーナがわたしを責めているとか？」

「いまこの瞬間、ヴァーナはあらゆる人を責めてるよ。心が打ち砕かれ、怯《おび》えきっていて、物事を筋道立てて考えられない状態だ。それに、ちゃんとしたアドバイスを受けているとはいいがたいと思う。わたしの印象だが、あの連中はテーブルを――それもヴァーナのテーブルを――かこんですわり、ヒューゴーの死に少しでも関係している人間を片はしから訴えてまわる策でも練ってるんじゃないかな。きみの名前があれこれ取りざたされてはいたが、ヴァーナから異議の声はあがっていなかったぞ」

「あなたがいる場でそんな話を？」

「ああ、気にするような連中じゃない。とにかくあの家は人でいっぱいだ。いまでも料理の差し入れがある。おばやおじ、いとこなど、とにかく意見をいいたい者はだれでも、カップケーキを手にして椅子を引き寄せてる。いたたまれない気分で逃げてきたよ」

「マイクル、そんなの信じられない。だってヴァーナとわたしはもう何年も前から親しくしてたんですよ」

「こういったことには時間がかかるんだよ、レイシー。きみも傷を癒《いや》す時間が必要だし、ヴァーナにも傷が癒える時間が必要だ。ヴァーナは根が善人だから、いずれショックを乗り越えれば正気をとりもどすだろう。それでもいまは、とにかく冷めるのを待つんだね」

「ほんとに信じられない」レイシーはふたたびつぶやいた。

ガンサーが湯気のたつコーヒーのコップを三つ載せたトレイを手に、勢いよくドアをあけた。「まったく、匂《にお》いからして不味《まず》そうなコーヒーだよ」いいながらコーヒーをふたりに手わたし、自分はちょっと失礼といってバスルームへ足を踏み入れた。

ガイスマーはレイシーに顔を近づけて、こう耳打ちした。「お兄さんはいつあっちへ帰る?」

「あしたには。約束する」

「一分一秒でも早いほうがいいね」

# 19

月曜日の正午近く、レイシーの母のアン・ストールツが娘と一、二日を過ごすためにタラハシーへやってきた。運がよかったのは、息子のガンサーが病室にいなかったことだ——といっても、ガンサーが病室内のオフィスをたたんで引きあげたわけではないことはひと目でわかった。レイシーは、ガンサーは雑用のあれこれを片づけるため出かけていると説明した。いいニュースもあった——そのガンサーが昼ごろには病院を出ていくというニュースだ。理由はいうまでもない——ガンサー不在のあいだにアトランタが崩壊しつつあり、あの都会を救うことが急務になったからだ。それ以上にいいニュースは、主治医がレイシーを翌日退院させる意向を明らかにしたことだった。レイシーが話をして、自宅でも髪の毛の伸びるペースは変わらないことを医師に納得させたのだ。

アンが自宅のあるクリアウォーターの人々の噂《うわさ》をぺちゃくちゃしゃべるあいだ、看護師が縫合の糸を抜いていった。理学療法士が三十分ほど病室に滞在してレイシーにストレッチをほどこし、自宅で毎日おこなうリハビリの図解マニュアルを置いていった。病室にもどってきたガンサーは、袋いっぱい買ってきたデリカテッセンのサンドイッチと、自宅があるアトランタに帰る必要が生じたという緊急ニュースをたずさえていた。母親アンと病室で一時間も過ごしたせいで、ガンサーは一刻も早く病院をあとにしたくなっていた。兄と四日を過ごしたレイシーにも、ひと息入れる時間が必要だった。

別れの言葉を口にしながら、ガンサーは涙を拭《ぬぐ》っていた。つづいてレイシーに、どんなことでも電話をよこすんだぞ、と懇願する――特に保険会社の査定人とか、救急車を追いかけて仕事をとろうとする弁護士といった人間の屑《くず》が、蛇みたいに這《は》い寄ってきた場合にはな。おれはその手の人種のあつかいなら心得てるんだ。病室を出ていきしな、ガンサーは母アンの頬にお義理でキスをしていた。ガンサーがいなくなると、レイシーは目を閉じ、長いこと静けさを堪能《たんのう》した。

翌日の火曜日、看護助手が車椅子を押してレイシーを病院の外まで送り、さらに母アンの車に乗るのを手伝ってくれた。ひとりでも問題なく歩けたが、病院には病院のルールがある。十五分後、アンの車はレイシーが住む建物の駐車場にとまった。レイシーは建物を見あげていった。「たった八日しか離れてなかったのに、なんだか一カ月ぶりみたい」

アンがいった。「あとで松葉杖《まつばづえ》を買ってきてあげる」

「いらない。松葉杖をつかう気はないの」

「でも、病院の理学療法士が話してた――」

「お願い。療法士はここにいないし、自分になにができるかはわかってるから」

レイシーは足を引きずることなくアパートメントにはいっていった。隣人のイギリス人のサイモンが待っていた。レイシーが飼っているフレンチブルドッグのフランキーの世話をしてくれたのだ。レイシーは愛犬の姿を目にすると床にゆっくり膝《ひざ》をついて、フランキーを抱きかかえた。

「わたしはどんなふうに見える？」レイシーはサイモンにたずねた。

「うん、元気そうに見える――なにがあったかを思えばね。だってほら、もっとひどいことになってもおかしくなかったんだから」

「一週間前のわたしを見せておきたかったな」

「こうやって顔を見られてうれしいよ、レイシー。みんな、ほんとに心配してたんだ」

「よかったらお茶にしない？」

退院できたことで気分も昂揚《こうよう》したレイシーはひたすらしゃべり、サイモンとアンは話をきいては笑い声をあげていた。会話ではヒューゴーと事故の話題が避けられていた。どうせいずれは、そのたぐいの話がいやというほど出る。話しぶりも本調子をとりもどしたレイシーは、兄ガンサーのエピソードを披露した――ガンサーがアトランタへ帰ったいま、どのエピソードも例外なく笑えるものに思えた。

アンはくりかえしこう念押しした。「あの子を育てたのは父親よ――わたしじゃなく」

そのあと午後の時間をレイシーは友人たちに電話をかけたり、うとうとと仮眠しては目を覚ましたり、指示されたとおりにストレッチとリハビリ体操をこなしたり、鎮痛剤を断ってみたり、ナッツやフルーツバーで小腹を満たしたり、調査中の案件ファイルをながめたりして過ごした。

午後四時、マイクル・ガイスマー委員長がミーティングのために来訪し、アンは最寄りのショッピングモールに出かけた。ガイスマーは腰痛がひどいので、椅子にすわらずに立っているほかはないといった。それから幅のあるレイシーの部屋の窓の前を行きつもどりつ歩き、歩きながらしゃべった。おのれの思考に心乱される男そのままに。

「有給休暇をとるつもりがないというのは本気かな？」ガイスマーはたずねた。「三十日分の給与は払えるんだぞ」

「その三十日間をここでなにをして過ごせというんです？　髪が生えてくるそばから引き抜いて時間をつぶせと？」

「体を休めることが必要だぞ。医者もそういっていたじゃないか」

「そんな話は忘れて」レイシーはぶっきらぼうにいった。「いまのわたしに必要なのは休憩じゃありません。来週には仕事にもどるつもりです——傷痕《きずあと》があってもなくても関係なく」

「きみならそういうと思ったよ。ヴァーナとは話を？」

「いいえ。あなたが話はやめておけといったんです——忘れました？」

「そうだった。日曜日から情勢は変わってないよ。わかると思うが、いまは金欠になっていて——それも意外じゃない——ヒューゴーの生命保険金を早く手にしたがってる」

「あなたならヒューゴーの給料の額も知ってるでしょう？　あの一家は週ごとの小切

手を頼りに暮らしてた。わたしたちで力になれることはありますか？」

「どうだろうな。そもそもうちの審査会には、給料をもらいすぎてる者などいない。おまけにあの家族は大人数だ。次の小切手が来るまではヴァーナもなんとか生き延びるだろうが、長期的に見れば……子どもが四人いて、給料は半減となると、暮らしぶりも苦しくなるだろうね」

「裁判が上首尾にいかないかぎりは——ですね」

「それは大きな不確定要素だな」ガイスマーは足をとめて、水をひと口飲んだ。レイシーはソファに体をあずけていた——自由の身になってからの最初の数時間ですっかり疲弊していた。ガイスマーがつづけた。「レイシー、われわれには二週間しか残されていないんだ。マクドーヴァー判事に告発状を送達するにせよ、調査をおわらせるにせよ、二週間しかない。きみは今後もこの案件を担当する意向か？　それともジャスティン・バロウに担当させようか？」

「これはわたしの担当案件ですよ、マイクル。わたしひとりの案件。いまはなおさらそう思えています」

「その答えが意外じゃないのはなぜだろう。率直にいえば、ジャスティンでは手にあまりそうな案件だし、そもそもあいつは引き受けたがってない。ま、そう思うのも無理ないことだが」

「この調査はわたしが進めます」

「けっこう。だが、なにか計画はあるのかな？　現状で手もとにあるものといえば、われらが友人のグレッグ・マイヤーズが署名した告発状だが、マイヤーズはいま雲隠れ中だし、隠れつづけていたほうが本人の身のためだろうね。それから、〈ラビット・ラン〉の四戸のマンションの形で賄賂《わいろ》が贈られたとする主張だ――司法の場での有利な裁定を期待して、不動産開発業者がマクドーヴァーに贈ったとされているな。告発状に記載の事実はわずかで、おまけに証拠がひとつもない。そこにはまた公式の不動産所有者として外国企業が挙げられているが、われわれにはマクドーヴァーが裏で関与していると立証する手だてがない。もちろん罰則付文書提出令状《サピーナ》を手にして乗りこみ、ファイル類や記録を押収することもできなくはないが、成果はあまり期待できないのではないかと本気で思ってる。マイヤーズが話していたように、彼らの犯行手口がそこまで洗練されているのなら、マクドーヴァーが自身の薄汚い犯罪の記録類を他人が見つけそうなところへ放置しているとは、とうてい考えられないからね。だから文書提出令状は、もっと先の隠し玉にしておくのがいいと思う。どうせマクドーヴァーは弁護士をずらりとそろえるだろうし、わたしが考えたくないほどの才能ある法律家を繰りだしてくるだろう。だから、こちらの動きひとつひとつに、向こうがいちいち激しく異をとなえてくる打撃戦になるんじゃないか。おまけに、最終的には向こうにとってまたとない好機になりかねない。マクドーヴァー側がマンションは投資目的で購入したと立証することも考えられる。それもフロリダでは前例のない話じゃない」

「なんだか、あんまり熱意の感じられない話しぶりですね、マイクル」

「手がける案件に熱意なんか感じたことはないね。ただし、われわれには選択の余地がない。現時点では、わたしもきみもマイヤーズを信じている。われわれは告発状の内容が事実だと信じ、それ以外のマイヤーズの話——大規模な腐敗の仕組みの話や不正資金洗浄《マネーロンダリング》や汚職の話も事実だと信じているし、殺人についてはいわずもがなだ」

「あなたの口から殺人という語が出たことだし、その話をしましょうか。この件にはギャングがかかわってます。ひとりめは情報提供者をよそおって、わたしとヒューゴーを居留地の奥深くまでおびきよせ、話の途中でいきなり姿を消した男。ふたりめはトラックの運転手。そして三人めは現場でふたりめと合流し、わたしたちの携帯電話を盗んでから、逃走用の車に運転手を乗せて逃がした男。追加するとしたら、トラックを盗んだ男もです。また、わたしの車のシートベルトとエアバッグに小細工をした人物がいます。実行役がこれだけの人数となったら、指揮をとる頭脳役がひとりかふたりはいたはずです。つまりギャング一味ですね。首謀者がデュボーズなら——ほかの容疑者の名前をあげろといわれても途方にくれてしまいますが——いかにもあの男とその一味がやりそうな実力行使に思えます。ヒューゴーは事故死ではなく殺されたんです。わたしたちではこの事件を解決できないし、タッパコーラ族の警察に解決できるとはとうてい思えません」

「つまりＦＢＩの出番だといいたいのかな？」

「いずれはそこへ行くことくらい、あなたもわたしもわかってるはずです。問題はそれがいつかということだけ。現時点でＦＢＩをパーティーに招けば、グレッグ・マイヤーズがわたしたちから離れる危険をおかすことになる——〈もぐら《モール》〉の存在を考えれば、マイヤーズがいまでもこの案件の最重要人物であることに変わりはありません。マイヤーズが機嫌をそこねて姿を完全に消したら、わたしたちは余人をもって替えがたい情報源をうしなってしまいます——いずれこの案件の突破口をひらくかもしれない貴重な情報源を。だからいまは待つんです。わたしたちが告発状を送達すれば、あなたがいうとおりマクドーヴァーは弁護士をそろえて対抗してきます。でもその時点でマクドーヴァーは、こちらがなにを知っているかを知りません。マクドーヴァーもデュボーズも、わたしたちがかわいそうなヒューゴーは酔っぱらい運転の運転手に殺され、わたしはとばっちりで大怪我をしたと信じている、と思いこんでいるはずです。こちらはマクドーヴァーがプライベートジェットや豪華な旅行――そう、ニューヨークやシンガポールやバルバドスへの旅行――だのなんだのを愛してると把握していますが、向こうはこっちに知られているとは思ってもいないでしょうね。わたしたちはフィリス・ターバンの存在を知っている――でも向こうは、その気配さえ察してません。わたしたちの手もとにあるのは、向こうがこれまで名前をきいたこともなければ見つけることもできない人物が署名をした、根拠薄弱な薄っぺらい告発状だけだということも」

「だったら、われわれはなぜなんでこんなことに手をかけてる？」ガイスマーがたずねた。レイシーは本当に恢復《かいふく》している、と思いながら。精神が〝かちかち〟と音をたてて動いている。脳震盪《のうしんとう》を乗り越え、腫《は》れも乗り越え、後遺症がないのは見た目にも明らかだ。いつものようにレイシーは今回もだれよりもすばやく事実をあつめて、より大きな構図のとっかかりをさがして目を光らせている。

「理由はふたつあって、どちらもおなじくらい重要です」レイシーはいった。「ひとつめは、マイヤーズの機嫌をとっておき、これからも調べをつづけさせるため。この案件調査で突破口がひらくとすれば、結局は多くの知識があって判事本人に近い筋だと思われる〈モール〉がもたらす情報がもとになるでしょう。第二は、わたしたちには告発状へのマクドーヴァーの反応を観察する必要があるということです。マイヤーズの話はおそらく事実どおりでしょう。そしてマクドーヴァーはなにが自分に迫っているかを知らない。過去十一年のあいだマクドーヴァーとデュボーズは、この郡をブルドーザーで好き勝手に走りまわっていた。カジノの売上から現金をかすめとり、いぶかしげに眉《まゆ》を吊《つ》りあげる者がいれば賄賂で籠絡《ろうらく》したり暴力で脅したりしたほか、それ以上に汚い手もつかってきた。これまであまりにも簡単に金を手にしてきたことで、あいつらの神経は麻痺《まひ》しているかもしれません。考えてみてください。もう十一年も現金がカジノから流れでていたのに、当局の人間が一度も調べていないんですよ。わたしたちが告発状を手にして姿をあらわせば、あいつらの世界はそれだけでひっくり返るはずですね」

ガイスマーは往復歩きの足をとめると、ふぞろいな四本の脚を生やした見るからに珍妙な物体を見つめ、「これは椅子かい？」とたずねた。

「フィリップ・スタルクのイミテーションです」

「そいつはこの近所に住んでいるのか？」

「いいえ、いません。ちゃんとすわれます。試してみたらどうです？」

ガイスマーはおずおずと椅子に腰をおろし、体の下で椅子が壊れないことに驚いた顔を見せた。窓の外に目をむけると、遠くに州議事堂が見えた。「いい景色だな」

「とにかく、さっきの話がわたしの計画です」レイシーはいった。「なにかほかの腹案でもあります？」

「いや、いまのところはないね」

# 20

水曜日にはレイシーは退屈しはじめ、仕事への復帰を本格的に検討しはじめた。怪《け》我《が》をした顔はだいぶ恢復していたが、それでも同僚たちに見られることをためらう気持ちもあった。買い物や雑用をはじめ、レイシーが望むことは母のアンがひとつとおりやってくれていたが、母親も飽きはじめていた。母親は車でレイシーを食料品店に連れていき、医者の予約時間にあわせて送迎をしていた。保険査定人のオフィスへ行って全損したプリウスの保険金の小切手を受けとるときにも、母の運転で連れていってもらった。母はお粗末きわまるドライバーで、車の流れにも頓着《とんちゃく》せずにぐいぐいと突っこんでいくタイプだった。レイシーのほうは動く車輛への恐怖で口もきけなくなっていたし、母親の無謀な運転はその解決にまったく役立たなかった。

レイシーは睡眠薬を飲まずに、ぐっすり熟睡していた。理学療法は順調に進んでいたし、食欲ももどってきていた。そんな事情だったので水曜日の夕食のテーブルでアンが、そろそろ自宅に帰ることにすると宣言したときにもレイシーに驚きはなかった。レイシーは老練な外交官のようにさりげなく母親の背中を押した。母親の手伝いや配慮はありがたかったが、明らかに快方へむかっているいまは、子守りのように世話をされるのが疎《うと》ましかった。自分の空間を自分ひとりでつかいたくなっていた。

それ以上に大事なのは、レイシーにふたりきりで会う相手ができかけていたことだった——火曜日の夜遅くにたずねてきて、アンが監視の目を光らせるなかで短時間のリハビリ指導をした理学療法士だ。名前はレイフ。レイシーよりはたっぷり十歳も年下の二十代なかばだったが、レイシーには少しも気にならなかった。レイフが膝のリハビリ施術をしているあいだに一、二度、ふたりのあいだに火花が散っていた。別れぎわに言葉を交わすあいだにも、火花が散ったかもしれない。レイフがレイシーの切り傷や痣《あざ》にひるむようすは少しもなかった。そのあと水曜日の夜、レイシーは短い挨《あい》拶《さつ》だけのメールを送り、レイフは一時間以内に返信をよこした。そのあと数回のやりとりのあいだに、ふたりにはいまは決まった相手がいないことや、どちらも一杯飲むのにやぶさかではないことがわかった。

今回のひどい災難からも、ようやくひとつはいいことが生まれるのかも——レイシーは思った。

そのあとベッドで雑誌をめくっていたレイシーは、ヴァーナからの電子メールの着信に驚かされた。メールはこんな文面だった。

レイシー――もっと早くに電話やメールで返事ができずにごめんなさい。あなたは元気で着々と快方へむかっていることと思います。もっと大変なことになってもおかしくなかったのに、あなたの怪我がそこまでではなくて安心しました。わたしは細い糸で吊り下げられているも同然です。正直にいえば、あらゆることに打ちひしがれてしまった気分です。子どもたちはまともに暮らせなくなり、学校にも行こうとしません。ピピンの夜泣きは前よりもひどくなっています。ときには全員が泣きだして、わたしはいっそすべてを投げ捨てたくなります。でも子どもたちの前では取り乱すまいとしています。子どもたちには頼りになる力強い存在が必要だからです。そこでわたしはこっそりシャワー室に隠れて、目玉が流れ落ちそうなほど泣くのです。毎日、その日その日をかろうじて生き抜いているだけで、あしたのことは考えたくありません。ヒューゴーのいないあした。ヒューゴーのいない来週、来月、来年。未来のことは考えられません。現在は悪夢です。現在から見ると過去はあまりにも遠く、あまりにも幸せで、かえって胸がわるくなるほどです。いまは実家の母が姉をともなって来てくれています。ですから子どもたちの世話の手伝いは足りてます。でも、なにひとつ現実とは思えません。なにもかもがお芝居みたい。母と姉もここに暮らすわけにもいかず、まもなく帰ってしまいます。そうなったら、夫のいないこの家はわたしと四人の子どもたちだけになります。あなたと会いたい気持ちはありますが、すぐは無理です。あと少し時間が必要です。あなたのことを思うと、やはりヒューゴーのことやあの人がどんなふうに死んだのかを思ってしまうので。ごめんなさい。お願いです、どうかわたしにいま少しの時間をください。返信は急がなくてけっこうです。ヴァーナ。

レイシーはメールを二回読んでから、また雑誌を手にとった。ヴァーナのことは、あした改めて考えよう。

レイシーが期待していた時間に遅れること数時間、母アンは木曜日の昼近くになってようやく引きあげていった。レイシーは愛犬フランキーといっしょにソファに体をあずけて、十日ぶりに手に入れた至福のひとり時間の静けさを心ゆくまで楽しんだ。

両目を閉じると、なんの音もきこえなくなる――最高の気分だった。ついでレイシーはヴァーナとハッチ家の屋内に響きわたっていた恐ろしい声や音の数々を思った――子どもたちの泣き叫ぶ声、鳴りつづける電話のベル、そして家をひっきりなしに出入りする親戚《しんせき》たちの足音。その落差の大きさにレイシーは罪悪感をおぼえた。

目を閉じたレイシーがうとうとしかけたところで、フランキーが低く唸《うな》りはじめた。

玄関ドアの前にひとりの男が立っていた。

レイシーは正面の窓に近づいて、近くから男を見つめた。ドアは施錠されている。身の危険は感じなかった。防犯装置の操作パネルのボタンをひとつ押すだけで、ありとあらゆるアラームがいっせいに鳴り響きはじめる。男の姿にはどことなく見覚えがあった――濃く日焼けした肌、白髪まじりの長いふさふさの髪。

グレッグ・マイヤーズだ、とレイシーは思った。海の上ではなく陸にいるとは。

レイシーはインターフォンごしに話しかけた。「こんにちは」

男の声にはきき覚えがあった。「レイシー・ストールツをさがしているんだが」

「どちらさまですか？」

「ラストネームはマイヤーズ」

レイシーはにっこり笑ってドアをあけ、ハローの挨拶をした。マイヤーズが室内に足を踏み入れている隙《すき》にざっと駐車場に目を走らせたが、いつもとちがうものは見当たらなかった。

「あら、パナマ帽と派手なシャツはどこへやったんですか？」レイシーはたずねた。

「その手の品はボート用にしているんだ。そちらこそ、あの美しき髪になにがあったのかな？」

レイシーは頭に残る醜い傷痕を指さした。「二十四針も縫ったうえに、いまもまだ痛みが残ってます」

「それでも元気そうじゃないか。もっとひどい傷を負ったのではないかと心配だったよ。新聞記事には頭の負傷とあっただけで、きみがどんな状態にあるのかはあまり書いていなかったからね」

「どうぞおかけください。ビールをお飲みになりますね？」

「いや、遠慮する。車で来ているのでね。水だけでけっこう」

レイシーは冷蔵庫から炭酸水のボトルを二本とりだし、ふたりで朝食コーナーの小さなテーブルをはさんですわった。

「では、新聞で事件のことを追っていたのですね？」レイシーはたずねた。

「ああ。昔ながらの習慣というやつかな。ふだん船でずっと暮らしていることもあって、現実世界との多少の接点が必要でね」

「わたしはあの衝突事故からこっち、新聞はいっさい見てません」

「それでも、読み逃したものはそれほど多くはないよ。きみとヒューゴーのニュースについていえば、マスコミはもう次のネタに目をむけているしね」

「わたしがここに住んでいることは、あっさり突きとめられると思います」

「たしかに。そもそも、きみは隠れようとはしていないんだろう?」

「ええ。そんなふうに暮らしてはいません。恐れてはいないので」

「そのほうがいいね。さてと、レイシー。こちらは州西部のパームハーバーから五時間ぶっとおしで車を走らせてきたんだ。なにがあったのかを知りたいね。ぜひとも話してくれ。あれは事故ではなかったのだろう?」

「ええ、事故ではありません」

「よし。話をきこうじゃないか」

「話しあいましょう。でも、その前にまず質問がひとつあります。あなたはいまもまだ、一カ月前とおなじ携帯電話をつかっていますか?」

　マイヤーズは少し考えてから答えた。「ああ、そのうちの一台をね」

「いまその携帯はどこに?」

「ボートのなかだ。パームハーバーの」

「ボートにはカーリータが乗ってます？」

「ああ。なぜ？」

「いまここでカーリータに電話をかけてくれませんか？　すぐに携帯をつかんで、ボートから海へ投げ捨てろといってください。いますぐ！　そうするしかないんです」

「わかった」マイヤーズはつかい捨てにできるプリペイドの携帯をとりだし、レイシーの指示に従った。電話をおえると、マイヤーズはこういった。「オーケイ。で、どういうことかを説明してもらえるか？」

「ええ、これもわたしの話の一部ですから」

「きかせてもらおう」

　話のあいだマイヤーズは悲しみをのぞかせることもあれば、悲劇に関心がないそぶりを見せることもあった。また情報提供者の餌《えさ》にレイシーたちが食いついた経緯を物語っているときには、一度ならず「判断ミスもいいところだ」と意見を口にした。

「司法解剖はおこなわれたのか？」マイヤーズはたずねた。レイシーが見聞きした範囲では、司法解剖の話はだれからも出なかった。

「いいえ。解剖をするべき理由があったのですか？」

「わたしにはわからん。ちょっと興味をもっただけだ」

レイシーは目を閉じると、催眠状態に陥っているかのように指先でとんとんとひたいを叩《たた》きはじめた。

「なにをしてる？」マイヤーズはたずねた。

「あの男はここにライトをつけてました。頭にライトを。鉱山で働く人とか、そういう人たちがつかう道具です」

「ヘッドランプかな」

「そうだと思います。いまになって見えてきました。そして男は、事故でガラスが割れていた運転席の窓からわたしを見てきました」

「男の顔は見えたか？」

「いいえ。ヘッドランプの光が強すぎて」レイシーは両手で顔を覆《おお》うと、指先で自分のひたいをやさしく揉《も》みはじめた。一分が経過し、さらに一分が過ぎた。

マイヤーズが穏やかな口調でたずねた。「では、もうひとりの男の顔は見えたか？」

レイシーはかぶりをふった。「いいえ。もう見えなくなってました。相手がふたりだったのはわかってます。動いていた人影がふたつだったので。ひとりはヘッドランプをつけ、もうひとりは普通の懐中電灯をもっていたように思います。ふたりがガラスの破片を踏みしだいている足音がきこえました」

「連中はなにか話してたのか？」

「なにも覚えてません。ショックで茫然《ぼうぜん》としていたので」

「それはそうだろうね、レイシー。きみは脳震盪を起こしていた。記憶が混濁しているのも当然だよ」

レイシーは微笑《ほほえ》んで立ちあがり、冷蔵庫に歩み寄ってオレンジジュースをとりだした。

マイヤーズはいった。「携帯電話の機種は？」

「ブラックベリーの旧モデルです――司法審査会の支給品でした」レイシーはふたつのグラスにオレンジジュースをそそぎ、テーブルに置いた。「iPhoneもあったんですが、そっちはこの自宅に置いて出かけました。ヒューゴーは公私どちらにも州支給の携帯をつかっていました。それ以外に携帯電話をつかっていたとは思えません。IT担当者にいわせれば、州支給の携帯をハッキングすることは不可能らしいです」

「しかし、完璧《かんぺき》に不可能とはいえないな。それなりの金を積みさえすれば、有能なハッカーを雇えるんだから」

「こちらの担当者は心配はないと話してます。担当者は携帯の位置情報の探索もおこなったのですが、電波を受信できないといってました。だから、二台ともいまごろ海の底にあるんじゃないかって」

「わたしはあらゆる側面で用心を欠かさないんだ。だからこそ、こうして生き延びているわけだ」

レイシーはキッチンの高い窓に歩み寄り、雲を見あげた。それからマイヤーズに背中をむけたまま、ひとつの疑問を口にした。「教えてください、グレッグ。連中はヒューゴーを殺してなにを得たんでしょう?」

マイヤーズは立ちあがって足を伸ばし、オレンジジュースのグラスに口をつけた。

「調査を妨害できるじゃないか。連中はどこからか、きみたちが身辺を嗅《か》ぎまわっていることをききこんだ――それで手を打ったわけだ。ただし警察の見地からすれば、この一件はあくまでも事故でしかない。しかし、携帯電話を奪っていったのは、きみと司法審査会へのメッセージだね」

「〝つぎはおまえだぞ〟というメッセージ?」

「それはどうかな。連中はきみの首にロープをかけたし、その気になればあっさりきみを消せたはずだ。ただし警告としては、男をひとり殺せば充分だ。それにいまきみの身になにかが起これば、連邦政府が全力で彼らに襲いかかるような事態を招いてしまうしね」

「それで、あなたはどうなります？」

「ああ、わたしの身が安全になることはない。連中の第一の目標は、正体不明のグレッグ・マイヤーズなる人物を見つけだし、その人物を——つまりわたしを——ひっそり始末してしまうことにある。でもね、わたしは連中に見つかったりしないよ」

「〈もぐら〉《モール》が連中に見つかることもない？」

「ああ、そんなことにはなるまいね」

「まだ曖昧《あいまい》な部分が多すぎます、グレッグ」

マイヤーズは窓ぎわに近づき、レイシーの隣で足をとめた。いつしか降りだした雨の雫《しずく》が窓ガラスに強く打ちつけていた。「もう手を引きたくなったのかな？　わたしなら告発状を撤回しても、生きつづけていける。きみもおなじだろう、きみたちはもうたっぷりと血を流した。人生はあまりにも短い」

「そんなことはできません。いまはとにかく無理です。もしここでわたしたちが引きさがれば、悪人たちがまたぞろ勝つことになってしまう。ヒューゴーの死は無駄になり、司法審査会はお笑いぐさの組織になる。ええ、わたしは引きさがりません」

「どのような結末が望みかね？」

「腐敗が白日のもとにさらされることです。マクドーヴァーとデュボーズとその一味がそろって起訴されて裁判にかけられること。〈モール〉に適切な報奨金が支払われること。ヒューゴーの事故に捜査のメスが入れられ、犯人たちに裁きがくだされること。十五年も死刑囚舎房に閉じこめられていたジュニア・メイスが釈放されること。そして、サン・ラズコーとアイリーン・メイスを殺した犯人たちが裁判にかけられることです」

「それだけかね？」

「これだけでも、この先一カ月は手いっぱいになる仕事がありますね」

「ひとりで全部やろうなんて考えちゃいかん。きみには多くの助けが必要だ」

「ええ、そのとおり。そうなったら、いよいよＦＢＩにお出ましを願うことになります。ＦＢＩには人的資源や財力も、それに専門的な知識もあります——わたしたちにはそれがない。あなたがこの件の解決を望み、悪人たちがまとめて捕まる事態をお望みなら、ＦＢＩと仲よくしなくてはなりませんね」

「ではＦＢＩが捜査を開始することを期待している？」

「ええ。でも、期待しすぎになるかもしれません」

「いつＦＢＩにアプローチする？」

「わたしたちがまず調査に本腰を入れないかぎり、ＦＢＩは捜査に乗りださないでしょう。ご存じかと思いますが、ＦＢＩは先住民がらみの問題になると極端に手を突っこみたがらなくなります。それを考えれば、わたしたちはまずあなたの作成した告発状をマクドーヴァー判事に送達しようと思います。判事には応答のために三十日間の猶予《ゆうよ》が与えられます。そんな具合に、一度に一歩ずつ進んでいくんです」

「そのあいだもずっと、わたしの正体を秘密にしてもらわなくては困るよ、レイシー。その約束ができないのなら、わたしはいますぐ手を引く。それにわたしはＦＢＩとじかに交渉することはしない。きみが接触するのはかまわないし、わたしは〈モール〉から得た情報を残らずそちらへ引きわたす。ただし、わたし自身はＦＢＩと接触することはない。わかってもらえるか？」

「ええ、わかりました」

「くれぐれも慎重に動くことだ。ただでさえ危険な連中だが、そのうえ追いつめられて必死になっているからね」

「その点はわかってます。あいつらはヒューゴーを殺したんですから」

「ああ、たしかに。痛ましいことだ。こんなことになるなら、最初からきみに電話などかなければよかったと思うよ」

「後悔先に立たずですね」

マイヤーズは薄型のプリペイド携帯をポケットから抜きだして、レイシーに手わたした。「今月いっぱいはこの携帯をつかいたまえ。わたしもおなじモデルをもっているよ」

レイシーは盗品をわたされたかのように、携帯をしばらく手のひらに載せたままにしていたが、最後はうなずいて、こう答えた。「オーケイ。お言葉に甘えます」

「三十日以内に新しい携帯を送ろう。その携帯を肌身はなさずもっていたまえ。それが悪人たちの手に落ちたら、わたしは一巻のおわりだし、きみが助かる確率は気に入らない数字になりそうだ」

レイシーは安物の携帯電話を握りしめ、オハイオ州のプレートをつけたレンタカーで走り去るマイヤーズを見送りながら、自分はいったいどうしてこれほどの窮地に陥ってしまったのかと考えていた。司法審査会のメンバーになってからの九年間、レイシーが担当した案件でもっとも興味深かったのは、デュヴァル郡の地区裁判所の某判事にまつわるものだった。この判事は、自分の担当審理表から泥沼のような離婚訴訟中の魅力的な女をさがしだしては食い物にしていた。そればかりか、法廷速記者や裁判所の書記官や秘書など、それこそプロポーションのいい体をもち、判事の法廷近くに偶然身を置いてしまった不幸な女性を片はしから食い物にしていたのだった。レイシーの尽力でこの判事は辞職へ追いこまれ、のちに刑務所送りになった。しかし、今回のような案件は初めてだった。

避けられない瞬間がいよいよ到来した。レイシーには心の準備ができていなかった。いや、これがもっと先でも心の準備はいつまでもできなかったにちがいない――それゆえ選択の余地はなかった。隣人のサイモンが車に同乗し、走っているあいだの指導役になることに同意してくれた。レイシーはおずおずとレンタカーのフォードの小型車に近づいていった――加入している自動車保険会社が手配した代車で、前日に届けられたばかりだった。レイシーはドアをあけ、ゆっくり運転席にすわった。ぎゅっとハンドルを握りしめると、両手で血管がずきずきと脈打っていた。サイモンが助手席に乗ってシートベルトを締め、レイシーにもおなじようにすることを奨《すす》めた。レイシーはキーをイグニションに挿してエンジンをスタートさせると、エアコンがじょじょに息を吹きかえしてくるあいだ、麻痺したようにただじっとすわっていた。

「深呼吸をするといい」サイモンはいった。「案ずるより産むが易《やす》しっていうだろ？」

「そんなに簡単なことはひとつもないって」レイシーはギアをそろそろとバックに入れ、パーキングブレーキを解除した。いよいよ車が動きはじめたが、すぐ眩暈《めまい》が襲ってきてレイシーはブレーキを踏んだ。

「しっかりするんだ、レイシー。いっしょに乗り越えよう」サイモンはいった――いかにもイギリス人らしい頑固一徹な男である。「いまはやるしかないんだよ」

「わかってる、わかってるってば」レイシーはふたたびブレーキをゆるめ、じりじりと車をバックさせた。そのままハンドルをまわして向きを変えながら駐車スペースから出たところで車をいったんとめ、ギアを前進《ドライブ》に入れる。住んでいるアパートメントに隣接した狭い駐車場にはほかに動いている車は一台もなかったが、ほかの車が怖くてたまらなかった。

サイモンが陽気すぎる声を張りあげた。「さあ、レイシー。車を前に進めたかったら、ブレーキを踏んでいる足から力を抜く必要があるぞ」

「わかってる、わかってるってば」レイシーは、ひとりごと同然の口調でくりかえした。車が前に進み、いったん向きを変えて道路への出口で一時停止した。活気ある時間のわりに、走っている車は少なかった。

「右折で出てみようか」サイモンがいった。「ちょうど車も走っていないしね」

「でも、手が汗でぬるぬるしてるの」レイシーはいった。

「ぼくの手もおんなじだ。ここはめちゃくちゃ暑いからね。さあ、車を発進させて、レイシー。きみは上手にこなしてる。心配することはなにもないさ」

レイシーはハンドルを切って外の道路に乗りいれ、アクセルを踏みこんだ。前回、車を走らせたときの記憶を消し去ることはできなかったが、それでも最善を尽くした。小声でつぶやきつづけたことも助けになった。レイシーはずっと、「うまくやってる、うまくやってる」とひとりごとをいいつづけていた。

「すごいぞ、レイシー。よし、よければもうちょっとスピードをあげてみようか」

ちらりと速度計に目をやると、時速三十キロをわずかに上まわったところだった。一時停止の標識が見えたのでスピードを落としはじめた。そんな調子で一ブロック走り、さらに一ブロック走った。十五分後にアパートメントの駐車場にもどったときには口のなかがすっかり乾き、体は汗でびっしょりになっていた。

「もう一回走ってみるかい？」サイモンがたずねた。

「一時間だけちょうだい」レイシーはいった。「横になって体を休めたくて」

「お望みのままに。走りたくなったら電話をくれ」

# 21

三人とも人口三千五百人のスターリングの町をたずねたことはなかったし、おぞましい外見の裁判所の周囲をざっとひとまわりしたあとは、この町を再訪したい気持が少しもないことは確実だった。委員長のマイクル・ガイスマーが愛車のSUVを戦争記念碑の近くにとめ、三人は外へ降りたった。三人は何者かに監視されているにちがいないと思いながら、それぞれ決然とした足どりで裁判所前の歩道を進み、正面玄関をくぐった。きょうの厳粛な機会にそなえて、ガイスマーとジャスティン・バロウのふたりは重大な訴訟のために裁判所入りするかのようにダークスーツを着ていた。ありていにいえばジャスティンは車に同乗してきたにすぎず、あとは力仕事要員である。司法審査会には人的資源があり、さまざまな仕事をこなせる機関であることを周囲に見せる役目もあったにすぎない。

レイシーは黒いスラックスにフラットヒールの靴という服装だった。足を引きずらずに歩けるようになってはいたが、左の膝はまだ腫れが残っていた。さらにベージュのブラウスを着て、頭にはエルメスのスカーフを巻いていた。今回の会議に出席するにあたっては、いっそ帽子もかぶらずスカーフも巻かず、髪をつるつるに剃《そ》られた頭皮や、いまも縫合の痕がくぼんでいる鉤裂《かぎざ》きめいた傷をあらわにしようかと考えもした。クローディア・マクドーヴァー判事に自分がどんな傷を負わされたかを見せ、判事の腐敗による犠牲者が生きて呼吸をしている姿を無理にでも見せつけようと思ったのだ。しかしその反面、虚栄心が傷を隠せといってきた。

三人は階段で三階へあがり、第二十四裁判区所属のクローディア・マクドーヴァー地区裁判所判事の執務室にむかった。室内にはいると、判事の秘書がにこりともしない顔で三人を迎えた。マイクル・ガイスマーがいった。「わたしはガイスマー。たしか、これに先立って電話であなたと話をしたと思います。判事とは午後五時に会う約束をとりつけています」

「判事に伝えてきます」

午後五時になり、さらに時間が過ぎた。五時十五分にようやくドアがあいて、先ほどの受付係がいった。「マクドーヴァー判事がお会いになります」

三人は判事執務室にはいった。マクドーヴァー判事は、あからさまなつくり笑いで三人を出迎えた。レイシーは握手を避けた。広い部屋の隅の会議用テーブルについていたふたりの男が立ちあがり、マクドーヴァー判事の顧問弁護士だと自己紹介した。弁護士たちがいることは意外でもなんでもなかった。ガイスマーは前日のうちに電話でこの会合をセッティングした。つまりマクドーヴァー判事側には、弁護方針を練るための時間が二十四時間あったのだ。

ふたりのうち年かさのほうはエドガー・キルブルー。ペンサコーラに事務所をかまえる悪名高いホワイトカラー犯罪専門の弁護士だ。長身でがっしりした体格、濃紺のピンストライプのスーツを一分の隙もなく着こなし、薄くなりかけた白髪混じりの髪はうしろへ撫《な》でつけられて、シャツのカラーよりも下に垂れている。噂《うわさ》では派手好みの騒々しい男で、さらにはいつでも戦いに即座に応じるかまえであり、陪審裁判ではめったに負けないことで周囲から恐れられているという。隣はアソシエイトのイアン・アーチャー。にこりともしないたぐいの男で、三人のだれとも握手しようとはせず、ひたすら不機嫌オーラを放射していた。

一同はぎこちない雰囲気で会議用テーブルを囲んだ。マクドーヴァー判事はふたりの弁護士にはさまれてテーブルの片側に席をとった。判事の正面にガイスマーがすわり、その左右をレイシーとジャスティンがかためる。世間話は無用だった。この場でだれが天気を話題にしたいというのか？

　ガイスマーは話しはじめた。「四十五日前、マクドーヴァー判事への正式告発状が当方へ提出されました。わたしども審査会では予備的調査をすませました——ご承知のとおり、わたしどもの調査開始の基準ラインはそれほど高くありません。告発状の内容に多少なりとも事実に即した部分があるかもしれなければ、わたしたちはそれを告発された判事に伝えます。そのような次第で、わたしたちがこちらへうかがっているのです」

「そんなことはわかっている」キルブルーが切り口上でいった。

　レイシーはじっとマクドーヴァーを見つめながら、すべての話が事実なのだろうかと考えていた。長年にわたって仲間内に有利な裁定をくだし、その見返りに賄賂を受けとっていたこと。タッパコーラ族から盗みも同然に現金を吸いあげていたこと。ヒューゴー・ハッチの殺害。プライベートジェットでの旅行、無尽蔵の現金、世界各地に所有している不動産。冤罪《えんざい》を招いたジュニア・メイスの誤審。たしかに、いまこの瞬間にかぎれば、ここにいる魅力的な女性——小さな町の出身であり、選挙で選ばれた判事であるこの女性——が、およそ現実とは思えないほど醜悪な犯罪に手を染めていたとは考えにくかった。そのマクドーヴァーは、いまのわたしに目をむけたときになにを見ているのだろう？　傷痕《きずあと》を隠しているスカーフ？　九死に一生を得た幸運な女？　あとあと始末するべき邪魔者？　脅威？　肚《はら》でなにを考えているにせよ、判事は内心をいっさいうかがわせていなかった。まことに不愉快だったが、顔にはとことん無関心な表情があるだけだった。

レイシーの戦略上の利点は、〈もぐら《モール》〉が審査会にどんな話をしているかを、この時点でマクドーヴァーがいっさい知らないことにあった。現金やジェット機の利用、複数の不動産、それに高価な品々などの存在を審査会が察しとっていることもまだ知らない。まもなくマクドーヴァーには四戸の高級マンションの存在が疑惑の発端になったことを知らされるが、いまのところ明らかにされるのはそれだけだ。

「告発状を見せてもらえるかな？」キルブルーがたずねた。

ガイスマーは告発状の原本とコピー三通をテーブルの反対側へ押しやった。マクドーヴァーとキルブルーとアーチャーの三人がそれぞれ告発状を手にとって読みはじめた。しかし三人とも注意深く反応を隠していた。マクドーヴァーはショックを感じていたかもしれないが、驚きを巧みに隠していた。無。怒りもなし。驚愕《きょうがく》もなし。告発の文章をただ冷静沈着に読み進めているだけだ。ふたりの顧問弁護士は告発状に目を通しながら、なんとか尊大な無関心ぶりを演出していた。アーチャーは法律用箋《ようせん》に二、三のメモを書いていた。数分経過。室内には手でさわれそうなほどの緊張がただよっていた。

しばらくしてマクドーヴァーが、いっさいの感情をうかがわせない口調でいった。

「馬鹿馬鹿《ばかばか》しい」

「グレッグ・マイヤーズとは何者なんだね？」キルブルーが平然とたずねた。

「現時点でその人物の素姓を明かす意向はありません」ガイスマーが答えた。

「まあ、いずれはわれわれにもわかること――そうだな？　というのも、これはまぎれもなく誹謗《ひぼう》中傷であり、われわれとしては即刻、多額の損害賠償を求める訴えを起こすつもりだからだよ。そうなれば、マイヤーズとやらも隠れてはいられないぞ」

ガイスマーは肩をすくめた。「だれでも好きに訴えればよろしい。われわれの関知するところではありません」

アーチャーが、自分はこの部屋のだれよりも優秀な頭脳をもっているといいたげに、鼻にかかった不愉快な声でこういった。「予備調査できみたちはどのような情報を得て、この告発状に書きつらねられた主張に真実相当性があると判断したんだ？」

「現時点で、その質問への答えを明らかにする義務は当審査会にはありません。州法を仔細《しさい》に読んでいれば当然ご存じのように、マクドーヴァー判事には書面で応答するために三十日の猶予が与えられます。その猶予期間中にも、われわれはさらなる調査を進めます。判事からの答弁書を受けとったら、次はわれわれがそれに答えることになります」

「いまこの場で答弁しようじゃないか」キルブルーが陰険な声を出した。「これは誹謗中傷であり、名誉毀損《きそん》であり、最初から最後まで世迷《よま》い言《ごと》の出まかせだ。嘘《うそ》八百もいいところだ。これほど低レベルの訴えを受理し、あまつさえフロリダ州でも一、二を争うほど高名な判事の名声に泥を塗るとは、きみたち司法審査会を捜査対象にするべきだね」

「では、わたしどもを訴えるとおっしゃるのですね？」レイシーは冷ややかにたずね、キルブルーの話の腰をへし折った。キルブルーはレイシーをにらみつけたが、この餌には食いつかなかった。

「わたしが心配しているのは機密保持よ」マクドーヴァー判事がいった。「こんな告発のことは少しも心配してない。告発は無根拠で、すぐにもわたしたちがそのことを立証するから。でも、一方でわたしには守るべき社会的評価というものがある。判事になって十七年、わたしあてに告発状が提出されたのはこれが初めてよ」

「それにはなんの意味もありません」ちょっとした小競《こぜ》り合いをしたい気分のレイシ

ーはそう挑発した。

「たしかにそのとおりね、ミズ・ストールツ。しかし、わたしとしてはこの一件が隠《おん》密裡《みつり》に進められるという保証の言葉が欲しい」

ガイスマーが答えた。「機密保持の重要性については、われわれも重々承知しておりますし、社会的評価の高い方を相手にしていることも意識しています。そのためにも調査にあたっては関連法を遵守《じゅんしゅ》し、内密に進めるようにしています」

「しかし、いずれは証人になる可能性のある関係者からも話をきくことになるのだろう？」キルブルーはいった。「そうなれば噂が洩《も》れる。この手の調査がどう進むのかは知ってる。ややもすれば魔女狩りになってゴシップが乱れ飛び、傷つけられる人が出てくるんだ」

「傷つけられた人々ならすでに存在していますね」レイシーは、まばたきひとつしない目でマクドーヴァー判事をにらみながらいった。判事はその視線を少しも意に介さぬ顔で、レイシーをにらみかえしていた。

つかのま、室内から呼吸できる空気がなくなったかのようだった。しばらくしてガイスマーがこんな発言で話を先へ進めた。「わたしどもはこうした調査を毎日のように進めていますよ、ミスター・キルブルー。ここで明言しておきますが、調査を内密に進める手だては心得ています。とはいえ、相手方からおしゃべりの声が洩れでてくるケースのほうがしばしば見受けられますが」

「うまい切りかえしだね。しかしわれわれから、おしゃべりが洩れることはない」キルブルーはいった。「当方は撤回をもとめる訴えを早急に起こし、この告発状という名の紙屑《かみくず》を捨てさせてやる」

ガイスマーは答えた。「わたしは司法審査会で三十年仕事をしていますが、正式な答弁書が提出されないうちに調査が却下された例は一件もありません。しかし、やるだけならやってみればいい」

「すばらしいキャリアだ。しかし、ミスター・ガイスマー、その豊富な経験をつちかってきた歳月のあいだに、告発者の身元も開示しないまま告発状の送達をおこなったケースがはたして何例あるというんだね？」

「告発人の名前はグレッグ・マイヤーズ。お手もとの書類の一ページめにあるとおり」

「それはどうも。しかし、このグレッグ・マイヤーズとは何者で、どこに住んでいるんだ？　住所も連絡先の情報も、とにかくなにも記載がないじゃないか」

「あなたがたがミスター・マイヤーズに直接接触するのは不適切ですよ」

「接触したいといった覚えはないぞ。われわれはただこの男が何者なのか、これほど大規模な収賄があったとして当方の依頼人を告発したのは、いかなる動機によるものかを知りたいにすぎん。それだけだ」

「では、その件はまた後日に」ガイスマーはいった。

「それ以外になにか?」マクドーヴァーがいった――判事はこの場を指揮しており、すぐにも休廷を宣する意向だ。

「当方からは以上です」ガイスマーが答えた。「これより当方はそちらの答弁書をお待ちします――遅くとも三十日以内に提出を」

それから三人はだれとも握手をかわさず、会釈《えしゃく》さえせずに席を立って執務室をあとにした。車まで歩いていくあいだも、車が発進するときにもまだ、だれも口をひらいていなかった。スターリングの町なみが背後に遠ざかっていくころ、ようやくガイスマーがこういった。「オーケイ。では話をきかせてくれ」

まずジャスティン・バロウが話しはじめた。「どんな話がもちこまれるかもわかっていないうちから、判事がこのあたりでもっとも金のかかる弁護士を雇ったという事実そのものが疑惑をかきたてますね。そもそも自分にうしろめたいところがないのなら、あんな弁護士を雇ったりするでしょうか? さらにいうなら、判事としての給料だけであの弁護士の顧問料が払えますか？　麻薬密売人や犯罪組織の大立者ならキルブルーのような弁護士を雇う金があるかもしれない。しかし、一介の地区裁判所判事には無理ですね」

「やっぱり現金をうけとっているんでしょう」レイシーはいった。

ガイスマーがいった。「マクドーヴァーは落ち着いてはいたが、わたしには恐怖がのぞいているのが見えたね。それも社会的評価が低下することへの恐怖じゃない。そんなものは判事の不安のなかでも最小だ。レイシー、きみも同意見だろう？　きみならマクドーヴァー判事の内心が読めたんじゃないか？」

「あの女が怯《おび》えているという印象は受けませんでしたね。あれほど冷血になると、そんな感情ももてなくなるんでしょう」

ジャスティンがいった。「まあ、これからあの女がなにをするかは読めてますよ。ぶあつい答弁書を提出してきて、そのなかで四戸のマンションは何年も前に投資目的で購入した、と主張してくる。またその購入に海外企業をつかうのは違法行為ではない、怪しく見えるかもしれないが、そもそも違法ではないし、なんなら非倫理的とさえいえない、とね」

レイシーはいった。「オーケイ。でもマンションの代金を支払ったことを、マクドーヴァーはどうやって証明するんだろう?」

　ガイスマーが推測を口にした。「どこからか記録を見つけだしてくるんだろうよ。以前から暗がりに隠れているヴォン・デュボーズに帳簿を細工させていたんだし、いまでは煙幕を張る係としてキルブルーという男も味方にいる。これはひと筋縄じゃいかないぞ」

「それくらい最初からわかっていたことです」レイシーはいった。

「マイヤーズからのさらなる情報が必要だな」ガイスマーがいった。「煙をあげている銃のような犯罪の動かぬ証拠がいる」

「ええ、そのとおり。その一方でマイヤーズにはできるかぎり頭を低くしていてもらう必要もあります」ジャスティンがいい添えた。「見たでしょう、あの連中がマイヤーズを見つけたくて躍起になっているのを」

「あいつらがマイヤーズを見つけるものですか」レイシーは同僚が知らないことを知っているかのように、きっぱりとした語調で断定した。

　三人が車を二時間も走らせてきた結果は、わずか十五分の会合だった。しかし、これは彼らの仕事につきものだった。レイシーは、時間さえあれば衝突された自分の車を目にしたかったし、コンソールボックスやトランクに残した品々を調べておきたかった。それを思いとどまらせたのはマイクル・ガイスマーだった。車内になにが残っているにせよ——古いCD、雨傘、多少の硬貨など——ヒューゴーの命とりになった大怪我《おおけが》の証拠を目にする恐怖と引きあう価値はない。

しかし、たまたま近くを通りかかっていて、数分なら時間の余裕もあったので、ガイスマーはタッパコーラ警察のグリット治安官にひとこと挨拶《あいさつ》し、ついでにレイシーのことを紹介しようと思いたった。グリットは事故現場にやってきて、レイシーの救出にも手を貸していた。そのためレイシーも、せめて感謝のひとことを伝えたかった。カジノ近くのタッパコーラ警察署に着いたのは午後六時ごろだった。正面玄関の受付デスクの近くをひとりの警官が歩いていた。ガイスマーは警官にグリット治安官へのとりつぎを頼んだが、グリットはもうここにはいないという返事だった。新任の治安官がいるにはいるが、きょうはもう自宅へ帰ったという。

「グリットになにがあった?」ガイスマーはたちどころに疑いの念をいだいて、そうたずねた。

警官は見当もつかないといいたげに肩をすくめた。「そのあたりは族長にたずねてもらわないと。ただ、それで答えてもらえるとは思いませんね」

三人はそのあと二ブロック先にある事故車輛《しゃりょう》置場まで車を走らせ、施錠されたゲートの金網フェンスごしに、保管されている十台ばかりの古い車をながめた。ところがこの物悲しい車の集団のなかには、レイシーのプリウスも衝突してきたダッジ・ラムも見当たらなかった。二台は消え失《う》せていた。

「なんてことだ」ガイスマーは小声でいった。「グリットはあの二台を厳重に保管しておくと約束したんだぞ。わたしからも、いずれ車を調べさせてもらうかもしれないと話しておいた。その点は理解を得たものと思っていたのに」

「グリットは何年前から治安官だったんです？」レイシーはたずねた。

「たしか四年前といっていたな」

「グリットの話をきく必要がありそうですね」

「われわれもこれからはきわめて慎重に動くべきだろうね、レイシー」


（下巻につづく）

S・キング
白石 朗他訳

## 第四解剖室

私は死んでいない。だが解剖用大鋏は迫ってくる……切り刻まれる恐怖を描く表題作ほかO・ヘンリ賞受賞作を収録した多彩な短篇集。

S・キング
浅倉久志他訳

## 幸運の25セント硬貨

ホテルの部屋に置かれていた25セント硬貨。それが幸運を招くとは……意外な結末ばかりの全七篇。全米百万部突破の傑作短篇集！

S・キング
永井 淳訳

## キャリー

狂信的な母を持つ風変りな娘――周囲の残酷な悪意に対抗するキャリーの精神は、やがてバランスを崩して……。超心理学の恐怖小説。

S・キング
山田順子訳

## スタンド・バイ・ミー
―恐怖の四季 秋冬編―

死体を探しに森に入った四人の少年たちの、苦難と恐怖に満ちた二日間の体験を描いた感動編「スタンド・バイ・ミー」。他1編収録。

S・キング
浅倉久志訳

## ゴールデンボーイ
―恐怖の四季 春夏編―

ナチ戦犯の老人が昔犯した罪に心を奪われた少年は、その詳細を聞くうちに、しだいに明るさを失い、悪夢に悩まされるようになった。

J・ノックス
池田真紀子訳

## トゥルー・クライム・ストーリー

作者すら信用できない――。女子学生失踪事件を取材したノンフィクションに隠された驚愕の真実とは？ 最先端ノワール問題作。

J・ノックス
池田真紀子訳

## 堕落刑事
―マンチェスター市警
エイダン・ウェイツ―

ドラッグで停職になった刑事が麻薬組織に潜入捜査。悲劇の連鎖の果てに炙りだした悪の正体とは……大型新人衝撃のデビュー作！

J・ノックス
池田真紀子訳

## 笑う死体
―マンチェスター市警
エイダン・ウェイツ―

身元不明、指紋無し、なぜか笑顔――謎の死体〈笑う男《スマイリー》〉事件を追うエイダンに迫る狂気の罠。読者を底無き闇に誘《いざな》うシリーズ第二弾！

J・ノックス
池田真紀子訳

## スリープウォーカー
―マンチェスター市警
エイダン・ウェイツ―

癌で余命宣告された一家惨殺事件の犯人が病室内で殺害された……。ついに本格ミステリーの謎解きを超えた警察ノワールの完成型。

L・ホワイト
矢口誠訳

## 気狂いピエロ

運命の女にとり憑かれ転落していく一人の男の妄執を描いた傑作犯罪ノワール。あまりに有名なゴダール監督映画の原作、本邦初訳。

D・E・ウェストレイク
木村二郎訳

## ギャンブラーが多すぎる

ギャンブル好きのタクシー運転手が殺人の容疑者に。ギャングにまで追われながら美女とともに奔走する犯人探し――巨匠幻の逸品。

W・グレアム
三角和代訳

## 罪の壁

善悪のモラル、恋愛、サスペンス、さまざまな要素を孕み展開する重厚な人間ドラマ。第1回英国推理作家協会最優秀長篇賞受賞作！

M・ラフ
浜野アキオ訳

# 魂に秩序を

〝26歳で生まれたぼく〟は、はたして自分を虐待していた継父を殺したのだろうか？　多重人格障害を題材に描かれた物語の万華鏡！

C・R・ハワード
高山祥子訳

# ナッシング・マン

連続殺人犯逮捕への執念で綴られた一冊の本が、犯人をあぶり出す！　作中作と凶悪犯の視点から描かれる、圧巻の報復サスペンス。

C・オフット
山本光伸訳

# キリング・ヒル

窪地で発見された女の遺体。捜査を阻んだのは田舎町特有の歪な人間関係だった。硬質な文体で織り上げられた罪と罰のミステリー。

C・ニエル
田中裕子訳

# 悪なき殺人

吹雪の夜、フランス山間の町で失踪した女性をめぐる悲恋の連鎖は、ラスト1行で思わぬ結末を迎える——。圧巻の心理サスペンス。

M・ロウレイロ
宮崎真紀訳

# 生贄の門

息子の命を救うため小村に移り住んだ女性捜査官を待ち受ける恐るべき儀式犯罪。〈スパニッシュ・ホラー〉の傑作、ついに日本上陸。

J・バブリッツ
宮脇裕子訳

# わたしの名前を消さないで

殺された少女と発見者の女性。交わりえないはずの二人の孤独な日々を死んだ少女の視点から描く、深遠なサスペンス・ストーリー。

S・ボルトン
川副智子訳
# 身代りの女
母娘3人を死に至らしめた優等生6人。ひとり罪をかぶったメーガンが、20年後、5人の前に現れる……。予測不能のサスペンス。

D・ラニアン
田口俊樹訳
# ガイズ&ドールズ
ブロードウェイを舞台に数々の人間喜劇を綴った作家ラニアン。ジャズ・エイジを代表する名手のデビュー短篇集をオリジナル版で。

コンラッド
高見浩訳
# 闇の奥
船乗りマーロウはアフリカ大陸の最奥で不気味な男と邂逅する。大自然の魔と植民地主義の闇を凝視し後世に多大な影響を与えた傑作。

T・ハリス
高見浩訳
# 羊たちの沈黙(上・下)
FBI訓練生クラリスは、連続女性誘拐殺人犯を特定すべく稀代の連続殺人犯レクター博士に助言を請う。歴史に輝く〝悪の金字塔〟。

T・ハリス
高見浩訳
# ハンニバル(上・下)
怪物は「沈黙」を破る……。血みどろの逃亡劇から7年。FBI特別捜査官となったクラリスとレクター博士の運命が凄絶に交錯する!

T・ハリス
高見浩訳
# ハンニバル・ライジング(上・下)
稀代の怪物はいかにして誕生したのか——。第二次大戦の東部戦線からフランスを舞台に展開する、若きハンニバルの壮絶な愛と復讐。

J・アーチャー
永井 淳 訳

百万ドルをとり返せ！

株式詐欺にあって無一文になった四人の男たちが、オクスフォード大学の天才的数学教授を中心に、頭脳の限りを尽す絶妙の奪回作戦。

J・アーチャー
永井 淳 訳

ケインとアベル（上・下）

私生児のホテル王と名門出の大銀行家。典型的なふたりのアメリカ人の、皮肉な出会いと成功とを通して描く〈小説アメリカ現代史〉。

J・アーチャー
戸田裕之訳

15のわけあり小説

面白いのには〝わけ〟がある――。時にはくすっと笑い、騙され、涙する。巨匠が腕によりをかけた、ウィットに富んだ極上短編集。

J・アーチャー
戸田裕之訳

嘘ばっかり

人生は、逆転だらけのゲーム――巨万の富を摑むか、破滅に転げ落ちるか。最後の一行まで油断できない、スリリングすぎる短篇集！

J・アーチャー
戸田裕之訳

レンブラントをとり返せ
―ロンドン警視庁美術骨董捜査班―

大物名画窃盗犯を追え！ 新・警察小説始動!! 手に汗握る美術ミステリーは、緊迫の法廷劇へ。名ストーリーテラーの快作！

K・グリムウッド
杉山高之訳

リプレイ
世界幻想文学大賞受賞

ジェフは43歳で死んだ。気がつくと彼は18歳――人生をもう一度やり直せたら、という窮極の夢を実現した男の、意外な、意外な人生。

ポー
巽孝之訳

**黒猫・アッシャー家の崩壊**
—ポー短編集I ゴシック編—

昏き魂の静かな叫びを思わせる、ゴシック色、ホラー色の強い名編中の名編を清新な新訳で。表題作の他に「ライジーア」など全六編。

ポー
巽孝之訳

**モルグ街の殺人・黄金虫**
—ポー短編集II ミステリ編—

名探偵、密室、暗号解読——。推理小説の祖と呼ばれ、多くのジャンルを開拓した不遇の天才作家の代表作六編を鮮やかな新訳で。

ポー
巽孝之訳

**大渦巻への落下・灯台**
—ポー短編集III SF&ファンタジー編—

巨匠によるSF・ファンタジー色の強い7編。サイボーグ、未来旅行、ディストピアなど170年前に書かれたとは思えない傑作。

O・ヘンリー
小川高義訳

**賢者の贈りもの**
—O・ヘンリー傑作選I—

クリスマスが近いというのに、互いに贈りものを買う余裕のない若い夫婦。それぞれが一大決心をするが……。新訳で甦る傑作短篇集。

O・ヘンリー
小川高義訳

**最後のひと葉**
—O・ヘンリー傑作選II—

風の強い冬の夜。老画家が命をかけて守りたかったものとは——。誰の心にも残る表題作のほか、短篇小説の開拓者による名作を精選。

O・ヘンリー
小川高義訳

**魔が差したパン**
—O・ヘンリー傑作選III—

堅実に暮らしてきた女の、ほのかな恋の悲しい結末をユーモラスに描いた表題作のほか、短篇小説の原点へと立ち返る至高の17編。

ヘミングウェイ
高見浩訳

# 老人と海

老漁師は、一人小舟で海に出た。やがて大物が綱にかかるが。不屈の魂を照射するヘミングウェイの文学的到達点にして永遠の傑作。

ヘミングウェイ
高見浩訳

# 誰がために鐘は鳴る（上・下）

スペイン内戦に身を投じた米国人ジョーダンは、ゲリラ隊の娘、マリアと運命的な恋に落ちる。戦火の中の愛と生死を描く不朽の名作。

ヘミングウェイ
高見浩訳

# 日はまた昇る

灼熱の祝祭。男たちと女は濃密な情熱と血においに包まれて、新たな享楽を求めつづける。著者が明示した〝自堕落な世代〟の矜持。

ヘミングウェイ
高見浩訳

# 武器よさらば

熾烈をきわめる戦場。そこに芽生え、激しく燃える恋。そして、待ちかまえる悲劇。愚劣な現実に翻弄される男女を描く畢生の名編。

ヘミングウェイ
高見浩訳

# 移動祝祭日

一九二〇年代のパリで創作と交友に明け暮れた日々を晩年の文豪が回想する。痛ましくも麗しい遺作が馥郁たる新訳で満を持して復活。

ヘミングウェイ
高見浩訳

# われらの時代・男だけの世界
―ヘミングウェイ全短編1―

パリ時代に書かれた、ヘミングウェイ文学の核心を成す清新な初期作品31編を収録。全短編を画期的な新訳でおくる、全3巻の第1巻。

ヴェルヌ
波多野完治訳
# 十五少年漂流記
嵐にもまれて見知らぬ岸辺に漂着した十五人の少年たち。生きるためにあらゆる知恵と勇気と好奇心を発揮する冒険の日々が始まった。

マーク・トウェイン
柴田元幸訳
# トム・ソーヤーの冒険
海賊ごっこに幽霊屋敷探検、毎日が冒険のトムはある夜墓場で殺人事件を目撃してしまい――少年文学の永遠の名作を名翻訳家が新訳。

J・ウエブスター
岩本正恵訳
# あしながおじさん
孤児院育ちのジュディが謎の紳士に出会い、ユーモアあふれる手紙を書き続け――最高に幸せな結末を迎えるシンデレラストーリー！

J・ウエブスター
三角和代訳
# おちゃめなパティ
世界中の少女が愛した、はちゃめちゃで魅力的な女の子パティ。『あしながおじさん』の著者ウェブスターによるもうひとつの代表作。

L・M・オルコット
小山太一訳
# 若草物語
わたしたちはわたしたちらしく生きたい――。メグ、ジョー、ベス、エイミーの四姉妹の愛と絆を描いた永遠の名作。新訳決定版。

J・ヒルトン
白石　朗訳
# チップス先生、さようなら
自身の生涯を振り返る老教師。生徒の愉快な笑い声、大戦の緊迫、美しく聡明な妻。英国パブリック・スクールの生活を描いた名作。

Title : THE WHISTLER
Author : John Grisham


# 告《こく》発《はつ》者《しゃ》（上）

新潮文庫　ク－23－41

*Published 2024 in Japan*
*by Shinchosha Company*

令和六年十一月一日発行

訳者　白《しら》石《いし》朗《ろう》

発行者　佐藤隆信

発行所　株式会社 新潮社

郵便番号　一六二―八七一一
東京都新宿区矢来町七一
電話 編集部(〇三)三二六六―五四四〇
　　 読者係(〇三)三二六六―五一一一
https://www.shinchosha.co.jp

価格はカバーに表示してあります。

乱丁・落丁本は、ご面倒ですが小社読者係宛ご送付ください。送料小社負担にてお取替えいたします。

印刷・株式会社光邦　製本・株式会社大進堂


ISBN978-4-10-240941-1 C0197